Linda Sunshine lebt in New York. Sie hat für zahlreiche amerikanische Zeitschriften gearbeitet und mehrere Sachbücher und Romane zum Film geschrieben.

Deutsche Erstausgabe Dezember 1997

Titel der Originalausgabe: »My Best Friend's Wedding«

Umschlagfoto: Columbia TriStar Film GmbH
Satz: Ventura Publisher im Verlag
Druck und Bindung: Ebner Ulm
Printed in Germany
ISBN 3-426-60818-9

7 9 10 8

Linda Sunshine

Die Hochzeit meines besten Freundes

Roman

Aus dem Amerikanischen von
Bettina Runge,
Kollektiv Druck-Reif

Knaur®

1. KAPITEL

Julianne Potter war eine sehr hübsche junge Frau, was sie aber so besonders reizvoll machte, war, daß sie selbst es gar nicht zu wissen schien. Wenn sie sich, was selten geschah, Gedanken über ihr Äußeres machte, fielen ihr spontan die beiden Wörter ›groß‹ und ›staksig‹ ein – was gestimmt hatte, als sie noch ein Teenager mit Zahnspange und Nickelbrille war. Doch obwohl sie inzwischen zu einer jungen Frau erblüht war, längst ihre Zahnspange abgelegt und die Vorteile von Kontaktlinsen entdeckt hatte, blieb dieses alte Bild von sich selbst fest in ihrer Vorstellung verankert. Daran hatten auch die unzähligen Komplimente in all den Jahren nichts zu ändern vermocht. So nahm sie sich selbst völlig anders wahr, als ihre Umwelt sie sah. Und, wie es vielen von uns ergeht, war sie selbst ihr schärfster Kritiker.

Natürlich blieb sie groß, fast 1,80 Meter, doch ihre Staksigkeit verlor sich mit Zahnspange und Brille. Sie war gertenschlank, hatte dickes, langes rotes Haar und eine Pfirsichhaut, die sich auf den Titelseiten der Illustrierten hätte sehen lassen können. Ihre Augen waren dunkel, manchmal haselnußbraun schimmernd, und von dichten Wimpern beschattet. Sie hätte Mannequin oder Filmschauspielerin sein können, doch sie lachte nur, wenn man ihr einen dieser Berufe unterjubeln wollte.

Sie schien nicht zu bemerken, daß die Männer sie an-

starrten, daß die Frauen ihr neidische Blicke zuwarfen. Sie achtete kaum auf ihr Äußeres, schminkte sich nie und schlüpfte meist nur rasch in ein sauberes T-Shirt und in Blue jeans, bevor sie eilig das Haus verließ.
Und sie war immer in Eile, weil sie immer spät dran war. Pünktlichkeit gehörte nicht zu ihren Stärken, vor allem wohl deshalb, weil sie oft lange nachts aufblieb, um am Computer zu arbeiten. Die Stunden zwischen Mitternacht und drei Uhr früh waren meist ihre produktivsten. Dann war es ruhig in den Straßen, und das Telefon läutete nicht. Sie konnte sich besser konzentrieren, und das Schreiben ging ihr leichter von der Hand als am Tag.
Julianne war Journalistin; sie hatte immer schon geschrieben – als Kind Gedichte, als Teenager Tagebuch, als junge College-Studentin Kurzgeschichten. An der Brown University hatte sie Journalistik und kreatives Schreiben studiert und war anschließend nach New York gekommen, um ihre Karriere als Journalistin zu beginnen. Zuerst war sie Lektoratsassistentin in einem Buchverlag, doch sie erkannte, daß sie der Job nicht weiterbringen würde, und bat den Leiter der Presseabteilung um einen Gefallen. Der verhalf ihr zu einem Vorstellungsgespräch bei einem Zeitschriftenverlag, wo sie drei Monate arbeitete, bis ihr klar wurde, daß man bei diesem Job genauso festgelegt war. Sie versuchte es bei einer Tageszeitung, dann bei einer Werbeagentur. Schließlich dämmerte es ihr, daß ein Achtstundentag – jeder Neun-bis-fünf-Job – mit ihrer bevorzugten nächtlichen Arbeitszeit nicht zu vereinbaren war. Was sie brauchte, war eine freiberufliche Tätigkeit.

In einem Supermarkt stieß sie eines Tages auf ein Werbeblättchen, das auch Beiträge zu Stadtteilereignissen enthielt. Sie erbot sich, eine Kolumne für das Blatt zu schreiben, und begann, Restaurants in dem Viertel zu besprechen – eine gelungene Verbindung ihrer beiden Lieblingsbeschäftigungen, Schreiben und Essen. Das Blatt wurde zunehmend beliebter, was nicht zuletzt auf ihre Kolumne zurückzuführen war, und sie bekam einen Job in dem New Yorker Wochenblatt GEN X 2000 angeboten. Ihre Kolumne ›Tips für den Hungrigen‹ bestand zur einen Hälfte aus Restaurantbesprechungen, zur anderen aus Ratschlägen für Menschen mit Liebeskummer; beide Teile waren reichlich mit Humor gespickt. Sie wandte sich direkt an die Yuppies der Stadt, die keine Zeit zum Kochen hatten, aber gern zum Essen gingen.
Obwohl sie gutes Essen liebte und die Kochkunst sehr ernst nahm, verabscheute sie das Schickimickigetue, das viele Leute einschüchterte, selbst wenn sie ein Vermögen für ein Menü ausgaben. Sie hatte keine Lust, viel Geld in einem Restaurant auszugeben, und hielt stets Ausschau nach jenen günstigen Geheimtips, die in der Stadt immer schwerer zu finden waren. Bei ihr stand die Hausmannskost weit höher im Kurs als die berühmte ›Haute Cuisine‹; einmal widmete sie eine ganze Kolumne der Suche nach dem besten Stück Fleisch in ganz New York.
Ihre Kolumne war ein großer Hit und so beliebt, daß bald ein lukrativer Buchvertrag folgte. Zwei Jahre arbeitete sie an ihrem Buch *Twenty Chefs*. Es enthielt nicht nur viele Geheimrezepte und Tips von zwanzig ameri-

kanischen Chefköchen, sondern plauderte auch über das Privatleben der berühmten Gastronomen. Die kulinarische Welt war aufregend und glanzvoll, und Julianne ließ nichts aus. *Twenty Chefs* war ein Blitzerfolg und erschien auf der Bestsellerliste von *New York Times,* von Borders und von Barnes and Noble. Das Buch verkaufte sich wie warme Semmeln und beförderte Julianne in die höchsten Ränge der Restaurantkritik. Bald war sie eine der einflußreichsten Trendsetterinnen des Geschmacks von Manhattan und wurde ständig zu Premieren, Vernissagen und sonstigen Events eingeladen. Aber Julianne konnte solchen Veranstaltungen nichts abgewinnen, und obwohl sie für jeden Abend zwei bis drei offizielle Einladungen bekam, ging sie meist mit einem guten Freund ins Restaurant und dann nach Hause, um ihre Kolumne zu schreiben.

An einem windigen Donnerstag im Mai ging sie zum Essen ins frisch renovierte La Grille, das direkt neben dem Waldorf Astoria lag, wo ein Hamburger fast soviel kostete wie ein Flugticket auf die Bahamas. Sie wollte das La Grille für ihre Kolumne überprüfen, die sich diesmal mit drei Restaurants, darunter auch dem Le Cirque, befaßte, mit Lokalen, die unlängst geschlossen und dann mit großem Tamtam wiedereröffnet worden waren. Die Kolumne hieß ›Restoration Blues‹.

Mit einer halben Stunde Verspätung betrat sie das La Grille und erregte großes Aufsehen, als sie am Oberkellner vorbeischwebte. Es lag nicht so sehr an ihrer Kleidung – dicker Pulli, schwarze Leggins und klobige Timberlane Boots. Obwohl sie zweifellos umwerfend aussah, war es der Restaurantbesitzer, der den Wirbel verursachte. Er hatte sie sofort erkannt und geleitete sie mit großem Getue zu ihrem Tisch. Im Gegensatz zu Gael Greenwich, der berühmten Restaurant-Kritikerin des *New York Magazine,* die vorgab, ihre Lokale incognito zu besuchen, machte Julianne keinen Hehl daraus, wer sie war.

An diesem Tag traf sie sich mit ihrem Freund George Harris, dem Lektor, der *Twenty Chefs* betreut hatte. Das Buch war eigentlich Georges Idee gewesen. Er hatte sie eines Morgens in der Redaktion angerufen und zum Lunch eingeladen. Sie waren sich auf Anhieb sympathisch gewesen und hatten über vier Stunden vor ihren Pastatellern und Rotweingläsern gesessen. George war ein begeisterter Leser von Juliannes Kolumne und ein Bewunderer ihres Stils, und so schlug er ihr vor, es mit einem Buch zu versuchen.

Julianne, die seinen Vorschlag schmeichelhaft fand und auch als Herausforderung betrachtete, mußte bald erkennen, daß Bücherschreiben sehr viel schwieriger und langwieriger war als das Verfassen von Zeitschriftenartikeln. Eine wöchentliche Kolumne zusammenzustellen war, als würde man ein Thunfisch-Sandwich belegen. Das Bücherschreiben ähnelte eher der Zubereitung einer Crème brûlée für ein festliches Diner.

Ohne Georges Rat und Ermunterung hätte Julianne ihre *Twenty Chefs* nie fertigbekommen (sie sagte oft im Scherz, ohne George hätte der Titel *Six Chefs* lauten müssen). Er hatte immer Zeit für sie, auch wenn sie ihn spät nachts noch anrief, voller Angst, daß sie ihren Termin niemals würde einhalten können oder daß ihr Stil nicht ankäme. Er hatte stets ein offenes Ohr für sie gehabt und ihr ihre Ängste ausgeredet. Mit der Zeit liebte sie ihn richtig und war in mancher Hinsicht von ihm abhängig. Er war zuverlässig, intelligent, großzügig und äußerst attraktiv. Sie hätte sich eine Ehe mit George vorstellen können, wäre er nicht hoffnungslos schwul und seit langem in festen männlichen Händen gewesen, weshalb sie bei ihm keine Chancen hatte.

George hatte schon Platz genommen und nippte an seinem Martini, als Julianne eintraf. Man hatte ihnen einen der bevorzugten Tische reserviert. Julianne war es gewohnt, den besten Tisch im Restaurant zu bekommen, außer natürlich, wenn Gael Greenwich oder jemand von der *New York Times* vor ihr aufkreuzte. Selbst unter Restaurantkritikern gab es eine bestimmte Hackordnung.

Julianne küßte George auf die Wange und fragte, wie sein Wochenende mit Werner auf dem Lande gewesen sei.

»Total nervig, Liebling. Wir haben nachts kein Auge zugetan – bei dem ohrenbetäubenden Grillengezirpe.« Er wedelte mit der Hand. »Wir hassen solche Landpartien, aber man hat ja seine gesellschaftlichen Pflichten.«

»Hör mal, George, du wohnst doch über der Queensboro Bridge und hörst die ganze Nacht das Donnern der Lastwagen. Ganz zu schweigen von der Müllabfuhr und dem Sirenengeheul. Wie können dich da Grillen stören?« lachte Julianne.

Bevor George antworten konnte, erschien der Oberkellner an ihrem Tisch und stellte einen Teller vor Julianne hin. Er hielt den Atem an.

Sie könne sich nicht vorstellen, wieviel Mühe und Vorbereitung dieses Gericht gekostet hatte. Der Chefkoch hätte die letzten vier Stunden an dieser neuen Kreation gebastelt und dabei dreimal gedroht, das Handtuch zu werfen.

Julianne blickte zunächst auf den Teller, dann zum Oberkellner auf. Seine Stirn war erwartungsvoll gerunzelt, seine Finger spielten nervös miteinander.

»Eine Variation unserer Lammlende mit Polenta«, säuselte er, auf das Gericht vor ihr deutend. »Sylbert, unser Chefkoch, hat sie mit seinem würzigen Ratatouille kombiniert und mit einem Schuß Mosel abgerundet.«

Julianne kräuselte ihr wohlgeformtes Näschen, witterte Angeberei hinter der Beschreibung. Sie warf dem Oberkellner einen mißbilligenden Blick zu.

Der erstarrte. »Fällen Sie kein vernichtendes Urteil, Julianne, bitte, es könnte uns Kopf und Kragen kosten.« Er reichte ihr die Gabel. »Bitte, probieren Sie.«

Julianne nahm einen kleinen Bissen, rollte ihn im Mund hin und her, prüfte das Aroma.

George fürchtete schon, sie könnte ihn, wie ein Weinverkoster, wieder ausspucken, aber zu seiner Erleichterung schluckte sie ihn hinunter.

Julianne lächelte. Die Polenta war tatsächlich recht schmackhaft. Sie nickte zustimmend.

Der Oberkellner drückte die Hand an die Brust und stieß einen erleichterten Seufzer aus.

Sie zückte ein dünnes Heftchen und machte sich ein paar Notizen als Gedächtnisstütze. »Ich lobe es als einfallsreich und originell. Was es auch ist«, sagte sie. »Was ich nicht erwähne – ich brauche einen Salzstreuer.«

Der Oberkellner war zufrieden und eilte zum Chefkoch,

der die letzte Viertelstunde kettenrauchend auf der Herrentoilette zugebracht hatte.

George reichte Julianne den Salzstreuer, trank seinen Martini aus und angelte die grünen Oliven aus dem Glas. Er betupfte die Mundwinkel mit seiner Serviette. »Sag mal, ist es dir kein bißchen peinlich, wie man dir in aller Öffentlichkeit in den Arsch kriecht?« fragte er mit geschürzten Lippen.

»Wenn sie's nicht tun, bist du auch kein bedeutender Restaurantkritiker.« Sie klappte ihr Notizbuch zu. »Das gehört mit zum Beruf.« Sie zuckte die Achseln und streute kräftig Salz auf ihre Polenta. »Ist es schlimm für einen Lektor, sich ständig Heucheleien anzuhören?«

Er lachte. Er liebte ihre Art, Hiebe einzustecken und genußvoll auszuteilen. »Ich hab mich damit abgefunden«, kommentierte er trocken.

»Die Leute verstehen nicht, daß es bei einem Buch wie *Twenty Chefs* nicht wichtig ist, wen ich reinnehme«, flüsterte sie. »Sondern wen ich auslasse.«

George lachte. »Du meinst, wen du nicht reinnehmen konntest.«

»Plus ein paar Kerle, deren Essen mir nicht schmeckt.« Sie nickte bekräftigend, beugte sich über den Tisch, um ihre große schwarze Einkaufstasche an sich zu nehmen, und zog ihr Handy heraus. Julianne liebte ihr Handy und benutzte es ständig. Sie fand nichts dabei, ein Gespräch zu unterbrechen und jemanden anzurufen. Deshalb war ihre Telefonrechnung fast so hoch wie ihre Miete, doch das war ihr egal. Das Handy gab ihr das Gefühl, mit der Welt in Kontakt zu sein. Und dieses Gefühl war seinen Preis wert, fand sie.

»Hat sich der Typ vom *Newsday* gemeldet?« fragte George und entfaltete seine Serviette mit einem kräftigen Schütteln. Er wollte schon sein eigenes Handy herausziehen, um seinerseits einen Anruf zu tätigen. Dann ließ er es doch lieber bleiben, weil er fand, daß es ein bißchen zu sehr nach Hollywood aussehen würde, wenn sie beide gleichzeitig telefonierten.

Julianne schob ihre Unterlippe vor und kniff die Augen zusammen. »Ist er ein echter Journalist oder nur irgendein Kerl, mit dem du mich zusammenbringen willst?« wollte sie wissen. George hatte die ärgerliche Angewohnheit, Termine mit Männern für sie zu arrangieren, ohne ihr zu sagen, was er damit bezweckte. Sie klappte das Handy auf und wählte ihre Nummer zu Hause.

»Ich bringe dich nicht mehr mit Männern zusammen«, entgegnete er und strich die Serviette auf seinem Schoß glatt. »Du weißt nicht, was du mit ihnen anfangen sollst.« Er beschloß, ihr nicht zu sagen, daß der *Newsday*-Reporter frisch geschieden, 1,90 Meter groß, ein guter Journalist und ein äußerst sympathischer Kerl war und daß er sich nach Juliannes Nummer erkundigt hatte, nachdem ihm ein Foto von ihr in seinem Magazin aufgefallen war.

Ihr Handy zwischen Schulter und Hals geklemmt, stocherte sie mit ihrer Gabel in Georges Zitronen-Risotto. »Manchmal doch«, sagte sie nachdenklich. »Für etwa zwei Monate.«

»Wohl eher zwei Wochen«, murmelte George, und sie mußte zugeben, daß seine Schätzung zutreffender war. Ihr Liebesleben hatte sich im letzten halben Jahr eher trübe gestaltet, seitdem sie mit dem Anwalt von ›Sinclair and Pennimore‹ Schluß gemacht hatte. Sie hatten sich auf irgendeiner Wohltätigkeitsveranstaltung kennengelernt und ein kurzes Verhältnis gehabt. Er hatte ihr nach ihrem ersten Treffen Blumen geschickt und ihr nach dem zweiten angeboten, ihre Stereoanlage zu reparieren. Sie hatten ein Wochenende in seinem Landhaus verbracht. Als er ihr vorschlug zusammenzuziehen, war sie in Panik geraten und hatte vorgegeben, aus beruflichen Gründen die nächsten drei Monate verreisen zu müssen.

Julianne wußte, daß sie ein Bindungsproblem hatte. Ihr Liebesleben bestand aus einer Reihe von Kurzzeitverhältnissen. (George hatte sie einmal eine Serienmonogamistin genannt, und sie mußte zugeben, daß die Beschreibung zutraf.) In letzter Zeit aber fiel es ihr immer schwerer, selbst für solche unverbindlichen Bindungen genügend Interesse aufzubringen. In den vergangenen sechs Monaten war es kein einziges Mal zu mehr als einem ersten Rendezvous gekommen. Zugegeben, die Fertigstellung ihres Buches hatte sie stark in Anspruch genommen, aber das war nicht das eigentliche Problem. Sie hatte die Lust am Small talk verloren, war außerstande, bei faden Gesprächen Interesse zu heucheln. Sie wollte sich Hals über Kopf verlieben. Sie wollte ein kleines Wunder.

Julianne winkte einen vorübergehenden Kellner herbei. »Ich bin fertig hiermit«, sagte sie und zeigte auf ihren Teller. »Ich möchte sein Risotto probieren.« Sie deutete mit ihrer Gabel auf George.

Der Kellner, der instruiert worden war, ein Auge auf die wichtige Kritikerin zu haben und ihr alle Wünsche zu

erfüllen, nahm Georges Teller und stellte ihn vor sie hin.
Sie schüttelte den Kopf und lachte. »Nein, nein. Ich meine, eins *wie* seines.« Sie schob George den Teller wieder zu, und sie wechselten einen Blick, der Bände sprach. Okay, mußte sie zugeben, die Arschkriecherei war schon ein bißchen peinlich.
Sie vernahm das Klicken ihres Anrufbeantworters und gab ihre Codenummer ein. Dann hörte sie die Anrufe ab. Der erste war von ihrer Mutter, der zweite von einem MCI-Vertreter, der ihr ein Miles-and-More-Angebot machen wollte, der dritte von jemandem, der sie tatsächlich interessierte.
»He, Jules! Hier ist Michael.«
Beim Klang seiner Stimme leuchteten ihre Augen auf.
»Du lieber Himmel, es muß schon – wie lange? – einen Monat her sein, oder?« Sie rechnete schnell nach. Ja, ein Monat konnte stimmen. »Ich muß dich unbedingt sprechen. Ganz dringend. Ich bin in Chicago im Drake Hotel. Ruf mich jederzeit an. Meinetwegen morgens um vier. Ganz egal. Ich muß dir unbedingt was mitteilen.«
Michael! Genau der Mann, den sie brauchte. Sie stellte das Handy aus, klappte es zu.
George bemerkte das Leuchten in ihren Augen, das ganz bestimmt nichts mit dem Risotto zu tun hatte. »Wer hat angerufen? Der Mann der Stunde? Der Typ vom *Newsday?* Doch nicht etwa der Anwalt. Wer?«
Sie lächelte. Ein zärtliches natürliches Lächeln, das ihre Klassenkameraden auf der Wiscoma High School nachts von ihr hatte träumen lassen. »Nein, nein, genau das Gegenteil«, sagte sie und ließ das Handy in ihre

Tasche gleiten. »Es ist mein Michael, und er will mich *unbedingt* sprechen.« Mit einer raschen Handbewegung warf sie ihr Haar zurück.

Enttäuscht, daß es nicht der Journalist war, fuchtelte George mit der Gabel in der Luft. »Dieser reisende Sportreporter, stimmt's? Wo hattest du den noch mal aufgegabelt?«

»An der Brown University, wir hatten damals einen wirklich heißen Monat. Und, wie du dir vorstellen kannst, hab ich wieder mal kalte Füße bekommen ...« Sie zuckte die Schultern. So war sie eben – gut oder schlecht –, sie suchte nach keiner Entschuldigung. »Also hab ich allen Mut zusammengenommen und ihm das Herz gebrochen. Ich hab ihm erzählt, da sei dieser Austauschstudent aus Pakistan, der wolle, na du weißt schon ...«

George wußte es. Er nickte.

»Und Michael hatte plötzlich diesen verletzten Hundeblick in den Augen, irgendwie verträumt, und sagte: ›Ich wußte, ich kann dich nicht halten‹, und das macht mich natürlich ganz elend. Und dann sagte er: ›Aber wirklich heulen könnte ich darüber, daß ich den besten Freund verliere, den ich je hatte.‹ Das hat mich dann erst richtig fertiggemacht.« Sie nahm einen kräftigen Schluck Wasser. »Und als er es sagte, empfand ich plötzlich genauso. Und so hab ich geheult wie ein Schloßhund. Vielleicht das dritte Mal in meinem Leben. Und ich hab ihn geküßt. Und seither sind wir die besten Freunde. Das ist jetzt, na ja, neun Jahre her und also die längste Beziehung in meinem Leben, ausgenommen die zu meinen Eltern. Michael und ich haben einander über alle schweren Zeiten hinweggeholfen, ganz gleich, ob einer seinen Job, einen Verwandten oder einen Liebespartner verloren hat. Jeder ist, wenn's dem anderen dreckig ging, quer durch die ganzen Staaten gereist. Wir haben einfach nur getrunken, geredet und geredet. Manchmal auch am Telefon.«

Michael war der ruhende Pol in ihrem Leben; der einzige Exfreund, mit dem sie in Verbindung geblieben war. Fast ein Jahrzehnt lang waren sie sich näher als Bruder und Schwester gewesen; sie reisten zusammen, machten gemeinsam Urlaub, standen einander zur Verfügung, wann immer eine offizielle Begleitung vonnöten war. Jeder kannte die Familie des anderen und die Geschichte einer jeden Beziehung, die der andere im letzten Jahrzehnt eingegangen war. Ganz gleich, wie weit sie geographisch voneinander getrennt waren, Michael war immer für sie da. Er war ihr Sicherheitsnetz.

»Ihr seid einfach seelenverwandt«, meinte George.

»Nein, er ist ganz anders als ich, falls du das meinst«, entgegnete Julianne nachdenklich. »Er ist mehr so wie du, nur eben hetero.«

George nickte und faßte die Bemerkung als Kompliment auf – für Michael.

»Er wird immer für mich da sein, hundert Pro«, sagte Julianne überzeugt.

Der Kellner erschien mit einem zweiten Teller Risotto und stellte ihn vor sie hin.

»Er ist immer noch in dich verliebt«, sagte George ebenso überzeugt.

»Vielleicht«, meinte sie achselzuckend und verspürte dabei ein angenehm prickelndes Glücksgefühl. Sie war es gewohnt, daß sich Männer in sie verliebten; ihre Unnahbarkeit und Gleichgültigkeit wirkten wie ein Magnet, der zahlreiche Anrufe, Blumensträuße und hin und wieder einen Heiratsantrag zur Folge hatte. Natürlich verabscheute sie nichts mehr als einen besitzergreifenden Mann, sogar schon einen, der sie mehr als dreimal hintereinander sehen wollte. Doch mit Michael war das anders. Sie waren längst über die Anfangsphase hinaus, und sie brauchte nicht zu befürchten, daß er es allzu ernst nehmen würde. Deshalb konnte sie zulassen, daß er sie liebte, wenn auch, natürlich, aus der Entfernung. »Wir können uns lieben, aber es wird nie richtig gefährlich. Wie damals in Tucson, vor etwa sechs Jahren, glaube ich ...«

Der Kellner schenkte ihr Wein nach.

»Mensch, daran habe ich schon Jahre nicht mehr gedacht ...«

Der Kellner, ein blutjunger Italiener mit dunklen Locken, blieb weiter neben Julianne stehen, geblendet von ihrem langen roten Haar, ihrem roten Schmollmund. Vielleicht aber war es auch ihre Geschichte, die ihn faszinierte. Jedenfalls machte er keine Anstalten, sich von ihrem Tisch zu entfernen.

Versunken in ihren Erinnerungen an Michael, nahm Julianne den Kellner gar nicht wahr. »Ich kann mir nicht mal mehr vorstellen, daß es jemals so weit gekommen ist ...«

George sah zu dem Kellner auf. Julianne folgte seinem Blick und nahm den jungen Mann erst jetzt richtig wahr. »Würden Sie uns eine Minute allein lassen?« fragte sie in höflichem Ton.

Der Kellner, eigentlich noch ein Kind, zuckte zusammen, erschrocken über sein Benehmen. Er hatte gar nicht gemerkt, daß er das Paar belästigte. Die Schamröte schoß ihm ins Gesicht.

»Sie versäumen nichts Großartiges«, versicherte sie, als sich der Junge zum Gehen wandte. »War kein Sex dabei.«

Mit hochrotem Kopf verschwand er hinter einem Blumenarrangement.

Sie wandte sich wieder an George. »Wir haben einen feierlichen Vertrag abgeschlossen: Sollten wir beide achtundzwanzig und keiner von uns verheiratet sein ... nun, dann würden wir heiraten. Wir meinten das ganz ernst. Und haben eine Flasche Champagner geleert, um den Pakt zu besiegeln.«

Sie lachte. Sie konnte selbst nicht glauben, je so etwas Albernes versprochen zu haben. Typisch Highschool, dachte sie. Und doch hatte sie diesen Abend in zärtlicher Erinnerung; so weit hatte sie sich in ihrem Leben noch nie auf etwas eingelassen.

Erstaunlicherweise lachte George nicht über ihre Geschichte.

Sie träufelte Zitronensauce auf ihr Risotto. »Er meinte, das wäre dann ein Zeichen von Gott oder von einer vergleichbaren Autorität, daß wir unsere Bestimmung mißverstanden hätten und zusammengehörten. Es ist albern, ich weiß, doch du hast nach Michael gefragt, und da hast du die Antwort.« Sie kostete von ihrem Risotto. »Wir haben nie wieder von diesem Abend gesprochen. Ich weiß gar nicht, wie ich überhaupt darauf gekommen bin.«

»Ich schon«, sagte George.
Sie blickte zu ihm auf. »Ach, wirklich?« Sie mußte lachen, weil George immer glaubte, sie so gut zu kennen. »Du wirst in drei Wochen achtundzwanzig, wenn ich dich dran erinnern darf. Wie alt ist Michael?«
O Gott! Sie war wie vom Schlag getroffen. Konnte es möglich sein? »Du glaubst doch nicht etwa ...«, fragte sie und führte hastig die Gabel zum Mund.
George nahm einen Schluck Wasser. »Sagte er nicht, er müsse dich *ganz dringend* sprechen? Warum wohl ganz dringend?«
Sie dachte nach und schüttelte dann energisch den Kopf. »Er wird mir keinen Antrag machen«, protestierte sie und schaufelte einen Berg Risotto in den Mund. »Das kann er nicht machen«, fügte sie kauend hinzu.
»Warum schlingst du dann so hektisch?« fragte er.
Sie tupfte die gelbe Sauce ab, die ihr das Kinn hinunterlief, und mußte zugeben, daß sie plötzlich ein flaues Gefühl im Magen hatte. »Wenn ich ihm einen Korb gebe, wird zwischen uns nichts mehr so sein wie jetzt.« Sie warf die Serviette über ihren Teller. »Das kann er nicht tun!« Plötzlich war sie wütend auf ihn. Er würde alles kaputtmachen!
»Wir werden ja sehen«, sagte George.
Sie verlangte nach der Rechnung, und sie verließen das Restaurant. Julianne wollte mit ihrem Problem nicht allein sein und bat George, den Nachmittag mit ihr zu verbringen. George aber mußte ins Büro zurück, weil um drei Uhr eine Marketingsitzung stattfand, bei der er nicht fehlen durfte – für Julianne nur ein weiterer Beweis dafür, wie idiotisch so ein Full-time-Job war.

Julianne verbrachte den restlichen Nachmittag allein und versuchte, in der Schuhabteilung von Bloomingdale's auf andere Gedanken zu kommen. Sie kaufte drei Paar Pumps in verschiedenen Farben (sie waren heruntergesetzt) und ein Paar völlig überteuerte Freizeitschuhe von Donna Karan, einfach weil sie glaubte, keinen weiteren Tag ohne sie leben zu können. Schuhe waren ihre Leidenschaft, Kleider waren ihr weniger wichtig.

Zu Hause warf sie ihre Einkaufstaschen aufs Bett und ließ sich mit einem Seufzer nieder. Es war okay, ihre Sorgen mit ein paar verrückten Schuhen zu verdrängen, aber da saß sie nun und starrte auf diesen verdammten Anrufbeantworter. Sie streckte die Hand aus und drückte auf die ›Play‹-Taste.

Michaels Stimme überbrückte Hunderte von Meilen und all die Zeit, die sie sich nicht mehr gesehen hatten. Obwohl sie oft miteinander sprachen, waren sie selten gleichzeitig am selben Ort. Michael reiste noch häufiger als sie, von einer Sportveranstaltung zur nächsten. Er übernachtete in billigen Motels und Leihwagen und holte sein Essen oft aus Automaten. Dank dieses Engagements in seinem Job waren Michael O'Neals Artikel zu den begehrtesten in den Sportmagazinen des ganzen Landes geworden. Er hatte einen flotten, respektlosen Stil, dazu eine wahre Leidenschaft für den Sport, was den Fans aller Altersklassen gefiel.

Es belustigte beide, daß sie eine so ähnliche Laufbahn eingeschlagen hatten. Auch Michael hatte Journalistik studiert, und sie hatten viele Vorlesungen gemeinsam besucht. Bei einer Flasche Wein hatten sie sich oft gegenseitig ihre Artikel vorgelesen. Michaels Urteil war

ihr das wichtigste, auch wenn sie das George nie erzählt hatte.
Julianne lehnte sich in ihre Kissen zurück und dachte an Michaels dickes schwarzes Haar und an seine durchdringenden dunklen Augen. Er hatte einen großartigen Körper, den er mit den zehn Kilometern, die er allmorgendlich joggte, in Form hielt.
Warum hatte sie sich nicht in ihn verliebt?
Er war amüsant, aufmerksam und liebte sie aufrichtig. Einmal war er quer durch die Staaten zu ihr gereist, weil sie nach einer Vorsorgeuntersuchung ein beunruhigendes Ergebnis erhalten hatte. Er hatte ihr in der Arztpraxis die Hand gehalten, als sie einen zweiten Test machen ließ, der zum Glück negativ ausfiel. Er war für sie da, wenn sie sich aussprechen mußte oder nur eine nette, liebevolle Stimme hören wollte. Er vergaß nie ihren Geburtstag, konnte sich an jede Geschichte erinnern, die sie ihm jemals erzählt hatte, und war sogar ihren Eltern und ihrer Familie ans Herz gewachsen. Er war vollkommen, aber sie hatte ihn zurückgewiesen – also mußte wohl etwas mit ihr nicht stimmen.
Sie lauschte seiner geliebten Stimme, die vom Band sagte: »Ruf mich jederzeit an. Meinetwegen morgens um vier. Ganz egal. Ich muß dir unbedingt was mitteilen.« Mit einem Surren und einem schrillen Piepston schaltete sich das Gerät aus. Sie spielte die Nachricht noch einmal ab.
Ein Gefühl von Panik durchrieselte sie. Sie nahm ihr schnurloses Telefon und lief aus dem Schlafzimmer. Sie starrte aus dem Fenster auf das abendliche West Village, das von Tausenden Lichtern erleuchtet war.

Der Ausblick war faszinierend – ein Wirrwarr von Läden, Restaurants, Scheinwerfern und Menschen jeder Größe, Rasse, Farbe und Konfession. Sie liebte dieses schräge Viertel, in dem bei Tag und bei Nacht Vielfalt regierte.

Sie wandte sich vom Fenster ab und blieb vor dem Spiegel ihrer Frisierkommode stehen. Sie wollte, ehe sie diesen Anruf erledigte, vorher üben, wie sie Michaels Antrag ablehnen konnte, ohne ihm das Herz zu brechen oder seine Freundschaft zu verlieren. Vielleicht war es leichter, wenn ihr ein logischer Grund einfiel, warum sie ihn nicht heiraten konnte. »Schlechtes Timing, Michael«, sagte sie zu sich im Spiegel, »ich bin gerade in ein Kloster eingetreten, und man bekommt seine Einlage nicht zurück.«

Nein, zu schnoddrig. Sie schüttelte ihre Mähne. Es würde schwieriger, als sie angenommen hatte. Dabei hatte sie in den letzten Jahren schon manch einen Heiratsantrag abgelehnt. Aber sie war nie wirklich erpicht darauf gewesen, mit dem Typen weiter befreundet zu bleiben. Heiratsanträge und die Typen, die sie machten, waren Einwegware – wie Coladosen. Aber Michael war jemand, den sie nicht endgültig verlieren wollte; nur heiraten wollte sie ihn nicht.

Sie räusperte sich. »Ich bin schon verheiratet, Michael.« Nein, das klang albern, obwohl sie die Ausrede schon mal bei einem Typen aus Venezuela benutzt hatte, der sie einfach nicht in Ruhe lassen wollte. Aber Michael hatte ein besseres Gespür als Jorge und würde die Ausrede sofort durchschauen.

Sie versuchte, eine düstere Miene aufzusetzen, und

sprach mit ernster Stimme: »Ich habe noch zwei Wochen zu leben, Michael.« Das laut auszusprechen machte ihr solche Angst, daß sie dreimal ausspuckte, um die bösen Geister zu vertreiben, die sie vielleicht unbewußt herbeigerufen hatte.
Sie starrte auf ihr Bild im Spiegel und schnitt eine Grimasse. »Ich bin lesbisch, Michael, bring mich nicht durcheinander.«
Sie streckte die Zunge raus; sie war gelb, sicher noch vom Risotto. Mit den Zähnen versuchte sie, den Belag von der Zunge zu schaben, vergebens. Nun, großartig. Jetzt sah sie gelbsüchtig aus. »Ich kann dich nicht heiraten, Michael, ich habe Hepatitis.«
Nichts davon würde funktionieren! Nervös begann sie wieder im Zimmer auf und ab zu tigern und stieß dabei gegen die Kante der Frisierkommode. Mehrere Parfumfläschchen kippten um. Sie stellte sie wieder auf und rieb sich den Schenkel; sicher würde sie einen dicken blauen Fleck bekommen.
Dann wählte sie wütend die Nummer vom Drake Hotel. Genug war genug. Sie mußte die Sache hinter sich bringen, bevor sie und ihr Mobiliar größeren Schaden nehmen würden.
Der Telefonist des Hotels antwortete in dem typisch höflichen, aber gelangweilten Tonfall eines Angestellten, der den ganzen Tag Kopfhörer trägt.
»Ich möchte mit Michael O'Neal sprechen«, sagte Julianne. »Aber da es schon so spät ist, will ich lieber nur eine Nachricht hinter…«
Der Telefonist schnitt ihr das Wort ab. Also wurde nichts aus der Idee, Michaels Antrag mit einer diktier-

ten Nachricht abzulehnen. Sie sah den rosafarbenen Zettel geradezu vor sich:

AN: MICHAEL O'NEAL
VON: JULIANNE POTTER

NACHRICHT: Hat angerufen, um mitzuteilen, daß sie Sie nicht heiraten kann. Keine Fragen bitte.

Sie trommelte mit den Fingern auf die Kommode, während sie auf die Verbindung wartete. Insgeheim betete sie, daß er nicht da wäre. Sie konnte noch eine Nacht gebrauchen, um einen Schlachtplan auszuarbeiten.
Michael nahm beim ersten Klingeln ab. Seine Stimme war schlaftrunken.
Sie lächelte und fragte sich, warum sie so nervös gewesen war. Dies war Michael. Ihr Michael! Sie konnte ihm irgendwas erzählen. »Guten Abend, junger Mann«, flötete sie mit ihrer sinnlichsten Stimme. »Sie sind Mitglied im Telefonsex-Club geworden, und ich bin Ihre erste Anruferin.«
»He!« rief er überglücklich, und sie sah ihn vor sich, wie er kerzengerade im Bett saß. »Mensch, ist das gut, deine Stimme zu hören. Ich versuche seit einem Monat, dich zu erreichen.«
»Ich war auf einer Lesereise ...«
»Ich hab mir gedacht, daß du nicht in New York warst.«
»... und mein Anrufbeantworter hat nicht funktioniert ...« Sie hörte nicht auf, sich zu entschuldigen, weil sie bereits ein schlechtes Gewissen hatte.
»Oder du brauchst immer noch dreißig Tage, um einen

Anruf zu beantworten«, sagte er lachend. Er fand es wunderbar, wie sie sich gegenseitig aufzogen.
Sie mußte zugeben, daß er nicht ganz unrecht hatte. »Viel weniger, wenn's ein Anruf von dir ist«, versuchte sie sich zu verteidigen.
»Egal«, sagte er und ging über ihre Bemerkung hinweg. »Hör zu, ich muß dich um etwas bitten. Etwas so ungeheuer Wichtiges, daß ich nicht weiß, was ich tu, wenn du die Bitte abschlägst.«
Sie schluckte nervös. Jetzt kommt's, dachte sie und hoffte inständig, daß sie die richtigen Worte finden würde, um seine Gefühle zu schonen. Dann beschloß sie, ihn zu unterbrechen, denn die beste Verteidigung war immer noch ein guter Angriff, wie sie wußte. »Ich muß dir vorher nur noch etwas sagen, okay? Du wirst dich totlachen, wenn du das hörst.« Sie versuchte, ihrer Stimme eine heitere Note zu geben.
Schweigen am anderen Ende der Leitung. Es schien fast, als hätte er aufgehört zu atmen.
»Ich hab an dich gedacht«, pirschte sie sich behutsam vor, ohne zu wissen, was sie sagen würde. »Und dabei ist mir wieder dieser wahnsinnige Abend eingefallen, den wir mal zusammen in Tuscon verbracht haben. Das muß etwa tausend Jahre her sein.«
Weiteres Schweigen.
»Ich meine, du wirst dich kaum erinnern, was an diesem blöden Abend passiert ist.«
»Wie kommst du darauf?« fragte er gefühlvoll. »Ich denke die ganze Zeit an diesen Abend.«
Ihr schlug das Herz bis zum Hals. Einen Augenblick dachte sie, sie würde einen Herzinfarkt bekommen.

Dann *ging* es also um diesen Abend, genauso wie sie befürchtet hatte. Bei dem bloßen Gedanken wurde ihr fast übel.

»Aber deshalb ruf ich dich nicht an«, sagte Michael.

Das machte sie stutzig. »Nicht?«

»Nein«, gab er zurück. »Ich wollte dich sprechen, weil ich jemanden kennengelernt habe.«

Da war es wieder, dieses Gefühl, als wäre plötzlich alle Luft aus ihrer Lunge gewichen. »Na, das ist ja großartig«, sagte sie und hoffte, daß es überzeugend klang. »Da war doch niemand mehr seit dieser Schnapsdrossel Jenny Lee mit dem falschen englischen Akzent«, lachte sie, vielleicht eine Note zu fröhlich. »Wenn ich mich recht entsinne, war Jenny der Typ, den man den Eltern nicht präsentieren kann. Freut mich, daß du dir was Neues an Land gezogen hast, ganz ehrlich.«

»Nein, du hast mich nicht richtig verstanden«, sagte Michael todernst. »Ich empfinde für sie, was ich noch nie für jemanden empfunden habe.«

Julianne versuchte tief zu atmen, doch das Zimmer schien plötzlich unerträglich heiß. Sie riß das Fenster auf.

»Dabei paßt sie gar nicht zu mir!« fügte er hinzu.

Das klang schon besser. »Nun, das ist ja eine gute Ausgangsposition«, sagte sie, bemüht, ihm zu helfen, während sie gleichzeitig die Situation – und ihre eigene Verwirrung – zu begreifen versuchte.

Er schien ihre Bemerkung gar nicht gehört zu haben. »Sie studiert noch – University of Chicago. Sie ist zwanzig! Wie du damals, als wir uns kennenlernten.«

Sie hörte ihn im Zimmer auf und ab gehen. »Sie studiert

Architektur und ist unheimlich gescheit und lebenslustig.«
Julianne lief in die Küche. Ihr Mund war so trocken, daß sie kaum sprechen konnte. Was zum Teufel wollte er ihr beibringen? Was es auch war, sie wußte, es würde ihr nicht gefallen. Wann rückte er endlich mit dem Heiratsantrag heraus?
»Und ihr Vater ist Multimillionär. Ihm gehören die White Sox, die Baseballmannschaft von Chicago, und irgendein Kabelsender. Und du weißt ja, wie verdammt blöd ich mich anstelle bei solchen formellen Familienangelegenheiten, in Anzug und Krawatte.«
»Weiß ich.« Sie schenkte sich ein Glas Wasser ein und nahm hastig einen Schluck. Sie mußte daran denken, wie süß er in seinem Anzug ausgesehen hatte, als er sie zur Hochzeit ihrer Schwester begleitet hatte.
»Dabei sind es prächtige Leute, das Salz der Erde«, sagte Michael. »Sie würden dir gefallen.«
Auf dem Weg zurück ins Schlafzimmer hielt sie plötzlich inne. »Du hast ihre Eltern schon kennengelernt?« fragte sie ungläubig.
»Na klar«, sagte er, als wäre es das Selbstverständlichste von der Welt.
Julianne konnte sich an keine Beziehung in Michaels Vergangenheit erinnern, bei der es so weit gekommen war. Diese Geschichte mußte wirklich etwas sehr Ernstes sein.
Sie stand vor ihrem Bett. Ein Wagen hupte unten auf der Sixth Avenue. Sie wußte nicht, was sie antworten sollte, und ließ ihn weiter reden.
»Wir heiraten nämlich«, sagte er. »Diesen Sonntag.«

»Wie?« Sie traute ihren Ohren nicht. Sie wollte sich auf ihr Bett sinken lassen, verfehlte es und landete mit einem Bums auf dem Boden. Ihre Beine flogen in die Luft. Das Glas glitt ihr aus der Hand, und der Inhalt ergoß sich über den Teppich. Sie sah, wie sich eine Pfütze um das Bein ihres Sessels bildete.

Julianne richtete sich mühsam auf und versuchte, sich von dem Sturz oder, wichtiger noch, von dem Schock zu erholen. »Michael, es ist Mittwoch abend«, sagte sie langsam, als könnte das etwas ändern. »Du kannst doch nicht Sonntag heiraten.«

»Genauer gesagt fängt es morgen schon an. Es wird eine von diesen Viertagehochzeiten mit all dem traditionellen Klimbim und zehn Millionen Leuten, die aus Madagaskar oder sonstwoher eingeflogen werden. Wie das alles so schnell organisiert werden konnte, ist mir schleierhaft, aber irgendwie haben Kimmy und Isabelle, das ist ihre Mutter, es fertiggebracht.«

Das war der blanke Wahnsinn! »Arbeitest du dieses Wochenende nicht? Ich meine, kannst du es verantworten, einfach davonzulaufen und zu heiraten?« Was für eine schwachsinnige Bemerkung, dachte sie. Sie mußte unter Schock stehen, wie damals, als sie vom Pferd gefallen war. Sie fragte sich, ob sie einen Arzt rufen oder ein Beruhigungsmittel nehmen sollte.

»Nun, die Sox haben ein Heimspiel«, fuhr Michael fort, als sei dies ein völlig logischer Einwand. »Eric läßt mich einen Artikel über den großen Baseballstar Hurt schreiben. Das heißt ...« Er hielt einen Augenblick inne, als hätte er eben erst verstanden, was sie gesagt hatte. »Was meinst du mit ›verantworten‹?« fragte er verwirrt.

»Kann ich mir nicht ein Wochenende freinehmen, um zu heiraten?« Dann wurde ihm klar, daß sie vielleicht recht hatte. Was tat er da?
Sie starrte auf ihr Bild im Spiegel. Sie sah anders aus als sonst. Nein, nicht anders, nur einsam. Sehr einsam.
»Ich habe Angst, Jules«, flüsterte er.
»Ich auch«, wollte sie sagen, tat es aber nicht. »Nun, vielleicht sollten wir mal darüber reden, was mit dir los ist.«
»Ich brauche dich. Wenn du nicht nach Chicago kommst und mir die Hand hältst, überstehe ich das nicht. Ich weiß, wie sehr du Hochzeiten haßt – ich mußte dich ja praktisch zur Hochzeit deiner eigenen Schwester zerren. Eigentlich wollte ich es dir ersparen, doch dann wurde mir klar, daß ich es ohne dich nicht schaffe. Bitte komm. Bitte!«
Wie konnte sie seine Bitte abschlagen? »Nun, wenn es so ist, kann ich ja wohl nicht nein sagen, oder?«
Er war ganz aus dem Häuschen und nannte ihr das Flugzeug, das sie am nächsten Tag nehmen sollte. Er hatte den Morgenflug bereits gebucht, denn er wußte ja, daß sie ihn nicht im Stich lassen würde. »Ich kann es gar nicht erwarten, daß du sie kennenlernst«, rief er, bevor er auflegte.
»Ich auch nicht«, erwiderte sie und hoffte, daß es überzeugend klang.
Sie betrachtete sich erneut im Spiegel. Sie sah so verwirrt aus. Vielleicht hatte sie sich beim Sturz auf den Teppich eine Gehirnerschütterung zugezogen. Doch dann fiel ihr ein, daß sie ja gar nicht mit dem Kopf aufgeprallt war.

Aber wie sonst war dieses Gefühl zu erklären, als lebte sie nicht mehr auf demselben Planeten wie der Rest der Welt?
Es war nicht möglich, daß Michael, ihr Michael, heiratete. Sie mußte etwas unternehmen. Aber was?
Diese Gedanken gingen ihr beim Kofferpacken durch den Kopf, und als es Zeit war, ins Bett zu gehen, wurde ihr plötzlich klar, daß sie einen Plan gefaßt hatte. Sie würde nach Chicago fliegen, Kimmy kennenlernen, die Beziehung kaputtmachen und Michael selbst heiraten.
Es war ein Plan, aber wie sie ihn ausführen sollte, wußte sie noch nicht.

2. Kapitel

Früh am nächsten Morgen rief Julianne George an und bat ihn, sie zum Airport zu fahren. Üblicherweise benutzte sie für diese Zwecke einen Zubringerdienst. New Yorker sind bekannt dafür, daß sie einander nur selten zum Flughafen fahren. Einer der Vorteile des Stadtlebens ist, daß man keinen eigenen Wagen braucht. George aber behauptete, ohne Auto nicht existieren zu können, auch wenn er sich oft beklagte, daß er sich für die Kosten seines Garagenplatzes eine zweite Wohnung in der Stadt leisten könne. Aber da er nun mal einen Wagen besaß, konnte er Julianne zum Flughafen bringen, wenn sie mal wieder mit den Nerven fertig war – und heute morgen am Telefon hatte sie wirklich hysterisch geklungen.

Gestern noch hatte der Gedanke sie in Panik versetzt, Michaels Heiratsantrag ablehnen zu müssen und sein Herz zu brechen, und heute war sie ein Nervenwrack, weil er ihr *keinen* Antrag gemacht hatte. Noch vor ein paar Stunden hatte sie den Kerl nicht gewollt, und jetzt trug sie sich fast mit Selbstmordgedanken, weil sie ihn nicht kriegte. Frauen konnten bisweilen noch unlogischer sein als schwule Männer.

Er holte sie um neun Uhr ab, und als er vor ihrem Haus vorfuhr, wartete sie schon mit ihrem Gepäck an der Eingangstür. Sie winkte hektisch und stieg in seinen Wa-

gen. Vor dem Zeitungskiosk an der nächsten Straßenecke bat sie ihn, kurz anzuhalten, sprang hinaus und kaufte sich ein Päckchen Zigaretten. Spätestens jetzt war ihm klar, daß sie wirklich völlig am Ende war. Julianne war Nichtraucherin!
Während ihr in seinem offenen Jeep die Haare ins Gesicht wehten, versuchte sie, eine Zigarette an der Glut der letzten anzuzünden – bei sechzig Meilen auf dem Grand Central Parkway keine so leichte Sache.
»Man stirbt nicht in vier Tagen an Lungenkrebs«, bemerkte George trocken und rümpfte die Nase über Juliannes neuste Gewohnheit. Als bekehrter Raucher haßte er den Geruch von Zigarettenqualm. »Also versuch's auf 'ne andere Tour.«
»Dir fehlt das Gespür für meine Notlage, George. Die Situation erfordert drastische Maßnahmen. Mir bleiben vier Tage, um eine Hochzeit zu verhindern und der Braut den Bräutigam auszuspannen. Und ich habe nicht die geringste Ahnung, wie ich das anstellen soll.« Sie warf die beiden Zigaretten aus dem Fenster. Vielleicht war dies nicht der rechte Zeitpunkt, einer lebensbedrohenden Sucht zu verfallen. »Mein bester Freund ruiniert sein Leben.«
»Nein«, meinte George, während er sich in die Spur zum La Guardia Airport einfädelte. »Andersherum! Er ruiniert *dein* Leben.«
»Kommt doch aufs gleiche heraus«, erwiderte sie mit einer wegwerfenden Handbewegung. »Wenn du jemanden liebst, ist es deine Pflicht, ihn vor sich selbst zu schützen.« Um dieser Tatsache Nachdruck zu verleihen, hämmerte sie mit der Faust aufs Armaturenbrett.

George überging ihre Bemerkung und bog schweigend in den Kurzzeit-Parkplatz nahe der United Airlines ein. Er stellte den Wagen ab, sprang heraus und nahm die beiden Gepäckstücke vom Rücksitz. Ein Schal oder irgendein Kleidungsstück aus ähnlich dünnem Material schaute aus einem der Koffer heraus, doch er beschloß, es unerwähnt zu lassen. Offensichtlich hatte sie in aller Eile gepackt, und im Augenblick schien ihre Garderobe das geringste ihrer Probleme zu sein.

Er trug ihr Gepäck in die Flughalle und begleitete sie, als sie eingecheckt hatte, zu ihrem Flugsteig. Unterwegs kamen sie an einer Café-Bar vorbei, und er dachte, da sie noch immer so unglaublich verwirrt aussah, würde ein Schnaps ihren Nerven guttun.

»Wie wär's mit einem kleinen Drink?« schlug er vor, obwohl es kaum zehn Uhr morgens war. »Trinken ist eine ebenso drastische Maßnahme wie Rauchen. Und sicher noch wirkungsvoller. Wir könnten in aller Ruhe über die Sache reden, und du nimmst eine spätere Maschine.«

»Ich habe keine Zeit zum Plaudern, George. Ich hab's eilig!« rief sie und wühlte in ihrer Handtasche nach der Bordkarte, die ihr vor nicht einmal fünf Minuten vom Personal ausgehändigt worden war. Sie fand die Bordkarte, dafür aber waren jetzt die Gepäckscheine verschwunden. Sie tastete die Taschen ihres marineblauen Blazers ab.

George berührte sie am Ellenbogen, um ihr hektisches Suchen zu unterbrechen. Sie blickte ihn an. »Verdammt, er hat mich neun Jahre angebetet«, sagte sie, und Tränen schossen ihr in die Augen.

»Ich verstehe, warum«, sagte George und strich ihr sanft mit dem Daumen über die Augenwinkel. Er hatte sie noch nie weinen sehen.

Sie überging seine Bemerkung. »Sie kennt ihn vielleicht fünf Sekunden, dazu hat sie Berge von Dollars und ist außerdem makellos, also hab jetzt bitte kein Mitleid mit Miss Lolita Milliardär.« Sie rieb sich die Nase mit dem Handrücken, eine Geste, die sowohl kindlich als auch erwachsen wirkte. »Ich bin schließlich nicht hinter einem verheirateten Mann her. Ich versuche doch nur, es nicht soweit kommen zu lassen.«

George schwieg, stand nur da und sah sie an.

»Tu ich vielleicht was Schlimmes?« Sie blickte auf ihre Fußspitzen, ohne wirklich auf eine Antwort zu warten. George zuckte die Achseln. Wer war er, um sich als Richter aufzuspielen? Auch er hatte im Namen der Liebe ein paar wahnwitzige Dinge angestellt. Einmal war er bis nach Paris geflogen, um einem Mann zu folgen, den er keine vierundzwanzig Stunden kannte. Na, das war vielleicht eine Pleite gewesen, vor allem als sich herausstellte, daß der Mann ein Hetero, dazu Ehemann und Vater von drei Kindern war. Trotzdem, die Erfahrung hatte George einiges über sich selbst und seine impulsive Natur gelehrt. Und irgendwie war es ihm gelungen, die Zeit in Paris trotzdem zu genießen, die Wunden seines verletzten Ego mit Unmengen von *cafés crèmes* in verschiedenen Straßencafés zu heilen. Alles in allem war es kein tristes Wochenende gewesen. »Vielleicht lernst du was«, sagte er, in Gedanken an die Pariser Tage. Er ergriff ihren Arm und geleitete sie zur Sicherheitskontrolle.

Sie stellte ihr Handgepäck auf das Förderband und wandte sich George zu. Mit einem flüchtigen Kuß nahmen sie Abschied. Er zupfte an ihrem Revers wie eine besorgte Mutter, die ihr Kind zum ersten Schultag losschickt. »Paß auf dich auf und mach keine Dummheiten, hörst du?« sagte er und versetzte ihr einen zärtlichen Nasenstüber.
»Ich krieg ihn zurück, egal wie«, sagte sie, mehr zu sich selbst. Diesen Entschluß hatte sie letzte Nacht gefaßt, fest überzeugt, daß es der einzig richtige war. »Denn wenn ich's nicht tue, hab ich ein Leben lang dran zu knabbern.«
Nach einem letzten hingehauchten Kuß eilte sie davon. Er sah ihr nach und biß sich auf die Lippen, wobei er ein kleines Stoßgebet an die Beziehungs-Götter für seine süße Freundin sprach. Dann wandte er sich ab und suchte die Café-Bar auf.
Im Flugzeug versuchte Julianne, sich auf die bevorstehende Aufgabe zu konzentrieren. Beim Steward bestellte sie eine Cola, nachdem sie sich gegen den Wodka entschieden hatte, um ihr Hirn nicht mit Alkohol zu benebeln. Sie zog ihren Laptop aus der Tasche und machte sich daran, ihre Strategie niederzuschreiben. Als erstes tippte sie: ZIEL. Darunter: MICHAEL ZURÜCKEROBERN. Aber dann fiel ihr nichts Weiteres ein, und so saß sie die nächsten anderthalb Stunden da und starrte auf den Bildschirm, bis ihre Batterie leer war und der Computer ihr mitteilte, daß es Zeit war, ihn neu aufzuladen oder ganz auszuschalten. Mit einem Seufzer schaltete sie ihn aus.
Es war ein kurzer Flug, und schon bald kam Chicagos

Skyline in Sicht. Das Sonnenlicht blendete sie, und als sie sich bückte, um ihre Sonnenbrille aus der Handtasche zu ziehen, stieß sie das Colaglas um. Entsetzt sah sie, wie sich der braune Fleck auf ihrem beigefarbenen Rock immer weiter ausbreitete. Sie eilte zur Toilette, um den Fleck auszuwaschen, machte ihn aber nur noch größer.

Als sie das Flugzeug verließ, versuchte sie, den Fleck mit ihrem Laptop zu verdecken. Die Flughalle wimmelte von Menschen. Nervös wie ein Schulmädchen suchte sie die Gesichter am Ausgang ab. Schon nach wenigen Augenblicken hatte sie ihn entdeckt.

Michael.

Er sah noch attraktiver aus, als sie ihn in Erinnerung hatte. Groß, breitschultrig, mit dem muskulösen, aber schlanken Körperbau eines Läufers. Er lächelte, und sein dunkles Haar fiel ihm in die Stirn. Er trug Jeans, dazu ein blaues T-Shirt und ein dunkles Sakko. Die Arme weit geöffnet, hieß er sie willkommen.

Sie lachte glücklich und rannte auf ihn zu, wobei Laptop und Handtasche an ihre Hüften schlugen. Die Leute wichen zur Seite, um ihr Platz zu machen. Als sie endlich vor ihm stand, ließ sie vor lauter Aufregung die Handtasche auf seine Füße fallen. Beide wollten sich gleichzeitig bücken und stießen mit den Köpfen zusammen.

Es tat weh, aber sie lachten nur. Er küßte sie auf die Nase und schlang die Arme um sie. Kein Zweifel, er war glücklich, sie zu sehen. »Kannst du dir vorstellen, daß ich tatsächlich so eine Wahnsinnstat begehe?« flüsterte er ihr ins Ohr.

Sie verlor sich in seinen Augen. »Eigentlich nicht«, sagte sie. Und erst recht nicht, wenn ich mich einmische, fügte sie in Gedanken hinzu.
Er strahlte sie mit seinem Tausend-Volt-Lächeln an, ließ sie los und wandte sich um. Julianne folgte seinem Blick, bis er auf einem zierlichen Mädchen haften blieb – mit einer Figur, die wohl jedes weibliche Wesen über dreizehn vor Neid erblassen ließ. Sie mußte Kimberly Wallace sein.
Sie trug ein kurzes gelbes Kleid, dazu einen langen flatternden Schal und offene Sandalen. Ihr blondes Haar war auf Kinnlänge geschnitten. Ihr Gesicht war alles andere als bläßlich oder nichtssagend, sondern reizend und interessant, und was am schlimmsten war, auch noch intelligent. Sie schob einen Gepäckwagen vor sich her und steuerte mit einem gewinnenden Lächeln auf Julianne zu.
Schließlich ließ sie den Wagen stehen und schloß die völlig verdutzte Julianne in die Arme. Obwohl sie mindestens einen Kopf kleiner war als Julianne, hielt sie sie fest und mit solcher Wärme umschlungen, daß Julianne nicht anders konnte, als die Umarmung zu erwidern.
»Das macht alles erst richtig perfekt!« rief Kimberly begeistert aus, als sie Julianne losgelassen hatte.
Leicht benommen fragte sich Julianne, ob sie das wirklich ernst meinen konnte.
»Seit ich Michael kenne, höre ich tagein, tagaus nichts anderes als Julianne hin, Julianne her«, fuhr Kimmy lebhaft fort und beugte sich vertrauensvoll zu Julianne. »Und jetzt bist du hier, und ich bin so glücklich, denn du gehörst fast zur Familie, und wenn ich Michael hei-

rate, gewinne ich dich dazu. Ich hab mir nämlich immer schon eine Schwester gewünscht.«
Julianne, die nicht wußte, was sie antworten sollte, aber auch nicht unfreundlich oder gar sarkastisch sein wollte, rang sich ein Lächeln ab.
Michael nahm beide Frauen in die Arme und drückte sie fest. Kimmy kicherte vergnügt. Julianne glaubte, ersticken zu müssen. Sie befreite sich als erste aus der Umarmung.
»Laß uns schnell dein Gepäck holen«, sagte Kimmy. »Wir haben heute noch tausend Dinge zu erledigen.«
Kimmy und Michael gingen Hand in Hand voraus, luden Juliannes Koffer und Tasche auf den Wagen und rollten ihn auf den Parkplatz. Unterwegs machten sie Small talk, plauderten vom Wetter, vom Flug und von den Hochzeitsvorbereitungen.
Irgendwie gelang es Julianne, die ganze Zeit zu lächeln, bis sie sich auf dem Beifahrersitz von Kimmys Mercedes 500 SL-Cabrio wiederfand, das mit achtzig Meilen den Kennedy Expressway hinunterraste. Michael saß hinten und grinste glücklich, während Kimmy den schnittigen grauen Wagen meisterhaft durch den Verkehr lenkte. Sie war eine schnelle, aber sichere Fahrerin, und Julianne, die sich zunächst krampfhaft am Armaturenbrett festgehalten hatte, entspannte sich nach einer Weile.
Der Fahrtwind machte ein Gespräch zu dritt unmöglich, und so lehnte sich Michael behaglich in seinen Sitz zurück und beobachtete die beiden Frauen, die er auf der Welt am meisten liebte. Es war herrlich, sie an diesem wunderschönen Frühlingstag zusammenzubringen, und

er konnte sich gut vorstellen, daß sie die besten Freundinnen werden würden. Obwohl er nicht hörte, was sie sagten, war er sicher, daß Julianne Kimmy ebenso lieben würde wie er selbst und umgekehrt.

»Mir schlägt das Herz bis zum Hals«, sagte Kimmy und deutete auf ihre Kehle. »Ich muß dich auf der Stelle um einen riesengroßen Gefallen bitten.«

»Willst du mich etwa anpumpen?« fragte Julianne.

»Dieser trockene Humor«, nickte Kimmy. »Genau wie er gesagt hat.« Sie wies mit dem Daumen auf Michael.

»Wie bitte?« Julianne hielt ihr Haar zurück.

»Ich kann schnell sein«, erklärte Kimmy und wechselte mit einem raschen Schlenker die Fahrspur. »Ich kann witzig sein. Aber dieser trockene Humor fehlt mir.« Sie starrte Julianne an, als wollte sie ihr sogleich dieses Manko erklären.

»Könntest du bitte auf die Straße schauen?« fragte Julianne.

»Siehst du? Trockener Humor!« Kimmy zuckte die Achseln. »Es liegt vielleicht an der Schlagfertigkeit oder am Timing. Was immer es ist, mir fehlt es.« Sie schaute wieder auf die Fahrbahn, und ihr Schal flatterte im Wind. »Na ja, wie auch immer, ich muß dich um diesen riesigen, unverschämten Gefallen bitten«, sagte sie, zum eigentlichen Thema zurückkehrend.

Julianne betrachtete eingehend das Profil ihrer jungen Rivalin. Sie war nicht nur schön im physischen Sinne, sie strahlte auch eine Art innere Schönheit aus, die es Julianne schwer machte, sie nicht zu mögen, so sehr sie es auch versuchte.

»Meine beste Freundin Angelique hat sich beim Tanzen

das Becken gebrochen. Wie sie das angestellt hat, weiß ich auch nicht«, fuhr Kimmy lächelnd fort. »Kurz und gut, ich wollte dich bitten, meine Trauzeugin zu sein.«
Julianne verschlug es die Sprache.
Kimmy lachte etwas verlegen. »Du kannst dir nicht vorstellen, wie schwer es ist, so schnell Ersatz zu finden.«
»Wie wär's damit, eine der Brautjungfern zu befördern?« fragte Julianne, um Zeit zu gewinnen.
Eine riesige Limousine hupte, als Kimmy auf die Mittelspur wechselte. Sie riß geschickt das Lenkrad herum, um einen Zusammenstoß zu verhindern, ohne dabei freilich das Gespräch zu unterbrechen. »Die beiden Brautjungfern sind meine einzigen weiblichen Verwandten unter vierzig«, erklärte sie. »Zwillingsschwestern aus Nashville, zwei hinterhältige Schlangen. Ich kann sie nicht ausstehen.« Sie schaute unvermittelt nach rechts. »Meine Ausfahrt!« rief sie, riß das Lenkrad in die andere Richtung und jagte mit quietschenden Reifen quer über vier Fahrspuren.
Julianne stützte sich erneut mit einer Hand auf das Armaturenbrett und stieg mit dem Fuß auf ein imaginäres Bremspedal. Mit der anderen Hand hämmerte sie sich auf die Brust, wie um ihr Herz wieder zum Schlagen zu bringen.
Kimmy schaute in den Rückspiegel, um sich zu vergewissern, daß Michael nicht aus seinem Sitz geschleudert worden war. Sein Gesicht war rot von Wind und Sonne, doch er lächelte ihr anerkennend zu, den Daumen nach oben. Er bewunderte sie dafür, daß sie fast so gut fuhr wie er.
Nachdem sie Michael eine Kußhand zugeworfen hatte,

blickte sie erneut auf die Fahrbahn und setzte das Gespräch mit Julianne fort. Sie schien davon auszugehen, daß diese ihren Wunsch erfüllen würde. »Ich habe jetzt also vier Tage Zeit, dich zu meiner neuen besten Freundin zu machen«, verkündete sie in einem Tonfall, als hätte sie soeben die Herausforderung angenommen. Sie schoß über eine Kreuzung hinweg, deren Ampel schon zwei Sekunden auf Rot stand. »Und da ich bereits *alles* über dich weiß – selbst Intimitäten, die mich erröten und zugleich neidisch machen –, wird es Zeit, daß du alles über mich erfährst.«

Julianne lächelte unbehaglich. Konnte man einer Frau die Bitte ausschlagen, ihre Trauzeugin zu sein? Doch es war nicht ganz problemlos, Trauzeugin zu sein und der Braut gleichzeitig ihren Bräutigam wegzuschnappen ...

»Zwing dich, persönlich zu werden«, sagte Kimmy.

»Klingt nach einem Programm«, sagte Julianne matt und wandte das Gesicht ab.

»Prima«, meinte Kimmy. »Programmpunkt Nummer eins wäre also, dir ein passendes Kleid zu beschaffen.«

Auf der North Michigan Avenue, vor dem Megan McKnight, der wohl teuersten Nobelboutique zwischen New York und Los Angeles, brachte Kimmy den Wagen zum Stehen. Ein uniformierter Angestellter fuhr ihn in eine Parkgarage.

Das Innere des Ladens war prächtig genug, um dort eine Hochzeit zu feiern – sieben Meter hohe Decken, William-Morris-Tapeten, riesige Rokokospiegel, vergoldete Klubsessel, gestickte Sofas, Teppichböden in Hellbeige. Kundinnen in Chanel-Kostümen schlenderten umher oder nippten an kristallenen Champagnergläsern, während die Verkäuferinnen diskret die verschiedensten Kleidermodelle herbeizauberten. Julianne hatte noch nie ein solches Geschäft betreten, wo keines der Kleider ein ordinäres Preisschild trug.

Für Kimmy dagegen, die alle Verkäuferinnen bei ihren Vornamen anredete, schien der Laden so etwas wie eine zweite Heimat zu sein. Sie führte Julianne in den Ankleideraum und nahm in einem Louis-Treize-Sessel Platz, während die Verkäuferin Julianne die verschiedenen Modell vorführte.

Michael stöhnte beim Anblick des eleganten Geschäfts. Er haßte es einzukaufen, selbst Männerkram, wie Computerzubehör oder Fernsehgeräte; er orderte lieber per Internet. Seinen Smoking hatte er allerdings in einem Laden anprobieren müssen – es gab eben leider noch ein paar Dinge, die persönlich und nicht per Computer oder Telefon zu erledigen waren. Er schlenderte umher und versuchte, nicht ganz wie ein Idiot auszusehen. Schließlich fand er einen Stuhl, setzte sich und blätterte in einer alten Ausgabe von *Vanity Fair.* Alle zwei Minuten sah er auf seine Armbanduhr.

Julianne probierte drei oder vier Kleider an und entschied sich für ein fliederfarbenes Modell, das zwar elegant, aber doch ganz anders als die üblichen Brautjungfernkleider war, die sie vorher gesehen hatte. Dieses Kleid würde sie auch bei anderen festlichen Gelegenheiten anziehen können. Sie stieg auf eine kleine Plattform, um es besser begutachten zu können.

»Wenn du lieber das gelbe haben willst, brauchst du's nur zu sagen«, meinte Kimmy.

Julianne schüttelte den Kopf. Nein, dieses hier war perfekt. Sie drehte sich, um den tiefen Rückenausschnitt zu betrachten. Eine Näherin trat durch einen Vorhang herein und begann, den Saum des Kleides an einigen Stellen zu begradigen. »Ich dachte, alle Brautjungfern müßten die gleichen Kleider tragen«, sagte Julianne zu Kimmy gewandt.

»Aber du doch nicht«, entgegnete Kimmy. »Du fühlst dich nur wohl, wenn du dich von den anderen unterscheidest.«

Erstaunt über die treffsichere Einschätzung musterte Julianne ihr Gegenüber. Offensichtlich hatte Kimmy eine ganze Menge von Michael erfahren. »Was hat er dir sonst noch erzählt?« fragte sie.

»Daß du Hochzeiten haßt und nie hingehst.« Kimmy deutete auf eine Stelle des Saums, und die Näherin nickte.

Julianne zuckte die Achseln. »Stimmt haargenau.«

»Du hast nichts übrig für Dinge, die als typisch weiblich gelten. Heiraten gehört dazu. Oder Romantik. Oder sogar ...« Sie hielt inne, um ihre neue Freundin nicht zu kränken.

»... oder sogar Liebe«, ergänzte Julianne mit ruhiger Stimme.

Die beiden Frauen musterten einander einen Augenblick angesichts dieser simplen, aber schmerzlichen Wahrheit. Die Näherin arbeitete weiter, so als wäre sie taub.

Julianne blickte erneut in den Spiegel. »Darum haben Michael und ich von Anfang an nicht richtig zusammengepaßt.«

Kimmy nickte. »Das hat er auch gesagt.«

Julianne war erstaunt, wie weh ihr Kimmys Worte taten, doch sie versuchte, keine Regung zu zeigen.
Kimmy stieg auf die Plattform und strich den Stoff über Juliannes Rücken und Hüften glatt. Das Kleid staute sich dort ein wenig, was Kimmy der unglücklichen Näherin mit einem strengen Blick zu verstehen gab.
»Weißt du, ich kann das gut nachempfinden. Denn ich habe eine Zeitlang geglaubt, so zu sein wie du«, fuhr Kimmy fort. »Ich war sogar stolz darauf. Aber dann lernte ich den guten verlotterten alten Michael kennen.« Sie deutete auf mehrere Nadeln, die die Näherin entfernen sollte. »Und da hab ich kapiert, daß ich genauso eine sentimentale dumme Gans bin wie all die anderen schwachköpfigen Tussis, die ich immer so bedauert habe.« Sie fing Juliannes Blick im Spiegel auf und zuckte die Achseln. »Verrückte Welt, was?«
Julianne mußte schlucken; sie fühlte sich plötzlich leicht benommen. Wenn Kimmy von ihren Plänen wüßte – wieviel verrückter würde ihr die Welt dann vorkommen?
»Ich brauche eine Zigarette«, verkündete Julianne und sprang unvermittelt von der Plattform.
Bei der Landung verfing sich ihr Absatz im Saum ihres Kleides, und man hörte ein lautes ›Ratsch‹.
Die Näherin fuhr aus ihrer gebückten Stellung hoch; Entsetzen füllte ihre Augen.
Julianne wendete sich mit schneller Bewegung herum und bekam die Folgen ihrer spontanen Aktion gleich von sechs verschiedenen Spiegeln präsentiert. Das Kleid war praktisch in der Mitte geteilt und hing ihr in zwei Bahnen vom Rücken.

Kimmy, die Ruhe in Person, nahm die Sache in die Hand. Sie stieg von der Plattform und sah sich den Riß aus der Nähe an. »Es ist hauptsächlich der Saum«, meinte sie. »Carlotta soll sofort herkommen«, befahl sie, streifte Julianne das Kleid ab und hielt es ans Licht, um den Schaden zu inspizieren.

Die Näherin eilte davon, und Julianne schlüpfte in den kleinen Vorraum, wo sie sich in BH und Slip in einen Sessel fallen ließ.

Sie zog ein Päckchen Parliaments und ihr Handy aus der Handtasche und versuchte gleichzeitig, sich eine Zigarette anzuzünden und George anzurufen. Ihre Hände zitterten ein wenig, und es dauerte ein Weilchen, bis ihr Georges Nummer einfiel, obwohl sie ihn doch ungefähr viermal täglich anrief. Sie schloß die Augen und lauschte angestrengt auf das Läuten.

George hatte kaum Zeit, ›Hallo‹ zu sagen, als sie schon losplatzte. »Ich bin verzweifelt! Hörst du mich? George, bist du da?«

Sie hörte ein Knistern und Knacken und etwas, das nach einem fernen ›Was?‹ klang.

Sie steckte sich eine Zigarette in den Mund und fummelte mit einer Streichholzschachtel herum. »Ich weiß nicht, Profikiller, Privatdetektive, Furzkissen, *irgendwas!* Das Mädchen ist einfach unangreifbar.« Sie zündete sich ihre Zigarette an einem brennenden Streichholz an.

»Wie wär's, ihm einfach die Wahrheit zu sagen?« fragte George.

Julianne stieß eine Rauchwolke aus. »Die Wahrheit? Ich glaube, so verzweifelt könnte ich nicht sein!«

Plötzlich vernahm sie Stimmen von draußen. »Moment mal, George«, sagte sie. »Ich hör da irgendwas …«
Sie öffnete die Tür einen Spaltbreit und lauschte angestrengt. Es klang nach einer Auseinandersetzung. Vielleicht waren es Michael und Kimmy! dachte sie mit klopfendem Herzen. »Es sind die beiden«, flüsterte sie in den Hörer. »Sie liegen sich in der Wolle.«
Zum ersten Mal an diesem Tag schöpfte sie Hoffnung. Sie steckte den Kopf zur Tür hinaus, sah aber nichts und trat auf Zehenspitzen hinaus. Als sie sich umdrehte, stand sie plötzlich einem jungen Mann gegenüber, der grinsend ihren halbnackten Körper betrachtete.
Schnell wich sie zurück und knallte die Tür so laut zu, daß die Wände wackelten. Sie hielt den Hörer wieder ans Ohr. »Wo war ich stehengeblieben?«
George erinnerte sie an ihre verzweifelten Maßnahmen und fragte, wie sie sich fühle.
»Was glaubst du wohl, wie ich mich fühle!« entgegnete sie gereizt, wie immer, wenn George den Psychologen mimte. »Ich bin außer mir, George, verstehst du? Sie spricht von nichts anderem als ihrem zukünftigen Leben mit Michael und wie gut sie zusammen passen. Dabei sieht sie einen mit leuchtenden, verträumten Augen an.« Sie seufzte erschöpft. »Ich wünsch ihr sogar, daß sie glücklich wird. Nur nicht mit *ihm.* Ich weiß nicht, ob ich es fertigbringe …«
Es klopfte leise, und das fliederfarbene Kleid erschien im Türspalt. »Komm rein, und mach die Tür zu«, sagte sie und hielt überrascht die Luft an, als Michael eintrat. Schnell schnappte sie sich ein Kleidungsstück, um notdürftig ihre Blößen zu bedecken.

Michael lachte über ihre plötzliche Schamhaftigkeit. »Muß ich mich etwa umdrehen?« fragte er grinsend.
»Michael, ich habe fast nichts an!«
George, der alles mitbekam, spitzte die Ohren. War es das, was Heteros unter Telefonsex verstanden? fragte er sich.
Michael lachte erneut. »Wir haben uns doch schon weit weniger bekleidet gesehen. In Griechenland, vor zwei Jahren, beim Nacktbaden.«
Julianne wurde rot. »Die Dinge haben sich eben geändert.« Sie riß ihm das Kleid aus der Hand und hielt es vor ihren Körper. Aber mit den beiden Spiegeln hinter sich verhüllte sie nicht allzuviel.
»Stimmt wohl.« Er nickte betrübt. »Also gut.« Er ging zur Tür, öffnete und drehte sich noch einmal um. »Übrigens bist du immer noch ein prächtiges Mädchen.« Sprach's und war schon verschwunden.
Julianne fühlte einen warmen Schauer über ihren Rücken rieseln. Ihre Knie zitterten leicht, und sie ließ sich auf den Klubsessel sinken. Sie betrachtete sich im Spiegel; ihre Wangen glühten rosig.
Damit war alles entschieden.
»Kimmy ist *erledigt*«, erklärte sie George, bevor sie das Handy zuklappte.

3. Kapitel

Nachdem Kimmy festgestellt hatte, daß das fliederfarbene Kleid zu reparieren war, gab sie Carlotta genaue Anweisungen. Trotz Juliannes heftiger Proteste bestand sie darauf, das Kleid zu bezahlen. Es gehöre zu den Hochzeitsausgaben, erklärte sie. Obwohl Michaels Zukünftige noch aufs College ging, wußte sie bereits sehr genau, wie man in einer Nobelboutique aufzutreten hatte.

Michael, der aufatmete, als sie endlich ins Freie traten, ließ Kimmys Cabrio holen, und die drei stiegen ein. Michael wurde am Drake Hotel abgesetzt, damit er mit seinem eigenen Wagen weiter zum Comisky-Park-Stadion fahren konnte, wo Kimmys Vater in seiner Privatloge eine improvisierte Junggesellenparty arrangiert hatte. Das hörte sich verlockend an, und Julianne hätte nichts lieber getan, als Michael zu begleiten.

Aber Kimmy hatte noch tausend Dinge zu erledigen, die sie Julianne zu erklären versuchte. Doch beim dritten oder vierten Brautempfang verlor sie den Faden. Es kam Julianne vor, als sollte sie die nächsten vier Tage kreuz und quer durch Chicago gekarrt werden, ohne einen Augenblick für sich zu haben. Das konnte so nicht weitergehen – sie mußte eine Möglichkeit finden, mit Michael allein zu sein.

Kimmy wollte Julianne im Four Seasons Hotel unterbringen, doch nachdem Michael ausgestiegen war, fragte Julianne, ob sie nicht ein Zimmer im Drake nehmen könne. Kimmy schüttelte den Kopf und meinte, das ganze Hotel sei schon ausgebucht. Julianne aber sprang aus dem Wagen und sagte, sie wolle es trotzdem versuchen. Es war nur mehr ein Zimmer frei, eine verdammt teure Suite, doch Julianne zückte ihre Master Card, als wäre es für sie das Normalste auf der Welt, 500 Dollar für eine Hotelnacht auszugeben. Zum Glück hatte sie gerade ihren letzten Honorarscheck zur Bank gebracht.

Sie rannte nach draußen und teilte Kimmy mit, daß sie doch noch ein Zimmer bekommen habe.

»Na, großartig«, sagte Kimmy, freilich ohne besondere Begeisterung. Ein Hotelboy nahm Juliannes Gepäck aus dem Wagen und versprach, alles in ihre Suite zu bringen. Sie steckte ihm 5 Dollar Trinkgeld zu und kletterte wieder auf den Beifahrersitz.

Dann ging's weiter zum Four Seasons Hotel, wo irgendein Empfang für Kimmy gegeben wurde. Als ihre Trauzeugin müsse Julianne an all diesen Veranstaltungen teilnehmen, meinte Kimmy.

Sie hielten vor einer roten Ampel, und Julianne angelte ihre Zigarettenschachtel aus der Handtasche.

Kimmy rümpfte die Nase, sagte aber nichts.

Julianne zündete sich eine Zigarette an und stieß eine gewaltige Rauchwolke aus.

Kimmy trat so kräftig aufs Gaspedal, daß Juliannes Kopf nach hinten flog.

»Sorry«, sagte Kimmy.

Julianne fuchtelte mit der Zigarette in der Luft. Macht

nichts. »Aber jetzt sag mir doch mal, wo ihr eure Flitterwochen verbringen wollt«, fragte sie und steckte die Zigarettenschachtel in die Tasche ihres Blazers.

»Kommt ganz drauf an«, antwortete Kimmy. »Michael weiß nie im voraus, wohin die Reise geht. Wir müssen bis Sonntag warten, um zu sehen, wo gespielt wird. Wenn San Antonio Sacramento schlägt, könnten wir dort anfangen. Oder vielleicht in Phoenix. Es hängt außerdem noch vom Ausgang des Spiels Indiana-Cleveland ab. Dann könnten wir auch in Ohio landen.« Sie zuckte die Achseln, als wäre es ihr gleichgültig.

»Die idealen Urlaubsorte!« rief Julianne und schnippte ihre Asche aus dem Fenster. »Dazu die netten kleinen Temperaturunterschiede von 20 Grad. Kann ganz schöne Probleme beim Packen geben. Aber das Essen und die Cocktails in den Hotelketten sind okay.«

Sie fuhren am Four Seasons vor und stiegen aus. Kimmy gab dem Hotelboy ihre Wagenschlüssel. »Es ist nun mal sein Job«, sagte sie. »Ich unterstütze ihn, wo ich kann. Schau mal, ich bin überall gewesen. Ich hab die Welt gesehen. Hab an x Stränden gelegen. Ich will mit dem Mann, den ich liebe, zusammensein. Das heißt für mich, Flitterwochen zu machen.«

»Mein Gott, hat der Junge Schwein gehabt.« Julianne drückte ihre Zigarette mit der Schuhspitze aus. Sie traten in die Halle und steuerten auf den Fahrstuhl zu. »Kaum eine Frau unter Millionen würde so was in Kauf nehmen.« Der Lift kam, und sie stiegen ein. »Der Typ ist eine Ein-Mann-Show von Macken.«

Kimmy drückte auf den Knopf zum Penthouse und sah Julianne fragend an.

»Na ja«, sagte Julianne, »du kennst sicher sein nächtliches Konzert ...«
»Sein Schnarchen meinst du«, lachte Kimmy. »Ein Sägewerk ist nichts dagegen ...«
Julianne nickte begeistert und ahmte Michaels unglaublich hohe Schnarchtöne nach. Sie lachten beide.
»Aber jetzt ist es noch schlimmer geworden, mit diesem Rasseln von Schleim ...«
Die Aufzugstür öffnete sich zum Zwischenstock der Lobby, und eine vierköpfige Familie trat ein. Kimmy demonstrierte soeben besagtes Schleimrasseln, ergänzt durch ein gutturales Rollen tief unten in ihrer Kehle. Gleich darauf stimmte Julianne mit ihrer eigenen Version ein.
Die vier starrten die beiden Frauen entgeistert an. Sie stammten aus einem entlegenen Farmerstädtchen in Kansas und verreisten zum ersten Mal. War dies die feine Art von Großstadtmenschen?
»Da helfen übrigens Ohrstöpsel«, sagte Kimmy.
»Und was ist mit seinen ...«
»... seinen Zigarren im Bett? Die hab ich ihm abgewöhnt. Aber das Badezimmer ist ständig überschwemmt, zum Abendessen trägt er verschiedene Socken, er erzählt dreihundertmal denselben Witz ...« Sie holte tief Luft, bevor sie fortfuhr: »... er ist scharf auf Actionfilme, führt nicht Buch über die Schecks, die er ausschreibt, und er liebt Karaoke-Bars! Und ich kann keinen Ton halten. Ich singe so falsch, daß ich im Sommercampus Singverbot hatte.«
Im achten Stock verließ die Familie widerwillig den Fahrstuhl. Kimmys Monolog hatte sie fasziniert.

»Er schlürft seine Suppe«, fügte Kimmy hinzu, »durch die Vorderzähne.«

»Sein Markenzeichen«, kommentierte Julianne. »Rühr nicht dran.«

»Aber küssen kann er.« Kimmy verdrehte die Augen.

Julianne biß sich auf die Lippen. »Ist schon ein Weilchen her.« Sie zuckte die Achseln und starrte auf die erleuchteten Zahlen, um Kimmys Blick auszuweichen. »Aber ich glaub's dir.«

»Zwei Wochen lang habe ich seine Fehler aufgelistet. Dann hab ich einen Entschluß gefaßt, der mein Leben verändert hat.« Kimmy fuchtelte mit der Hand in der Luft und drückte energisch auf den Haltknopf. Mit einem heftigen Ruck blieb der Fahrstuhl stehen.

Julianne stützte sich mit beiden Händen an die Kabinenwand.

»Ich hab die Liste weggeworfen.« Kimmy schüttelte langsam den Kopf. »Er ist keine Bilanz – gute Eigenschaften hier, schlechte dort. Er ist Michael, und ihn zu lieben heißt, alles an ihm zu lieben.«

Julianne sah sich nervös um. Sie haßte Aufzüge und träumte oft, daß sie in einer Fahrstuhlkabine feststeckte.

»Wirst du nicht auch in kleinen, engen Räumen nervös?« fragte sie mit leicht zitternder Stimme.

Kimmy überhörte die Frage. Sie hatte ganz offensichtlich Nerven wie Drahtseile. »Darum find ich's süß von dir, daß du so fürsorglich bist, aber, weißt du, ich habe mir alles genau überlegt ...«

»Laß mich die letzte Bemerkung noch einmal neu formulieren«, sagte Julianne, die fand, daß wirklich sehr wenig Luft in einem Aufzug war.

»Aber nichts *konnte* mich, nichts *hat* mich auch nur einen *Augenblick* an dieser Entscheidung zweifeln lassen«, beharrte Kimmy.
»Kimmy, Liebes, kriegst du nie die Panik in kleinen, engen Räumen?!« Juliannes Augen suchten die Decke der Aufzugkabine nach einer Notluke ab. »Ich hab gelesen, daß in New York ständig mehr Menschen in Aufzügen rauf- und runterfahren als auf den Straßen herumlaufen. Kannst du dir das vorstellen?« Wenn sie nervös war, redete sie wie ein Buch.
Kimmy nagte an ihrer Unterlippe. »Eins nur macht mir Sorgen bei dieser Sache.«
Julianne vergaß für einen Augenblick ihre Platzangst und blickte Kimmy erwartungsvoll an. »Und?«
»Du.« Kimmy zeigte mit dem Finger auf Julianne. »Du wirst immer dasein – in seinen Gedanken. Das perfekte Wesen, das er all die Jahre geliebt hat.«
Julianne zuckte die Achseln und löste sich einen Moment von der Kabinenwand. »Weißt du, Perfektion kann mit der Zeit ganz schön *fade* sein.«
»Ich meine es ernst.« Kimmy verschränkte die Arme vor der Brust. »Ich mußte mich fragen, ob ich den Rest meines Lebens eifersüchtig auf dich sein werde. Schließlich sehen wir uns ja gelegentlich, oder?«
»Klar.«
»Er wird ständig von dir reden.«
»Ist doch ganz natürlich.« Julianne zuckte die Achseln. »Nach unserer langen, langen Geschichte.«
»Und die Antwort war so leicht.«
»Tatsächlich?« Julianne lehnte sich wieder an die Wand. Es klang so, als würde Kimmy bereits aufgeben.

Vielleicht war alles viel einfacher, als sie sich vorgestellt hatte.
»Du gewinnst.«
Julianne starrte sie erstaunt an. Gut, aber was genau meinte sie damit? Gab sie Michael so leicht auf?
»Du hast einen festen Platz in seinem Herzen und seiner Erinnerung.« Kimmy fuhr mit der Hand durch die Luft. »Uneinnehmbar. Und die Sache ist die, es funktioniert.«
»Okay, aber wie?«
»Er hat dich auf ein Podest erhoben.« Kimmy streckte beide Hände hoch. »Und mich hält er in den Armen.«
Mit einem Mal war Juliannes Platzangst wieder da. Sie glaubte, keine Luft mehr zu kriegen. Aufzüge waren wirklich Folterkammern. Sie suchte nach dem Notknopf, drückte so hektisch darauf, daß sie ihn plötzlich in der Hand hatte. Ein lautes Summen ertönte. Sie starrte auf den schwarzen Plastikknopf in ihrer Hand. »Verdammt, wir sitzen in einer Falle!« schrie sie und trommelte mit den Fäusten an die Tür. Schweißperlen traten ihr auf die Stirn.
Kimmy legte ihr die Hand auf die Schulter. »Beruhige dich, Jules.«
»Nein, das ist mir schon mal passiert«, rief sie. »Und der Aufzug fing an zu trudeln.« Oder war es nur einer ihrer Alpträume gewesen? Wie auch immer, sie war jetzt in Panik. »Na ja, fast. Jedenfalls war's die Hölle!« Sie zog einen Schuh aus und schlug damit gegen die Tür. »Weißt du, wie wenig Luft in diesen Dingern ist? Ich hab eine Statistik gelesen! Wenn man erst mal zwischen zwei Etagen festsitzt, kann das Stunden dauern.«

Der Lift gab ein lautes Bing! von sich.
»Was war das?« schrie Julianne außer sich.
Kimmy zeigte auf das erleuchtete Feld über der Aufzugtür. »Das Penthouse. Wir sind da.«
»O Gott, dann klemmt die Tür.« Julianne trommelte erneut mit dem Schuh dagegen, und der Lärm hallte im Aufzugschacht wider.
Kimmy drückte auf den Knopf ÖFFNEN. Die Metallflügel glitten auseinander und öffneten sich auf einen Festsaal – und Juliannes Schuh segelte über die Köpfe der Zwillingsschwestern hinweg, die gerade vor dem Aufzug standen. Zwei Sekunden später ertönte lautes Klirren von zerbrochenem Glas. Julianne preßte erschrocken die Hände auf den Mund. Eine nette Einführung war das! Zum Glück kannte sie hier niemand.
Neugierig schauten die Zwillinge dem Wurfgeschoß nach, bevor sie sich umwandten, um Kimmy und Julianne zu begrüßen. Sie benahmen sich so, als wären sie es gewohnt, Schuhe aus Aufzügen fliegen zu sehen. Und das waren sie auch. Als Schülerinnen des berüchtigten Tallahasse Junior College hatten sie Schlimmeres erlebt. Weit Schlimmeres. Sie lächelten honigsüß.
Amanda und Samantha waren neunzehn und hatten Engelsgesichter. Mandys Haar war aschblond gefärbt, Sammy bevorzugte eine bernsteinfarbene Tönung. Wie immer waren sie völlig gleich gekleidet – weiße Kostüme mit großen Messingknöpfen, rote Halstücher und weiße Organzahüte. Beide waren eine Nuance zu stark geschminkt und mit Goldketten, Armbändern und übergroßen Ohrringen behängt, so daß sie aussahen wie kleine Mädchen, die sich in Mutters Kleiderschrank be-

dient hatten. Kimmy stellte sie als Mandy und Sammy, »meine Brautjungfern aus dem Nashville-Zweig von Mamas Familie« vor.
Julianne spürte sofort eine gewisse Spannung zwischen Kimmy und den Zwillingen. Sie streckte Mandy die Hand hin. »Ich bin Julianne Potter und …«
»Und wir sind die hinterlistigen Schlangen«, sagte Mandy lachend. »Mensch, Scheiße!« Sie stieß ihre Schwester an. »Das ist die andere Frau; die, der die Braut nicht das Wasser reichen kann.« Sie schüttelte Julianne begeistert die Hand.
»Da hast du's«, raunte Kimmy Julianne zu. Sie hatte ihre beiden Kusinen gar nicht hierhaben wollen. Ihre Mutter aber hatte darauf bestanden, daß sie die Brautjungfern sein sollten, und weil es ihr so viel bedeutete, hatte sich Kimmy breitschlagen lassen.
»Da hat sich Mandy wohl mal wieder den Schnabel verbrannt. Das tut sie ständig«, sagte Sammy und schüttelte ausgiebig Juliannes andere Hand.
»Hast du schon die Freunde des Bräutigams in Augenschein genommen, Jules?« fragte Sammy. »Als Trauzeugin kannst du dir einen aussuchen.«
»Daß du dir nicht den kleinen, behaarten Millionär schnappst«, sagte Mandy und deutete mit einem behandschuhten Finger auf Julianne. »Der gehört mir.« Sie kicherte, hoch entzückt über ihren feinen Humor, den diese kultivierte New Yorkerin gewiß zu schätzen wußte.
Hinter Mandys Rücken ertönte eine Stimme. »Ist das Michaels Julianne?«
Alle Augen richteten sich jetzt auf eine elegante Frau

Anfang Vierzig, die allerdings wesentlich jünger wirkte. Ihre Ähnlichkeit mit Kimmy war frappierend – die gleiche Haar- und Augenfarbe, die gleiche schlanke Figur, das alles jedoch gepaart mit der Weitsicht und Klugheit, die das Alter und die Erfahrung mit sich bringen. »Ich bin Isabelle Wallace.« Sie ergriff Juliannes Hände und schenkte ihr ein warmes Lächeln. »Sie sind ja noch bezaubernder, als mein Schwiegersohn Sie beschrieben hat. Mein Mann sagt, Sie sollten zum Club rüberfahren, damit Sie ein bißchen Zeit mit Michael verbringen können. Wir sind alle schrecklich neidisch, weil Sie die einzige Frau sind, die zu der kleinen Herrengesellschaft eingeladen ist. Aber vorher müssen wir Sie noch mit ein paar alten Schachteln bekannt machen. Das heißt, wenn Sie nicht schon genug Unanständigkeiten zu hören bekommen haben.« Sie warf den Zwillingen einen raschen Blick zu, bevor sie Julianne in den überfüllten Bankettsaal führte.

»Dabei habe ich nur einmal ›Scheiße‹ gesagt – oder zweimal«, schmollte Mandy, als sich ihre Tante mit Julianne entfernte. Die beiden Schwestern fanden die Wallaces furchtbar prüde, verklemmt und selbstgerecht, so ganz anders als ihre lebenslustigen, lockeren Verwandten aus Nashville.

Julianne mochte Isabelle auf Anhieb, und so ertrug sie es geduldig, Dutzenden von Kimmys Verwandten vorgestellt zu werden, die sie nie im Leben wiedersehen würde. Gewiß, sie waren nett und höflich, doch der Geruch von teurem Parfum und frischen Orchideen machte sie ganz benebelt. Genauso das Mitteilungsbedürfnis der beiden Zwillingsschwestern, die meinten, ihr in allen Einzelheiten ihr Liebesleben ausbreiten zu müssen. Deshalb war sie froh und erleichtert, als sie sich nach knapp einer Stunde aus dem Staub machen konnte. Auf dem Weg zur Tür winkte sie Kimmy zu, die ihr mit traurigem Hundeblick nachschaute. Die zukünftige Braut tat ihr leid – allerdings nur etwa zehn Sekunden, bis ihr wieder einfiel, weshalb sie nach Chicago gekommen war.

Vor dem Hotel winkte sie ein Taxi herbei und ließ sich zum Comisky Park fahren. Auf dem Expressway ging es nur im Schneckentempo voran, und während sich das Taxi zum Stadion durchkämpfte, rauchte Julianne zwei Zigaretten. Wenn das so weiterging, würde sie, die Nichtraucherin, es bald auf eine Schachtel am Tag bringen.

Als sie beim Comisky Park eintraf, war die Party schon voll im Gange.

Julianne wurde von einem Platzanweiser zur Luxusloge der Wallaces geführt, wo sie zeitgleich mit einem Kellner eintraf, der ein Tablett voller Bierflaschen trug. Der Kellner wollte eben an die Tür klopfen, als Julianne ihm das Tablett abnahm. »Ich mach das schon«, sagte sie zu dem verblüfften Mann.

Sie hob das Tablett auf der flachen Hand hoch über den Kopf. Die schwierige Kunst des Tabletttragens hatte sie erlernt, als sie einen Sommer lang in einem Hotel gejobbt hatte. Von den Trinkgeldern, die sie dort kassierte, hatte sie ein ganzes Collegejahr finanzieren können.

Mit der anderen Hand klopfte sie an die Tür, und als Michael öffnete, segelte sie herein, das Tablett auf Schulterhöhe.

»Wer von den Herren hat Bier bestellt?« fragte sie mit ihrem strahlendsten Lächeln. Im Raum befanden sich außer Michael die beiden gleichaltrigen Freunde des Bräutigams sowie zwei Männer in mittleren Jahren, ein Bodyguard und Michaels vierzehnjähriger Bruder Scott. Michael erschrak, als er Julianne mit dem Tablett hereinschneien sah. Bei aller Liebe hatte er sie nie für besonders geschickt gehalten. Er erinnerte sich, wie sie bei ihrem letzten Venedigbesuch versehentlich seinen Rucksack in einen Kanal gestoßen hatte.

»Alle Achtung!« rief er und wollte ihr das Tablett abnehmen. »Komm, ich helfe dir.«

»Michael!« sagte sie empört. »Hältst du mich etwa für ungeschickt?«

»Denk mal nach!« entgegnete er und hätte sie fast an ihr zerrissenes Kleid erinnert. »Schließlich kenn ich dich gut.«

Sie rauschte mit dem Tablett an ihm vorüber zum Tisch, an dem die beiden jüngeren Männer saßen. Michael machte sie miteinander bekannt:

»Julianne Potter, Hank und Philip vom *Rolling Thunder-Magazin.«*

Julianne überreichte ihnen je eine eiskalte Flasche und eine Serviette.

Michael sah erstaunt zu, wie sie dann mit ihrem Tablett auf den älteren Herrn zusteuerte, der in der Ecke am Telefon stand. Der Mann war hochgewachsen, breitschultrig und hatte stahlgraues gewelltes Haar – eine imposante Erscheinung, dachte Julianne. Er trug hellbraune Hosen und ein Seidenhemd mit hochgekrempelten Ärmeln, dazu Cowboystiefel aus feinstem Leder.

Michael stellte vor: »Mein Schwiegervater Walter.«
»Zukünftiger Schwiegervater«, verbesserte Julianne mit erhobenem Zeigefinger.
Walter streckte ihr seine perfekt manikürte Hand entgegen. »Sollte er Ihnen Ärger machen«, sagte er und deutete mit dem Kinn auf Michael, »bekommt er Prügel.«
»Ich dachte, die Prügelstrafe sei abgeschafft«, entgegnete Julianne mit ihrem charmantesten Lächeln. Wenn sie auf ältere verheiratete Männer stünde, wäre Walter der perfekte Kandidat.
»In diesem Fall wird sie wieder eingeführt«, lachte Walter. »Übrigens haben wir nur das Beste über Sie gehört. Und meine Frau und ich sind überglücklich, daß Sie dieses Wochenende hiersein können. Wir wissen, wieviel es Michael bedeutet. Ich bin entzückt, Sie kennenzulernen, Jules.«
»Ganz meinerseits«, entgegnete Julianne und reichte ihm eine Flasche Bier.
Sie nickten einander lächelnd zu, und Walter kehrte zum Telefon zurück. Es klang so, als würde er den White-Sox-Manager zusammenstauchen, doch Julianne hatte sich schon zu weit entfernt, um mehr von dem Gespräch mitzubekommen.
»Diesen Gentleman hier kennst du ja.« Michael deutete auf einen korpulenten Herrn mit freundlichem Gesicht und schütterem Haar, der am Bufett stand.
Das Tablett noch immer auf einer Hand balancierend, beugte sich Julianne vor und küßte Michaels Vater auf die Wange. »Papa Joe«, sagte sie zärtlich. Sie hatte ihn vor zwei Jahren auf dem Begräbnis von Michaels Mutter zum letzten Mal gesehen. Jetzt schien er um zehn Jahre

gealtert, und als er den Arm um sie legte und sie an sich drückte, verspürte sie einen Stich im Herzen.
Er war glücklich, sie wiederzusehen, und hatte sich schon den ganzen Tag darauf gefreut. Joe O'Neal war ein großer Fan von Julianne Potter und hatte jahrelang im stillen gehofft, sie würde seine Schwiegertochter werden. Dieser Mann aus einfachen Verhältnissen fühlte sich auf der pompösen Hochzeit mehr als unwohl. Und obgleich Walter Wallace ihn so freundlich wie nur möglich behandelte, wußte er nicht so recht, was er mit ihm reden sollte.
Frühmorgens hatte ihn Michael zu einem Herrenausstatter geführt, um ihm einen Smoking zu kaufen, der, wie Joe vermutete, ein kleines Vermögen gekostet hatte. Für ihn war das reine Geldverschwendung. Wann würde er das Ding jemals wieder tragen? Joe O'Neal war mehr fürs Einfache – Hochzeiten zu Hause im Wohnzimmer oder im Hinterhof, wo man seine Krawatte ablegen konnte und unter seinesgleichen war. Was also hatte er hier in dieser Luxusloge zu suchen?
Trotzdem mußte er zugeben, daß Kimmy reizend war und sein Sohn sehr in sie verliebt zu sein schien, und das Glück seines Sohnes war ihm das Wichtigste. »Ich hab Mikey gesagt, er soll dich zu seinem Trauzeugen machen, Schätzchen. Aber er hat sich für seinen Knirps von Bruder entschieden«, meinte er mit einem Augenzwinkern.
Sie reichte ihm ein Bier.
»Ach, du bist ein Engel«, sagte er und nahm einen kräftigen Schluck. Dann wies er mit der Flasche auf Michaels schlaksigen Bruder, der schüchtern lächelte.

Scott hatte immer schon heimlich für Julianne geschwärmt. Der bloße Gedanke an sie ließ ihn erröten, und so wagte er kaum, ihr in die Augen zu sehen.
Und Julianne hatte ihn von Anfang an gern gehabt. Sie beugte sich vor und strich ihm durchs Haar. »Der attraktivste Mann im Raum«, rief sie. »Freut mich, dich zu sehen!« Sie reichte ihm eine Dose Cola.
Scott schluckte, und sein Adamsapfel hüpfte auf und nieder. »Mich auch«, murmelte er und scharrte mit dem Fuß über den Boden.
Philip und Hank lachten über Scotts Unbeholfenheit.
Julianne gab Scott mit einer Handbewegung zu verstehen, daß er ihnen keine Beachtung schenken sollte. Also wirklich, dachte sie, Männer sind doch manchmal Idioten.
»Vergiß nicht«, sagte sie zu Scott. »Der Trauzeuge muß mit der Trauzeugin tanzen. Ich erwarte dich auf der Tanzfläche.«
Scott wurde noch röter als sonst, und sie zauste ihm liebevoll das Haar.
Michael täuschte eine Ohnmacht vor. »Tanzen?« rief er. »Du tanzt doch gar nicht.«
Sie lächelte verschmitzt.
»Hast du's etwa gelernt?« Er konnte es nicht glauben.
»Figuren, wie du sie noch nicht gesehen hast!« Sie wiegte sich in den Hüften.
Philip und Hank pfiffen anerkennend. Das war ja ein heißer Ofen. Beide beschlossen, ihr Glück bei ihr zu versuchen.
Bauchtanzend bewegte sie sich auf Michael zu. Ein Baseballhandschuh lag am Boden, aber ehe Michael sie

warnen konnte, hatte sie das Hindernis umrundet und überreichte ihm anmutig die letzte Flasche vom Tablett. Michael war baff. War das seine Jules? »Du bist eine Schwindlerin!« rief er. »Was hast du mit meiner besten Freundin gemacht?«
Lachend entriß sie ihm seine Flasche, nahm einen kräftigen Schluck und wischte sich den Mund mit dem Handrücken ab.
Michael hakte sie unter und führte sie nach draußen. Er wollte ein Weilchen allein mit ihr sein.
Am Rand der großen Terrasse setzten sie sich hin. Vor ihnen lag das Stadion und die City von Chicago, doch während sie so, ins Gespräch vertieft, eng beieinandersaßen, war es, als wären sie allein auf der Welt. Endlich. Natürlich wollte Michael als erstes wissen, was sie von allem hielt – von Kimmy, ihrer Familie und seiner Absicht zu heiraten.
»Zunächst einmal bewundere ich deine Reife«, antwortete Julianne ausweichend. »Schließlich gibt es eine Menge Leute, die diese Perfektion langweilig fänden. Tagein, tagaus, jahrein, jahraus ...« Ihre Stimme verlor sich.
»Genau das hab ich zuerst auch gedacht«, sagte er eifrig. »Wie kann man einen so perfekten Menschen lieben?« Er nahm einen Schluck Bier. »Doch je länger ich hinsah, desto mehr Schwächen kamen zum Vorschein.«
»Als da wären?«
»Sie ist zu aufrichtig.«
»Schauderhaft«, stimmte Julianne trocken zu.
»Wie kann man jemandem trauen, dem man nie mißtrauen kann?«

Nicht gerade eine eklatante Charakterschwäche, dachte Julianne. »Was sonst noch?« fragte sie und hoffte, er würde mit etwas Erheblicherem rausrücken.
»Sie macht jeden Morgen die Betten.«
Julianne schüttelte langsam den Kopf. »Ein bißchen exzentrisch, wie?«
»Erst dachte ich, es sei nur ein Gag, doch sie macht es *immer!*«
Auch das war nicht die Munition, auf die sie hoffte. Da mußte es doch etwas Krasseres geben! »Kein echter Hammer dabei?«
Er senkte die Stimme und beugte sich näher zu ihr. »Sie bewundert den Baseballspieler Tommy Lasorda.«
Julianne hob die Arme in gespielter Empörung. »Ober! Bitte zahlen!«
»Sie findet ihn ›sympathisch‹. Kannst du dir das vorstellen? Lasorda? Sympathisch?«
»Ist so ein Defekt vererbbar?« Sie sah ihn fragend an.
Er lächelte – dieses strahlende Lächeln, bei dem sie sich wohl zum hundertsten Mal fragte, warum sie ihn zurückgewiesen hatte. Sie glaubte, das Lächeln würde ihr gelten, bis sie den verträumten Ausdruck in seinen Augen bemerkte.
»Aber andererseits«, sagte er und überging ihre Frage, »hat sie auch ein paar gute Eigenschaften.«
»Dann nenn mir mal Nummer acht auf der Top-Ten-Liste.«
Zu ihrem Erstaunen nahm er ihre Bemerkung ernst. »Wenn ich sie in die Arme nehme – selbst in der Öffentlichkeit –, wehrt sie sich nicht. Ich darf sie so lange umarmen, wie ich will.«

Das gab ihr einen Stich ins Herz, was sich wohl in ihrem Gesicht widerspiegelte. Michael aber deutete ihren Ausdruck völlig falsch.
»Ich hab vergessen, daß du so was zum Kotzen findest«, sagte er.
Sie blickte ihn fragend an.
»Komm, gib's doch zu, Jules, du reagierst immer sauer, wenn's sentimental wird.«
»Tu ich das?« fragte sie, ehrlich erstaunt. »Als wir ... ich meine, als ... du und ich ...«
»Zusammen waren?« fragte er.
Sie nickte. »Hab ich da ... ich meine, wenn du mich in die Arme genommen hast ... Hab ich da ...«
»Ja«, bestätigte er.
»Ja, was?«
»Ja, du hast mich weggestoßen, wenn ich dich vor anderen Leuten umarmen wollte.«
»Na ja, ich hab mich seither geändert.« Sie hob das Kinn und schüttelte langsam den Kopf. »Ich bin nicht mehr das kleine Mädchen von damals.«
Diese Bemerkung belustigte ihn. »Wirklich?« fragte er und strich ihr eine Locke aus der Stirn. »Irgendwelche Affären länger als zwei Wochen, die du mir verschwiegen hast?«
»Ich spreche nicht von Dauer, Michael«, erwiderte sie, leicht in die Defensive gedrängt. »Ich sage nur, daß mich dieses sentimentale Zeug nicht mehr stört, im Gegenteil.« Sie warf ihm einen kurzen Blick zu und sah rasch zur Seite, um sich nicht zu verraten. Wie sehr sie die guten alten Zeiten zurückwünschte, als sie, Julianne, noch die einzige Frau in seinem Leben gewesen

war! »Heute bin ich die sentimentalste Tussi von der ganzen Welt. Ich hab mir letzte Woche sogar einen Roman von Danielle Steel gekauft. Stell dir das mal bitte vor!«

»Echt? Und hast du ihn auch gelesen?«

»Nein, noch nicht«, gab sie zu. »Aber er steht in meinem Bücherregal.«

»Na ja, ich weiß nicht«, sagte er seufzend. »Wenn du plötzlich gerne tanzt und dir Bücher von Danielle Steel kaufst – vielleicht hast du dich ja wirklich verändert.«

Sie trank einen Schluck Bier. »Und wie!« Du wolltest Sentimentalität – hier hast du sie, dachte sie bei sich. Nun blieb nur noch das kleine Problem, Kimmy von der Bildfläche verschwinden zu lassen. Wie würde Danielle Steel vorgehen? Nun, vielleicht konnte man in einer Karaoke-Bar beginnen.

An diesem Abend bestand Julianne darauf, das glückliche Paar vor dem Abendessen zu ein paar Drinks einzuladen. Sie fragte den Portier nach der nächsten Karaoke-Bar.

Das Lokal war derart verräuchert und heruntergekommen, daß selbst Julianne gewisse Bedenken kamen. Michael aber war Feuer und Flamme.

Kimmy blieb im Eingang stehen, einen Ausdruck nackten Entsetzens im Gesicht. Ihr Gesicht wurde aschfahl, und sie wirkte wie ein kleines Mädchen, das in einem Kaufhaus verlorengegangen war.

Am anderen Ende des Raums plärrte eine Männerstimme: *»I'm a woman, hear me roar«,* ins Mikrophon. Der Sänger versuchte verzweifelt, die hohen Töne zu halten,

was ihm gründlich mißlang. Trotzdem spornte ihn die Menge mit lautem Gejohle an.
»Wie hast du diese Kneipe gefunden?« fragte Michael, als er die beiden Frauen zu einem Tisch nahe der Bühne führte.
»Der Portier hat mir die Adresse genannt«, antwortete sie und fügte, zu Kimmy gewandt, hinzu: »Ich schwör dir, ich hatte keine Ahnung, daß es eine Karaoke-Bar ist. Ich hab nur nach einer netten Kneipe gefragt.« Sie war selbst erstaunt, wie leicht ihr die Lüge über die Lippen kam.
»Große Klasse!« rief Michael und bot Julianne einen Stuhl an und dann Kimmy, die nur widerwillig gefolgt war. Er sah sich suchend um. »Wer hat das Mikro?« wollte er wissen.
Kimmy griff sich ans Herz. Das letzte, was sie jetzt wollte, war das Mikro. Bei dem bloßen Gedanken, in der Öffentlichkeit singen zu müssen, gefror ihr das Blut in den Adern.
Eine Kellnerin erschien an ihrem Tisch. »Was wollt ihr trinken?« fragte sie und schnalzte mit ihrem Kaugummi.
»Margaritas!« sagten Julianne und Michael wie aus einem Munde und sahen sich dann an. Wie auf Verabredung konnten beide im selben Augenblick das gleiche denken und aussprechen.
»Seine on the rocks, ohne Salz«, sagte Julianne.
»Ihre pur«, sagte Michael.
Sie wechselten anerkennende Blicke.
Die Kellnerin wandte sich mit gezücktem Stift an Kimmy.

»Und Sie, Miss?«
»Ein Amstel Light«, sagte Kimmy und versuchte, ihr flaues Gefühl im Magen zu verscheuchen.
Die Kellnerin zog die Brauen hoch. »Sind Sie schon 21? Darf ich bitte Ihren Personalausweis sehen?« fragte sie.
»Dann ein Ginger Ale«, seufzte Kimmy.
Die Kellnerin verschwand.
Michael und Julianne sahen einander an, als hätten sie jeden anderen im Raum vergessen, selbst Kimmy, der nicht entging, wie zwischen ihrem Zukünftigen und seiner besten Freundin die Funken sprühten.
»Zwei Wörter«, sagte Julianne. »Margarita. Vespa.«
»Florenz«, lächelte Michael. Sie waren vor ein paar Jahren zusammen in Florenz gewesen und hatten im Umkreis von hundert Kilometern alle Kirchen abgeklappert. Es hatte fast die ganze Zeit geregnet, und das Vespafahren war nicht gerade ein Vergnügen gewesen.
»Ich war immer fest an dich geklammert«, sagte Julianne verträumt.
»Ich liebe Florenz«, zirpte Kimmy angestrengt fröhlich. Aber ihre Tischgenossen nahmen keine Notiz von ihr.
»Und wie war das noch mit diesem Typen?« fragte Julianne.
»Der Typ mit dem Dingsda?«
Julianne prustete vor Lachen. Der Abend in Florenz mit dem italienischen Kellner war einfach zu komisch gewesen. »Und dann noch der andere Typ«, lachte sie.
»Dieser Steg ist für Angler reserviert!« Michael versuchte, mit italienischem Akzent zu sprechen.
Beide brachen in geradezu hysterisches Gelächter aus, und Kimmy blickte sie hilflos an. Das, was damals pas-

siert war – sie wollte gar nicht wissen, was –, mußte das Originellste und Amüsanteste sein, was zwei menschliche Wesen je auf Erden erlebt hatten. Der Anblick der beiden, die sich lachend auf die Schulter klopften, war ihr schier unerträglich.

»Ich habe Florenz schon immer geliebt«, wiederholte sie mit Nachdruck.

Jetzt war ihre Eifersucht nicht mehr zu übersehen. Julianne setzte eine ernste Miene auf und sagte, zu Michael gewandt: »Fahr mit ihr hin. Ich meine, jetzt, in den Flitterwochen.«

Michael wollte eben erklären, daß er für Flitterwochen keine Zeit habe, daß die Hochzeit seinen Zeitplan schon hoffnungslos durcheinanderbringe und daß Kimmy natürlich Verständnis dafür habe, als die Kellnerin mit den Getränken erschien. Als sie wieder gegangen war, hob Julianne die Hand, um ihn am Reden zu hindern.

»Ich weiß, was jetzt kommt«, sagte sie. »Wenn San Antonio Sacramento schlägt und wenn Phoenix gewinnt – bla, bla, bla. Was soll der Mist? Wir sprechen hier von Flitterwochen. Was ist denn das schon? Du mußt sowieso bis September zurücksein. Wann fängt dein Wintersemester an?« fragte sie Kimmy.

Kimmy und Michael sahen einander verlegen an.

Juliannes Herz hüpfte vor Freude; sie hatte ihn gefunden – den Schwachpunkt in ihrer Beziehung.

Kimmy spielte mit ihrem Strohhalm. »Ich geh nicht mehr hin – ins College, meine ich.«

War sie hier auf die Goldader gestoßen? fragte sich Julianne.

»Brauchen Architekten denn keinen Abschluß, um ihren Beruf auszuüben?« wollte Julianne wissen.
»Na ja, das College läuft mir nicht davon, die Architektur auch nicht. Im Augenblick ...«, Kimmy und Michael wechselten einen Blick, »... muß ich jede Woche reisen. College-Baseball, Motorsport, Trainingslager ... Das Wichtigste ist doch, zusammen zu sein«, sagte Kimmy und ergriff Michaels Hand, heilfroh, daß sie vom Thema Florenz abgekommen waren. »Ich bin jung, ich habe alle Zeit dieser Welt.«
In diesem Augenblick erschien eine große Blondine mit langen Zöpfen am Tisch und hielt Kimmy ein Mikrophon vors Gesicht.
Kimmy sprang von ihrem Stuhl hoch und hätte um Haaresbreite ihr Glas mit Ginger Ale umgestoßen.
»Jetzt ist euer Tisch dran«, lachte die Blondine, das Mikro noch immer auf Kimmy gerichtet. »Du machst es sicher besser als unsere Helen Reddy da drüben.« Sie deutete mit dem Kinn auf den Mann, der eben gesungen hatte. Eine Frau an seinem Tisch klopfte ihm auf den Rücken und lachte.
Die Musik wurde lauter, doch Kimmy starrte nur völlig entgeistert auf das Mikro, als wäre es infiziert.
Julianne kam ihr zu Hilfe und entriß der Blondine das Mikro. »Nein, nein, Kimmy mag nicht singen.«
Ein Ausdruck unendlicher Erleichterung huschte über Kimmys Gesicht, und sie lächelte Julianne dankbar zu.
Jetzt griff Michael nach dem Mikro. »Glaubst du etwa, meine Braut ist ein Feigling?« rief er lachend.
Julianne war entzückt. »Tu ich«, versicherte sie mit einem heftigen Nicken.

Michael erhob sich, das Mikro in der Hand. »Leute, hört mal alle her! Meine zukünftige Braut hier«, er deutete auf Kimmy, und die Menge spendete spontan Applaus, »meine Braut wird bei der nächsten Nummer zeigen, was sie kann.«
Kimmy zog ihn am Ärmel. »Michael, nein ...«, flehte sie, und ihre Hände waren plötzlich feucht und kalt.
Michael aber schien ihr Unbehagen nicht zu bemerken. »Was zum Teufel ist das für ein Song?« fragte er, an die Menge gewandt.
»Michael, gib mir das Mikro!« Julianne streckte die Hand danach aus.
Er stieß sie weg. »Laß! Das wird ein Riesenspaß.«
Doch Julianne ließ nicht locker. »Gib her, Michael!« beharrte sie.
Widerwillig reichte er ihr das Mikro.
Kimmy atmete erleichtert auf.
Julianne aber beugte sich über das Mikro und verkündete laut und deutlich: »Ladies and Gentlemen, Ruhe bitte, Sie hören jetzt die Darbietung von Miss Kimberly Wallace.«
Damit wandte sie sich zu Kimmy und drückte ihr das Mikro in die Hand. Alle, einschließlich Michael und Julianne, klatschten Beifall.
Julianne lächelte Kimmy aufmunternd zu. ›Mach schon, Kleine, ist doch nur ein Spaß‹, stand in ihrem Gesicht geschrieben; dabei wußte sie genau, daß es für die arme Kimmy alles andere als Spaß war.
Nun blieb Kimmy nichts übrig, als gute Miene zu machen und zu singen, auch wenn sie fürchtete, vor lauter Angst in Ohnmacht zu fallen. Beschämt über ihre eige-

ne Zaghaftigkeit, erhob sie sich langsam mit zitternden Knien. Der Stuhl hinter ihr kippte mit Donnergetöse um, was den Applaus der Menge nur noch steigerte. Michael, der am heftigsten klatschte, feuerte sie mit Pfiffen an.

Als sich Kimmy dem Publikum zuwandte, wurde sie vom Scheinwerferlicht geblendet. Sie schluckte und öffnete den Mund – aber nichts kam heraus. Sie räusperte sich und begann ein tragisches Liebeslied zu singen.

Kimmy hatte nicht übertrieben. Sie sang wirklich so ungeheuerlich falsch, daß es in den Ohren weh tat. Manch einer im Publikum lachte über ihre Stimme, die meisten aber unterstützten ihre Versuche, wie kläglich sie auch waren. Hilfesuchend schaute sie zu Michael, und der strahlte sie so begeistert an, als wäre ihre Stimme melodisch und rein wie die von Emmy Lou Harris. Der Ausdruck in seinen Augen gab ihr den Mut, den sie brauchte, um ihr Lied zu Ende zu bringen.

Die Gäste an der Bar spornten sie mit Pfiffen und Gejohle an, aber Kimmy schien es gar nicht wahrzunehmen. Sie hatte nur Augen für Michael und sang nur für ihn.

Unterdessen beobachtete Julianne, wie die Zuhörer reagierten. Und sie triumphierte. Endlich hatte Miss Perfect einen Zacken aus ihrer Krone verloren.

Als sie sich aber umwandte und sah, wie Michael seine Zukünftige mit den Augen verschlang, sank ihr das Herz.

Sein bewundernder, debiler Blick sprach von bedingungsloser und ewiger Liebe. Er war eindeutig taub und blind für alle Mängel seiner Braut. Julianne traute ihren Augen nicht. Früher war Michael bei allen Freundinnen immer wahnsinnig kritisch gewesen. Eine hatte er abserviert, weil sie Mayonnaise zu ihrem Salamisandwich aß, eine andere, weil sie gelegentlich die ›Golden Girls‹ im Fernsehen sah. Was war mit ihrem Michael geschehen?

Kimmy sang immer noch so falsch, daß ihr Lied kaum zu erkennen war, aber sie hatte ihre Scheu verloren. Sie war ganz in ihren Vortrag vertieft.

Schließlich, nach einem letzten schiefen Ton ließ sie das Mikro sinken und neigte den Kopf. Der ganze Saal brach in Gelächter und tosenden Beifall aus. Sie hatte so ungeheuer schlecht gesungen, daß sie alle Herzen gewonnen hatte. Kimmy verbeugte sich tief und reichte das Mikro an den nächsten Tisch. Mit einem Seufzer der Erleichterung setzte sie sich wieder. Es war vorbei!

»Schatz, du warst grauenvoll«, rief Michael lachend und küßte sie auf den Mund. »Aber dein Mut ist bewundernswert. Ich bin einfach verrückt nach dir.«

Julianne applaudierte wie alle anderen; sie mußte sogar zugeben, daß Kimmy ihre Mutprobe glänzend bestanden hatte. Es war zu frustrierend!

Dieser Versuch war also in die Hose gegangen, dachte Julianne. Es wurde Zeit für drastischere Maßnahmen.

4. Kapitel

Bald nach Kimmys Auftritt verließen sie die Karaoke-Bar, weil die beiden jungen Frauen um acht Uhr zu einem weiteren Brautempfang erwartet wurden.
Kimmy strahlte noch immer über ihr triumphales Gesangsdebüt. Mehrere Gäste hatten ihr sogar anerkennend die Hand geschüttelt. Jetzt plapperte sie, wie stolz sie sei, ihre schlimmsten Ängste überwunden zu haben, und wie sehr sie Julianne danke, sie zu ihrem Auftritt gedrängt zu haben. Sie schien tatsächlich zu glauben, Julianne habe alles nur ihr zuliebe arrangiert und die Karaoke-Bar ausgewählt, damit Kimmy ihre Ängste abbauen könne. Ihr Respekt vor Julianne war grenzenlos. Kein Wunder, daß Michael sie so schätzte! Sie mußte Julianne einfach mal richtig fest in die Arme nehmen dafür, daß sie so klug und verständig war.
Julianne hatte es, wie schon erwähnt, nicht so mit dem Umarmen; sie gehörte zu den Menschen, die ihre Gefühle nur ungern öffentlich zur Schau trugen. Da sie Michael aber beweisen wollte, daß sie sich geändert hatte, setzte sie ein Lächeln auf und zwang sich, Kimmys herzliche Umarmung zu erwidern. Ihr Leben schien mehr und mehr außer Kontrolle zu geraten.
Michael war begeistert, daß sich die beiden so prächtig verstanden, weit besser noch, als er zu hoffen gewagt

hatte. Wie töricht war es gewesen, zu befürchten, Julianne würde an Kimmy herumkritteln. Er sah, wie sich die beiden umarmten, und war selig. Schade nur, daß sie zu einem weiteren albernen Brautempfang gehen mußten. Wie viele Toaster brauchten sie eigentlich?

Vor der Karaoke-Bar winkte er ein Taxi herbei und öffnete den beiden Frauen die Tür.

Kimmy schaute ihn an. »Du wirst dich doch ohne uns nicht einsam fühlen?« fragte sie.

Er zuckte die Achseln, konnte seine Enttäuschung aber nur schlecht verbergen. Sein trauriger Hundeblick war einfach herzzerreißend. Er schien sich wirklich verlassen zu fühlen. »Vielleicht brauchen wir ja nicht hinzugehen«, sagte Kimmy in der Hoffnung, er würde für sie entscheiden.

Julianne, die Kimmys Unentschlossenheit bemerkte, witterte eine einmalige Gelegenheit und ergriff sie gleich beim Schopfe. »Ist es die Abendgesellschaft deiner Großmutter?« fragte sie, heftig gestikulierend. »Ich finde, es sähe nicht besonders gut aus, wenn du dich dort nicht blicken ließest. Schließlich bist du die Hauptperson.« Dann wandte sie sich Michael zu. »Ich würde ja liebend gern den Babysitter für dich spielen, aber die Pflicht verlangt, daß ich der Braut in ihrer Not beistehe«, fügte sie mit Nachdruck hinzu.

»Na ja«, meinte Kimmy, die sich genötigt sah, ihre Familie zu verteidigen. »Von Not kann wohl nicht die Rede sein.«

»Nein? Aber ohne mich wärst du doch allein bei diesem Empfang, oder?« fragte Julianne mit geheucheltem Mitleid.

»*Allein* nicht«, gab Kimmy zurück. »Es ist ja meine Familie.«
Volltreffer! Das war genau die Antwort, auf die Julianne gehofft hatte. »Na gut, wenn du dir da so sicher bist!«
»Sicher?« wiederholte Kimmy, die nicht ganz verstand, was gemeint war. Hatte sie denn in irgend etwas eingewilligt?
Julianne klärte die Sachlage. »Wenn du sicher bist, daß es für dich okay ist, leiste ich Michael Gesellschaft.«
Kimmy fühlte sich ausmanövriert, auch wenn sie nicht wußte, wie es dazu gekommen war. Sie wußte nur, daß es albern und selbstsüchtig aussehen würde, wenn sie darauf bestand, daß Julianne sie begleitete. Sie mußte zugeben, daß sie gewisse Bedenken hatte, Michael mit Julianne allein zu lassen, doch sie schüttelte dieses Gefühl energisch ab. Hast du vergessen, wie großartig Julianne den ganzen Nachmittag war? Vielleicht bin ich nur ein bißchen hysterisch, dachte sie. »Also okay«, sagte sie und küßte Michael auf die Wange. »Ruf mich später an.« Damit stieg sie ins Taxi. Sie lehnte sich aus dem Fenster und winkte.
Beide winkten zurück. »Viel Spaß!« flötete Julianne und hakte sich bei Michael unter, sobald das Taxi außer Sichtweite war.
Wortlos schlenderten sie eine Weile dahin und genossen das behagliche Schweigen, das Ausdruck von langer Vertrautheit zwischen zwei Menschen ist.
An einer Hot-dog-Bude hielt Michael an und bestellte ›einen mit allem‹. Dann wandte er sich zu Julianne und fragte, was sie zu ihrem Hot dog wolle.
»Michael, ich hab keinen Hunger«, sagte sie, entsetzt

bei der Vorstellung, so etwas essen zu müssen. Wußte er denn nicht, woraus der Fraß gemacht war?
»Komm schon«, sagte er und schwenkte das tropfende Ding vor ihrem Gesicht hin und her. »Wann hast du zum letzten Mal einen Hot dog ›mit allem‹ gegessen?«
Sie konnte sich nicht erinnern und wollte es auch nicht.
»Michael, nein!« Sie schob seine Hand lachend zur Seite.
»Komm, große Restaurantkritikerin. Erinnere dich an die guten alten Zeiten. Einen Bissen nur.«
Er hielt ihr den Hot dog vor den Mund, und sie nahm einen kleinen Bissen, nur um ihn zufriedenzustellen.
»Gut?« wollte er wissen.
Sie wischte sich den Senf vom Mund. »Fünf Sterne mindestens«, sagte sie.
»Jetzt heirate ich also. Kannst du dir das vorstellen?« fragte er.
Sie schüttelte den Kopf.
»Du warst ganz schön geschockt, als du's gehört hast, stimmt's?«
»Geschockt? Nö.«
Er sah sie an mit diesem gewissen Lächeln, das verriet, daß er ihr nicht glaubte.
»Gut«, räumte sie ein, »ein bißchen geschockt schon. Okay – total geschockt. Das heißt, ich bin aus dem Bett gefallen.«
Er lachte schallend. »Ich glaube, ich habe den Plumps am Telefon gehört.« Er knüllte das Papier zusammen, in dem sein Hot dog gesteckt hatte, und warf es in den nächsten Mülleimer.
»Na ja, ich hätte nie geglaubt, den Namen Michael

O'Neal und das Wort ›Heirat‹ in einem Satz zu hören«, gab sie zu.

»Kann ich mir vorstellen. Ich habe selbst lange gebraucht, mich mit dem Gedanken vertraut zu machen.« Er holte tief Luft. »Und jetzt, wo ich kurz davor bin …« Er warf ihr einen nervösen Blick zu.

»Was?« fragte sie, erpicht darauf zu erfahren, was er fühlte.

»Ich weiß nicht.« Er suchte nach den passenden Worten. »Würdest du es fertigbringen, Jules? Könntest du dich für etwas entscheiden und dein Leben lang dabeibleiben?«

»Mit viel Mut vielleicht.«

»Mut?«

»Was, wenn es das Falsche ist?«

Er dachte nach. »Das ist das Risiko, nicht wahr?«

»Ich habe immer schon Angst gehabt, mich für das Falsche zu entscheiden«, bekannte sie.

Er schenkte ihr ein zärtliches Lächeln. Niemand kannte Julianne Potter besser als Michael O'Neal. »Nein, du hast vor jeder Entscheidung Angst gehabt.« Er tätschelte ihren Arm. »Nicht wahr, du magst sie?«

»Ja«, sagte sie nach kurzem Zögern. Lügen konnte sie in diesem Punkt nicht, obwohl es ihr so noch schwerer fiel, mit dem herauszurücken, was sie sagen wollte.

Er konnte sehen, wie sie mit sich rang. »Spuck's aus«, sagte er, begierig zu erfahren, was sie von Kimmy hielt.

»Nein, sie ist klasse«, sagte sie. »Sie kann zwar nicht singen.« Beide lachten. »Aber dieses Opfer zu bringen …« Sie verstummte.

»Opfer? Weil sie das College aufgibt?«

»Nein, alles.« Sie machte eine weitausholende Handbewegung, um die Größe von Kimmys Opfer hervorzuheben. »Sie verläßt ihre Familie, ihre Freunde, alles, was ihr vertraut ist. Sie hängt ihre Karriere an den Nagel. Und all das, um dich zweiundfünfzig Wochen im Jahr auf deinen beschissenen Reisen zu begleiten.« Sie schüttelte den Kopf. »Das ist kein Job für einen erwachsenen Mann, Michael. Peter Pan hat nie geheiratet.«

»Mein Job hat dich bisher nie gestört«, verteidigte er sich.

»Stört mich auch jetzt nicht«, sagte sie achselzuckend. »Aber ich bin nicht Kimmy.« Sie setzte sich auf eine Mauer und wartete, bis er neben ihr Platz genommen hatte. »Ich hab heute ein paar aufschlußreiche Augenblicke in einem festsitzenden Aufzug mit ihr verbracht. Und, wenn du mich fragst, ist sie nicht der unterwürfige Typ. Hast du keine Angst, daß sie dieses ›Leben an der Seite meines Mannes‹ bald zum Kotzen findet?«

»Nein, wir haben darüber gesprochen ...«

»Ihrem Vater gehören doch die White Sox und dieser Kabelsender, oder?«

»Ja. Und?«

»Es wundert mich, daß es noch nicht zur Sprache gekommen ist.«

»Was?«

»Das Eckbüro mit der tollen Aussicht. Der schicke blaue Anzug. Der ständige Wohnsitz in Chicago, nahe bei Papa und Mama ...«

»Das täte sie nie! Nie!« Er fuchtelte wild mit den Händen herum. »Nicht mal im Traum.«

»Vielleicht hast du recht. Das wäre auch hinterhältig und durchtrieben.«

»Hör auf, ich hab schon verstanden, Jules!« Er sprang von der Mauer.

Sie folgte ihm. »In Liebe und Krieg ist alles erlaubt.«

Er dachte einen Augenblick über die Möglichkeit nach und schüttelte dann den Kopf. Kimmy würde nie von ihm erwarten, daß er seinen geliebten Beruf aufgab, um jenes Vorstadtleben zu führen, das ihm so verhaßt war.

»Völlig undenkbar«, sagte er. »Können wir nicht von was anderem reden?«

»Na gut.« Über ihnen fuhr donnernd ein Zug in die Bahnstation ein. »Mal sehn, wer als erster oben ist«, rief sie, plötzlich wie elektrisiert.

Sie hatte den wunden Punkt in der Beziehung von Kim und Michael gefunden. Jetzt kam es darauf an, Kapital daraus zu schlagen.

Sie rannten die Treppe hinauf.

Ihr Weg schien nun klar vor ihr zu liegen, und wie die Treppe führte er steil nach oben.

Am nächsten Morgen in aller Herrgottsfrühe schmiedete Julianne einen neuen Plan, um Michael zurückzugewinnen.

Um neun wurde sie durch einen Anruf von Kimmy aus tiefem Schlaf gerissen. Sie sprang aus dem Bett und unter die Dusche, zog sich rasch an und war in weniger als einer Viertelstunde unten in der Hotelhalle. Kimmy wartete schon draußen in ihrem Wagen und stellte bei sanfter Rockmusik eine Liste von den heute zu erledigenden Dingen auf. Kimmy war ein typischer Morgenmensch und schon seit Stunden auf den Beinen. Sie hatte Frühstücksgebäck und eine Thermosflasche mit Kaffee dabei und warnte Julianne, daß sie den ganzen Tag keine Zeit haben würden, zum Essen zu gehen.

Als erstes müßte Julianne noch einmal das reparierte Kleid bei Megan McKnights anprobieren, dann sollte es weiter zu Marshall Fields gehen, wo sie nach einem geeigneten Geschenk für die beiden Brautjungfern suchen wollten. Julianne setzte ihre Sonnenbrille auf und lauschte Kimmys Plänen. Sie war dankbar für den dampfenden starken Kaffee.

Sie war sehr erstaunt darüber, daß die Läden schon am Vormittag geöffnet waren, denn sie selbst kaufte nur abends ein.

Es war Carlotta tatsächlich gelungen, den Schaden an dem fliederfarbenen Kleid zu beheben, doch der untere Saum mußte noch einmal nachgebessert werden. Kimberly war verärgert, daß sie das Kleid nicht gleich mitnehmen konnten, und ließ das gesamte Personal in der Boutique ihre Unzufriedenheit spüren.

Julianne schlüpfte vorsichtig in das Kleid und betrachtete sich zufrieden vor dem großen Spiegel. Sie mußte zugeben, daß es ein hübsches Kleid war, das sie sicher bei anderen feierlichen Anlässen würde tragen können. Sie wollte sich noch einmal bei Kimmy bedanken, doch die winkte ab. »Ich bin es, die dir danken muß, daß du mir bei der Hochzeit zur Seite stehst«, meinte sie.

Julianne überkamen Schuldgefühle, und sie fragte sich, ob sie das Kleid würde zurückgeben müssen, wenn die Hochzeit geplatzt war. Doch sie verscheuchte diesen Gedanken rasch wieder und erinnerte sich daran, daß

im Krieg und in der Liebe alles erlaubt ist – besonders dann, wenn es um die Ehe ging.
Die Verkäuferin steckte das Kleid in eine Plastikhülle und versprach, es am Nachmittag ins Haus der Wallaces liefern zu lassen.
Sie verließen die Boutique und fuhren auf direktem Weg zu Marshall Fields. Irgendein Goldschmuck schien das passende Geschenk für die Zwillinge, die Kimmy bereits mitgeteilt hatten, daß für sie nur 18 Karat in Frage kamen.
Julianne hatte die Tüte mit dem Gebäck dabei und knabberte an einem Blätterteigröllchen mit Blaubeerfüllung, während sie zwischen den schicken Vitrinen der Schmuckabteilung umherschlenderten. Ganz beiläufig begann sie über Michaels Beruf zu plaudern. Kimmy wischte ihr einen Blaubeerklecks von der Wange, der sie schon eine Weile störte.
»Du weißt ja, daß Michael plant, den Beruf zu wechseln«, sagte Julianne.
»Aber er liebt seinen Job doch!« protestierte Kimmy.
»Na ja.« Julianne wiegte bedächtig den Kopf. »Miese Spiele, miese Städte, mieses Gehalt, miese Hotels – und wirklich mieses Essen. Heimatlos, wurzellos, einsam. Vielleicht verkauft er nur einen Artikel von vieren.« Sie lächelte. »Wär das nichts?«
Diese Argumente verfehlten ihre Wirkung bei Kimmy nicht. Sie hatte sich schon oft Gedanken darüber gemacht, aber Michael hatte immer so begeistert von seinem Job gesprochen, daß sie nicht einmal gewagt hatte, das Thema anzuschneiden. Sie konnte sich nicht vorstellen, wie er all die Entbehrungen aushielt, die mit

seiner Arbeit verbunden waren, doch das lag wahrscheinlich daran, daß es ›reine Männersache‹ war. Vielleicht konnte sie es deshalb nicht verstehen; und vielleicht konnte sie ja lernen zu lieben, was er liebte, wenn sie es nur versuchte. Und jetzt lauschte sie aufmerksam, wie Julianne all jene Bedenken bestätigte, die sie, Kimmy, im stillen gehegt hatte.

Julianne schnippte die letzten Krümel von ihren Fingern. »Wenn man statt dessen, sagen wir, die PR-Abteilung eines internationalen Konzerns, wie der deines Vaters, leiten könnte?«

Kimmy nickte eifrig. »Genau das haben mein Vater und ich schon besprochen«, rief sie, ganz begeistert darüber, daß Julianne auch in diesem wichtigen Punkt mit ihr übereinstimmte.

Julianne konnte ihr Glück kaum fassen. Rein zufällig war sie auf das eine Thema gestoßen, das ihren Zwecken dienen würde. Doch sie durfte sich ihre Freude nicht anmerken lassen. »Das wundert mich nicht«, sagte sie und deutete auf eine winzige Goldschere in einer der Glasvitrinen. »Wär das nichts für die Brautjungfern?«

»Für die Zwillinge!« rief sie. »Was sollen sie denn damit anfangen?«

Julianne dachte nach und schnalzte mit den Fingern. »Eine Goldschere zum Entfernen der Nasenhaare. Für die Frau, die schon alles besitzt.«

Kimmy tat den Vorschlag mit einer wegwerfenden Handbewegung ab und sah Julianne fragend an. »Du glaubst also wirklich, daß Michael in seinem Beruf nicht so glücklich ist, wie er behauptet?«

Julianne zeigte auf zwei Hundehalsbänder und hob die Brauen.
»Goldene Hundehalsbänder?« fragte Kimmy. »Sie haben doch gar keine Hunde.«
»Sollte nur ein Witz sein«, lachte Julianne.
Kimmy zuckte die Achseln. »Glaubst du wirklich, er würde das Angebot annehmen?« fragte sie eindringlich. Schließlich ging es um ihre Zukunft.
»Michael? Solch einen Job? Das wäre die größte Chance, die ihm im Leben begegnet ist.« Sie warf die leere Tüte in den Papierkorb. »Anwesende ausgenommen.«
Kimmy nickte bedächtig. Obwohl sie gesagt hatte, sie wolle Michael überallhin folgen und ihre Karriere für ihn opfern, wünschte sie doch nichts sehnlicher, als hier in Chicago mit ihm leben zu können. Das war nicht schwer zu durchschauen, und Julianne witterte ihre Chance, Kimmys heimlichen Wunsch für ihre eigenen Ziele zu nutzen.
»Aber vergiß nicht, Michael ist stolz«, sagte sie. »Das letzte, was ein Mann zugeben mag, ist, daß er in einem Job ohne Aufstiegschancen festsitzt, mit dem er niemals eine Familie ernähren kann.« Sie lächelte honigsüß. »Wirf einem Mann einen Rettungsring zu, und er sagt dir: Nein, ich ertrinke lieber. Du kennst ja die Männer.«
»Du meinst also … man braucht nur …«
»Genau.«
»Genau was?«
»Was du eben gesagt hast. Laß es so aussehen, als würde er *dir* den Gefallen tun«, sagte Julianne so beiläufig, als sei es etwas, das jede Frau wissen mußte.
Kimmy nagte an ihrer Unterlippe und schaute, plötzlich

verunsichert, auf ihre Fußspitzen. »Ich bring das nicht fertig. Weißt du, nachdem ...«

»... nachdem du die ganze Zeit gelogen hast?« ergänzte Julianne freundlich, aber ach so weise.

Kimmy schüttelte den Kopf. Nein, das hatte sie so nicht gemeint.

Julianne legte ihr den Arm um die Schultern – wie eine große Schwester. »Ach, Liebes«, sagte sie mit affektierter Stimme, »was sind schon unsere erbärmlichen Wünsche und Ambitionen neben den edlen Zielen des starken Geschlechts – nichts als Dreck!« Kimmy lachte. »Zweihundert schäbige Hotels im Jahr? Abendessen aus Automaten statt bei Kerzenlicht? Keine Möglichkeit zum Wäschewaschen? Keine Freunde und Verwandte in der Nähe?« Sie zählte jeden Punkt demonstrativ an den Fingern ab. »Warten auf dunklen, versifften Fluren vor stinkigen Umkleidekabinen? Mensch, turnt mich das an!«

Kimmy nickte eifrig. Aus Juliannes Mund klang das alles so logisch. »Genau das habe ich auch gesagt«, gestand sie, »natürlich nicht vor Michael. Aber was soll ich denn jetzt tun?« Hilfesuchend blickte sie zu Julianne auf.

Julianne tat so, als dächte sie angestrengt nach. Ihr Blick war ins Leere gerichtet, das Kinn auf die Hand gestützt. Dann schnalzte sie plötzlich mit den Fingern, als wäre ihr gerade eine Idee gekommen. Dabei hatte sie die halbe Nacht über diesem Plan gebrütet. »Wir weihen deinen Dad ein. Michael soll denken, er tut *Walter* einen Gefallen!« Mit gespieltem Eifer griff sie nach Kimmys Arm. »Hör zu! Das ist grandios! Dein Vater könnte sagen, er will die PR-Abteilung reorganisieren. Und dazu benötigt er einen fähigen Mann an seiner Seite, dem er hundertprozentig vertrauen kann. Jemanden mit Michaels Erfahrung im Mediengewerbe und mit seinem Schreibtalent. Du weißt ja, daß Michael im Nebenfach Betriebswirtschaft studiert hat. Er hatte sogar mal vor, in die Werbebranche zu gehen.«

Kimmys Herz klopfte heftig. Durfte sie wirklich Hoffnung schöpfen?

»Du flehst ihn an: Michael, tu Daddy den Gefallen, bitte, bitte, bitte ... Nur für ein halbes Jahr ... Es würde mir so viel bedeuten, wenn du ihm helfen könntest. Und du mußt immer wieder betonen, daß es ja nur *vorübergehend* ist.«

Kimmy dachte nach und schüttelte dann den Kopf. »Das kann nicht funktionieren, Jules. Michael würde das durchschauen.«

»Nur wenn er es will.«

Gut, da war was dran. Wenn Julianne recht hatte und Michael wirklich von seinem Job genug hatte, aber zu stolz war, es zuzugeben, waren damit seine und ihre Probleme gelöst.

Die beiden lächelten einander verschwörerisch zu.

»Und nach einem halben Jahr ist er glücklich, zufrieden und erfolgreich«, versicherte Julianne. »Am Ende wird er behaupten, die Idee sei auf seinem Mist gewachsen.«

Nachdem die Dame an der Kasse Kimmys Einkäufe in Geschenkpapier eingewickelt hatte, machten sich die beiden auf den Weg zu Walters Club. Julianne hatte Kimmy überredet, sofort mit ihrem Vater zu sprechen, und der hatte sie dann in den Club eingeladen.

Der Kensington Club war in einem ehemaligen Herrenhaus untergebracht, das von einer der ältesten und reichsten Chicagoer Familien, den Erben eines Eisenbahn- und Stahlimperiums, erbaut worden war. Von außen erinnerte das Gebäude an ein englisches Schloß. Die Innenausstattung entsprach ganz dem typischen englischen Herrenclub. Schwere Damastvorhänge dämpften jegliche Geräusche der Außenwelt. Bücherregale, Ledersessel und endlose Reihen von Zigarrenkisten vermittelten den Eindruck von Gediegenheit und Geldadel. Fast hätte man meinen können, die ganze Einrichtung sei noch dieselbe wie bei der Eröffnung des Clubs zu Beginn der dreißiger Jahre.
Walter saß in der hintersten Ecke des großen Salons und paffte genüßlich eine Havanna, als Kimmy und Julianne eintrafen. (Noch bis vor fünf Jahren hatten Frauen keinen Zutritt zu diesem elitären Herrenclub gehabt!)
Auf der Fahrt hierher waren Kimmy wieder Zweifel an ihrem Plan gekommen, und Julianne hatte alle Mühe gehabt, sie bei der Stange zu halten. Hatte sie etwa vergessen, was für sie auf dem Spiel stand? Als sie die Eingangshalle des Clubs betraten, hatte sie Kimmy fast zu ihrem Vater hinschubsen müssen. »Los, sprich mit ihm«, sagte sie. »Ich bleibe so lange hier und sehe mich ein bißchen um.«
Kimmy drehte sich um, nickte tapfer und trat auf ihren Vater zu.
Julianne beschloß, in der Zwischenzeit die Zigarrensammlung in Augenschein zu nehmen. Sie schlenderte an einer Gruppe von Herren mittleren Alters vorbei, langsam genug, um ihnen Gelegenheit zu geben, sie ge-

bührend zu bewundern. Sie drehte sich um und lächelte ihnen zu.
Sie genoß es, ihre Blicke auf sich zu spüren und strich gemächlich mit dem Finger über eine Reihe von Zigarren. Dann nahm sie eine heraus, prüfte sie und legte sie in die Kiste zurück. Ihr Finger wanderte suchend weiter. Sie wählte eine andere aus, eine dickere, dunklere, ließ sie durch die Finger gleiten, roch daran, billigte ihr würziges Aroma. Sie hatte eine ganze Menge über Zigarren gelernt – von einem längst vergessenen Freund, den sie auf einer Kubareise getroffen hatte. Sie hatte ein Sondervisum für Kuba erhalten, um einen Artikel über die kubanische Gastronomie zu schreiben. Das Aroma des feinen Tabaks erinnerte sie an ihn. Sein Name war ... Wie hieß er noch gleich?
In Gedanken versunken, bemerkte sie zuerst nicht, daß Walter sie an seinen Tisch winkte. Er hatte sie während des ganzen Gesprächs mit seiner Tochter nicht aus den Augen gelassen. Ihm war aufgefallen, mit welchem Interesse sie die Zigarrensammlung begutachtete, und er fand seinen ersten Eindruck bestätigt, daß sie eine durch und durch kultivierte Person war.
Julianne trat an seinen Tisch und nahm Walter gegenüber Platz.
Walter deutete mit seiner Zigarre auf sie. »Ihre Idee?« fragte er.
Kimmy warf ihrem Vater einen bangen Blick zu.
Julianne nickte. Es war zwecklos zu lügen. Er hätte sie auf der Stelle durchschaut.
Er blies eine Rauchwolke in die Luft. »Sie sind eine außergewöhnlich feinfühlige Frau«, sagte er. »Sie haben

sofort gespürt, daß meine Tochter unglücklich darüber ist, ihr Leben hier aufgeben zu müssen.« Er zog ein goldenes Feuerzeug aus der Westentasche und hielt ihr die Flamme hin, um zu sehen, ob sie die Zigarre, die sie in der Hand hielt, tatsächlich rauchen wollte.

Sie nahm die Herausforderung an. Sie biß das Zigarrenende ab, beugte sich vor und zündete die Zigarre an.

»Ich finde es etwas feige von Kimmy, der Konfrontation aus dem Weg zu gehen.«

Julianne zog an ihrer Zigarre und stieß den Rauch aus. »Sie ist noch jung.«

Er nickte – genau die richtige Antwort. Sie rauchten eine Weile schweigend weiter. Dann deutete er auf ihre Zigarre. »Partagas. Gut gewählt.«

Mit einem bescheidenen Nicken nahm Julianne das Kompliment entgegen.

»Mike ist ein begabter und fähiger Bursche, und ich würde alles tun, um ihn für meine Firma zu gewinnen – alles, außer ihn darum zu bitten.«

Julianne hustete und sah zu Kimmy hinüber, die ihren Vater nur hilflos anstarrte. Wenn er nicht eingriff, würde sie Michael nie darauf ansprechen.

»Er würde es mir – und vor allem Kimmy – übelnehmen«, sagte Walter und sah seine Tochter an. »Die beiden müssen sich erst noch zusammenraufen. Aber sie sind prächtige Menschen, und sie lieben sich. Eigentlich mache ich mir keine Sorgen, und vor allem mische ich mich nicht ein. Sie haben Zeit.«

O nein, haben sie nicht, dachte Julianne und zwang sich, ruhig zu bleiben. »Ich fürchte, Sie machen da einen Fehler«, sagte sie sanft.

»So? Das interessiert mich jetzt aber«, sagte er und musterte sie aufmerksam. Er war ein scharfer Beobachter. Sein Gespür und seine Menschenkenntnis hatten erheblich zu seinem Erfolg als Geschäftsmann beigetragen. »Wie kann sich jemand, der Michael so gut kennt, derart in ihm täuschen?«

Julianne wußte vor lauter Schreck nicht, was sie antworten sollte. Sie hatte Kimmy vielleicht hinters Licht führen können, aber doch nicht Walter Wallace! Sie entschuldigte sich und fragte einen der Kellner nach der Damentoilette. Sie schloß sich in einer Kabine ein, zog ihr Handy aus der Tasche und wählte Georges Nummer. Zum Glück saß er an seinem Schreibtisch und hatte Zeit, sich Juliannes Kurzbericht über alle wichtigen Ereignisse anzuhören. Wenn sie in Zweifel war, galt es, ›die Truppen zu sammeln‹.

Er lauschte aufmerksam, fasziniert von ihren bisherigen Erfolgen oder, besser gesagt, Mißerfolgen. Das war bei weitem interessanter als all die Seifenopern, die er seit Jahren im Fernsehen verfolgte. Allem Anschein nach war die ›Walter-Offensive‹, wie er sie nannte, voll in die Hose gegangen, und er meinte, sie solle sich aus ihrer derzeitigen Stellung zurückziehen. Dann wollte er wissen, ob sie bereits einen anderen Schlachtplan habe.

»Was denkst du, George, natürlich habe ich einen anderen Plan!« Sie warf ihre Zigarre in die Kloschüssel; ihr war schon übel davon.

Zwei Frauen betraten die Damentoilette und unterhielten sich lachend über eine mißlungene Geschäftsübernahme, die einen ihrer Konkurrenten Kopf und Kragen gekostet hatte.

Ohne ihr Gespräch mit George zu unterbrechen, verließ Julianne die Damentoilette und trat in die Empfangshalle des Clubs. Durch die Glastür konnte sie Kimmy auf dem Parkplatz bei ihrem Wagen sehen.
»Hör zu«, sagte sie. »Denn hiermit übertrage ich dir eine wichtige Rolle in meinem neuen skrupellosen und gewagten Schlachtplan.«
Draußen hielt Kimmy nach ihr Ausschau. Sie hatte es offensichtlich eilig und sah schon zum dritten Mal auf die Uhr. Schließlich wandte sie sich um und eilte zum Clubeingang zurück.
»Hör zu, George, mit den direkten Lügen hat es nicht geklappt. Mein neuer Plan ist einfach, elegant und klassisch. Damit kann gar nichts schiefgehen.«
Jetzt hatte Kimmy sie entdeckt und winkte ihr herauszukommen. Sie deutete auf ihre Armbanduhr. Wahrscheinlich war es höchste Zeit für den nächsten Empfang.
Julianne hob einen Finger, um anzudeuten, daß sie noch eine Minute brauche. »Also«, sagte sie hastig, »hier ist dein Auftrag. Du kennst doch ein paar Leute vom Sportmagazin, oder? Ich meine, du könntest dort aufkreuzen und, ohne daß es groß auffällt, einen Bogen Firmenbriefpapier mitgehen lassen. Kein Problem, oder?«
Ihr Freund schien über den Plan nicht sonderlich begeistert.
»George, wie soll ich einen Brief von Michaels Boß fälschen, wenn nicht der richtige Briefkopf drauf ist? Das ist doch eine Grundvoraussetzung«, beharrte sie.
Georges Antwort war ein lautes Stöhnen.

Kimmy hatte inzwischen kehrtgemacht und lief zum Wagen zurück. Julianne mußte sich beeilen.
»Ich muß Walter ein Schriftstück vorlegen, aus dem hervorgeht, daß Michael von seinem Chef gefeuert worden ist. Sonst wird er ihm nie einen neuen Job anbieten. Also, bitte!« Sie drehte sich ungeduldig um und – und wäre fast in Ohnmacht gefallen. Vor ihr stand Walter Wallace höchst persönlich!
Zum Glück war sie noch in der Lage, einen Entsetzensschrei zu unterdrücken. Sie hielt die freie Hand an die Brust, wie um zu prüfen, ob ihr Herz noch schlug. »Oh, hi«, stammelte sie und strahlte Walter an, als würde ihr Leben davon abhängen. »Ich ruf später wieder an«, sagte sie, bevor sie das Handy zuklappte und in ihrer Handtasche verschwinden ließ. »Wie lange haben Sie schon … hm …« Sie blickte nach rechts und links.
»Zugehört?« fragte er.
»Ja.«
»Lang genug«, erwiderte er mit ernster Miene.
»Wie lang ist lang genug?« fragte sie, um Zeit zu gewinnen, um eine Ausrede zu erfinden oder tot umzufallen und an sein Mitleid zu appellieren.
»Auf jeden Fall lang genug, um zu wissen, daß ich belogen wurde.«
»Oh, bitte, bitte, sagen Sie Michael nichts davon«, flehte sie mit gefalteten Händen.
»Jetzt ergibt alles einen Sinn«, bemerkte Walter.
Sie wischte sich mit dem Handrücken über die Stirn, überzeugt, daß dicke Schweißperlen darauf standen.
»Er würde mir nie verzeihen, wenn er es erführe.«
»Wie sollte er?«

»Und dann Kimmy! Ich könnte ihr nie mehr in die Augen sehen. Ich habe sie von Anfang an belogen.«
Walter nickte. »Also. Wie sollen wir jetzt vorgehen?«
»Ich verschwinde«, schlug Julianne vor. »Ich kehre zu meiner erbärmlichen Tätigkeit in meiner erbärmlichen Dachkammer im verruchten kriminellen New York zurück, mache die Kochkünste anderer Leute lächerlich und lebe ein Leben, das ich verachte ...«
»Was reden Sie da?«
»Sie haben recht. Das Exil ist noch zu gut für mich. Man müßte mich foltern, mir die Fingernägel ausreißen ...«
»Was haben Sie denn verbrochen?« fragte er.
Sie wagte zum ersten Mal, ihm ins Gesicht zu sehen. »Wie bitte?«
»Sie sind doch nur loyal und selbstlos gewesen. Michael kann sich glücklich schätzen, eine solche Freundin zu haben.«
Wie um sich zu vergewissern, daß nicht sie, sondern jemand anderer gemeint war, drehte sie sich um.
»Michael ist gefeuert worden und zu stolz, es seiner Braut zu gestehen. Und da kommen Sie und greifen zu seinen Gunsten ein.« Er nickte anerkennend, und ihr wurde klar, daß sie noch mal davongekommen war. »Im Alleingang haben Sie versucht, Michael *und* seine Ehe zu retten!«
Einen Augenblick stand sie verdattert da und konnte ihr Glück nicht fassen. Jetzt aber nichts wie ran, dachte sie dann und schlang die Arme um Walters Nacken. »Gott sei Dank!« rief sie mit ungeheuchelter Freude. »Bin ich froh, daß ich das losgeworden bin.«
Entzückt von ihrer spontanen Zuneigung, erwiderte

Walter ihre Umarmung. »Ich sage Kimmy ganz einfach, daß ich mir's anders überlegt habe, und niemand wird etwas merken.« Er schenkte ihr ein väterliches, verschwörerisches Lächeln.

Diese Umarmerei war eigentlich gar nicht so übel. »Es ist mir vorher überhaupt nicht aufgefallen«, sagte sie. »Kimmy hat genau Ihre Augen.«

Damit drückte sie ihm einen Kuß auf die Wange und eilte zur Tür hinaus. George wird sich wundern, dachte sie.

Auf der Fahrt zu ihrem Hotel überlegten Julianne und Kimmy, wie man Michael die Sache beibringen könne. Kimmy beteuerte, ohne Juliannes Beistand sehe sie sich nicht in der Lage, mit Michael darüber zu reden.

Julianne versprach, dabeizusein. (Tatsächlich hätte sie dieses Gespräch nur ungern versäumt.) Kimmy schlug als Treffpunkt das Contessa, ein neues Restaurant in Chinatown vor. Julianne rieb sich die Hände und versicherte Kimmy, daß alles nach Wunsch laufen würde.

Am Hotel angekommen, sprang sie eilig aus dem Wagen. Sie wollte genügend Zeit haben, um sich zurechtzumachen, denn sie mußte heute abend so verführerisch wie nie aussehen. Ihre Zukunft hing davon ab.

Einer plötzlichen Laune folgend, betrat sie eine Boutique im Hotelfoyer und kaufte sich ein Kloid und dazu passende Sandalen, die sie an diesem Abend tragen wollte. Den Gedanken an ihre Hotelrechnung schob sie rasch beiseite.

Kimmy und Michael hatten an diesem Nachmittag einen Termin bei Kimmys Pfarrer, um die Einzelheiten der Trauungszeremonie zu besprechen. Sie trafen vor Julianne im Restaurant ein und wählten einen kleinen Tisch im hinteren Teil des Raums. Kimmy spielte nervös mit dem Strohhalm ihrer Cola, während sie auf Julianne warteten.

»Stimmt was nicht?« fragte Michael besorgt. Sie sah ganz verängstigt aus. Ob das die berühmte Panik vor der Hochzeit war? Auf der Fahrt hierher hatte sie von irgendeinem Gefallen gesprochen, den sie ihrem Vater tun könnten, aber Michael verstand nicht, was daran so unangenehm sein sollte. Was ihn betraf, so konnte sie ihn um alles bitten, vor allem, wenn sie ein so süßes kurzes Kleidchen anhatte.

Als sie auf seine Frage nicht antwortete, ergriff er ihre Hand. »Du willst mir doch keinen Streich spielen?« Es war durchaus denkbar, daß Julianne irgendeinen peinlichen Gag ausgeheckt hatte.

»Nein, aber ... es ist wirklich ein riesengroßer Gefallen«, entgegnete Kimmy todernst.

»Dann spuck's raus«, sagte er und drückte ihre Hand. »Warum müssen wir auf Jules warten?«

»Moralischer Beistand«, sagte Kimmy, nahm einen kräftigen Schluck Cola und wünschte, die Kellnerin hätte ihr einen Schuß Rum hineingetan. Dann entschuldigte sie sich und ging zur Damentoilette. Sie sperrte sich fünf Minuten in eine der Kabinen ein und zwang sich, tief und ruhig durchzuatmen. Sie hatte kaum wieder am Tisch Platz genommen, als ihr moralischer Beistand in der erotischsten Aufmachung erschien, die sie je gesehen hatte. Julianne trug ein kurzes schwarzes Kleid, das praktisch durchsichtig war. Es war mit schwarzen Pail-

letten versehen und schmiegte sich aufreizend an ihren Körper.
Michael stieß einen Pfiff aus, als sie sich setzte. »Donnerwetter«, murmelte er. »Hast du nachher noch was vor?«
»Wer weiß?« sagte sie mit einem lässigen Achselzucken und bestellte ein Glas Champagner. Sie hatte sich die Haare gewaschen und so gebürstet, daß sie ihr in üppigen Kaskaden über die Schultern fielen. Ja, sie hatte sich sogar die Wimpern getuscht und Lippenstift aufgelegt.
»Erinnerst du dich noch an den Song ...«, meinte er augenzwinkernd.
Sie lächelte und begann, eines ihrer Lieblingslieder zu summen – The way you look tonight –, das er immer gesungen hatte, wenn er sie besonders attraktiv fand. Er summte leise mit.
Nach einer Weile merkte er, daß Kimmy immer noch so nervös war. »Also los, Kleines«, sagte er, »dein moralischer Beistand ist da. Jetzt raus mit der Sprache.«
Kimmys Augen wanderten ängstlich zu Julianne, die ihr aufmunternd zunickte. Schließlich räusperte sie sich und sagte: »Es ist eigentlich mein Vater, der dich um diesen Gefallen bittet. Er hat mich beauftragt, dich zu fragen...« Sie starrte auf ihre Hände.
Die Kellnerin erschien mit Juliannes Champagner, und Kimmy wartete, bis sie gegangen war.
»Er ist nämlich dabei, verschiedene Abteilungen seiner Firma neu zu strukturieren ...«
Michaels Hand mit dem Glas verharrte in der Luft. Er nickte unsicher, skeptisch. Was hatte Walters Firma mit

ihm zu tun? »Merkwürdig, daß er es nie erwähnt hat«, sagte er.

»... und besonders die PR-Abteilung macht ihm Sorgen.« Sie sah Argwohn in seinen Augen aufblitzen. Kein gutes Zeichen, aber für einen Rückzieher war es jetzt zu spät. »Er sagt, er brauche jemanden, der kompetent ist und dem er absolut vertrauen kann ...«

Michael knallte sein Glas mit solcher Wucht auf den Tisch, daß die Eiswürfel heraushüpften. Julianne fing einen mit der Hand auf. »Jemanden aus dem engeren Familienkreis, was?« rief Michael drohend.

»Er sagt, es sei nur für sechs Monate. Oder drei oder vier«, stammelte Kimmy. »Es wäre ihm so wichtig ...«

»Ihm?« fragte Michael und machte ihre Stimme dabei auf wenig schmeichelhafte Weise nach.

Sie schluckte. Die Sache lief überhaupt nicht gut. »Und mir.«

Jetzt wandte er sich an Julianne und sah sie durchdringend an. »Und du wußtest es?«

Julianne hob beschwichtigend die Hand. »Ich denke, du solltest ihr erst mal zuhören, Michael. Es geht schließlich auch um *ihr* Leben.«

Das hätte sie nicht sagen dürfen – und genau deshalb hatte sie's gesagt. Er wandte sich erneut Kimmy zu. »Los, weiter, raus damit!«

Seine Stimme war hart und anklagend und machte ihr angst, doch bevor sie etwas erwidern konnte, fuhr er fort. »Du willst mir doch nicht weismachen, daß dein Daddy sich das alles ausgedacht hat. Mit einem Mal bin ich der einzige Depp auf der ganzen Welt, der deinem Vater bei seiner PR helfen kann? Der gute Mann führt einen internationalen Konzern, und plötzlich bricht alles zusammen ohne Michael O'Neal, der noch nie eine PR-Abteilung von innen gesehen hat?«

Kimmys Augen hatten den Ausdruck eines gehetzten Rehs. Sie steckte in einer Falle, empfand Zorn und Panik zugleich.

»Versuch doch mal, eine Sekunde ehrlich zu sein!« sagte er harsch.

»Michael!« rief Julianne.

Kimmy war den Tränen nahe. »Ich *bin* ehrlich!« entgegnete sie. »Von heute auf morgen soll ich das College, meine Familie, meine Karriere und all meine Pläne fürs Leben aufgeben?«

»Dann verzeih mir, Kimberly, daß ich deine Pläne durchkreuzt habe! Ein Glück nur, daß ich das alles erfahre, ehe es zu spät ist!«

Juliannes Herz begann ungestüm zu klopfen.

Mehrere Restaurantgäste schauten schon zu ihnen herüber.

Kimmy beugte sich weit über den Tisch. »Was soll das heißen – ehe es zu spät ist?« fragte sie mit heiserem Flüstern.

»Was das heißen soll?« knurrte Michael. »Das soll heißen, daß ich achtundzwanzig bin. Daß ich einen Job habe, der mir zwar keine Millionen im Jahr einbringt oder mit dem ich deine Eltern beeindrucken kann, den ich aber dummerweise liebe. Blöd, was?« Er zuckte die Achseln. »Aber kein Problem für dich. Ein bißchen Gejammer über Daddys Wünsche und ... hokuspokus«, er schnalzte mit den Fingern, »bin ich das Schoßhündchen der High-Society!«

Julianne legte ihm die Hand auf die Schulter. »Aber Michael, ist es nicht eine einmalige Chance?«
Er schnellte herum und sah sie an. »Ach wirklich? Und wie kommt es dann, daß du nie so einen Job angenommen hast? Gelegenheit hattest du genug! Ich sag dir, warum. Weil du da fehl am Platze wärst. Genauso wie ich. Was für ein reizendes Bild. Statt daß Mommy und Daddy ihre Tochter verlieren, gewinnen sie einen Eunuchen hinzu!« Er bat die Kellnerin um die Rechnung.
Kimmy warf ihre zerknüllte Serviette auf den Tisch. Ihr Gesicht war dunkelrot geworden. Trotzdem rang sie um Fassung. »Nun, wenn du es so siehst!«
»Haargenau so sehe ich's! Und was ist ihr Hochzeitsgeschenk? Ein kleines goldenes Fußkettchen mit einem eingravierten ›Mickyleinchen‹?«
Jetzt war es aus mit Kimmys Beherrschung. Tränen schossen ihr in die Augen. Sie versuchte, sie diskret wegzuwischen, aber sie ließen sich nicht verbergen.
Julianne reichte ihr eine Serviette.
»Großartig! Jetzt auch noch Tränen!« rief Michael wütend. Er hatte sie zum Weinen gebracht. Jetzt sollte er auch noch ein schlechtes Gewissen haben. Warum griffen Frauen immer zu solchen unfairen Waffen?
»Du wartest bis zwei Tage vor der Hochzeit, um mir das mitzuteilen. Und was soll ich tun – Männchen machen?«
Jetzt konnte Kimmy ihr Schluchzen nicht mehr unterdrücken, und das brachte Michael endgültig auf hundertachtzig. Er sprang auf. »Also gut, ich bin ein gefühlloses Chauvi-Arschloch, und du kannst froh sein, wenn du mich los bist.«

Juliannes Herz hüpfte in ihrer Brust. Das könnte *der* Augenblick sein.

Kimmy stieß einen erstickten Schrei aus und streckte ihre zitternde Hand nach ihm aus. »O Michael, du hast so ...«, sie unterdrückte ihr Schluchzen, »... du hast so recht – und ich so unrecht.«

Michael blickte verblüfft drein.

Julianne noch verblüffter.

»Wir können nicht zwei Wege gehen«, sagte Kimmy, »und trotzdem zusammensein.«

»Kimmy!« wollte Julianne protestieren, aber Kimmy nahm keine Notiz von ihr.

»Wir hatten es so beschlossen, und ich hab mein Wort nicht gehalten. Das war nicht fair von mir.« Sie streckte ihm mit flehendem Blick ihre Hand entgegen. »Ich sterbe, wenn du mir nicht verzeihst und vergißt, was eben passiert ist.« Sie sagte es so schlicht, so freimütig, es konnte keinen Zweifel geben, daß sie es völlig aufrichtig meinte. Tränen liefen ihr über die Wangen, aber sie hatte noch nie so schön und unschuldig ausgesehen wie in diesem Augenblick.

Sie mußte wasserfeste Wimperntusche haben, dachte Julianne. Warum verschmiert das Zeug nicht?

Inzwischen sahen alle übrigen Gäste zu ihnen herüber, aber Michael und Kimmy hatten nur Augen füreinander. Einen Moment lang schien die Zeit stehenzubleiben. Dann kam Michael langsam um den Tisch herum und nahm sie in die Arme. Er küßte sie, und sie erwiderte seine Küsse. Sie hielten sich umschlungen, allein im Universum.

Alle ringsumher begannen zu klatschen, zu pfeifen und

zu lachen, glücklich, an diesem Augenblick teilhaben zu dürfen.
Julianne starrte auf ihren Schoß, der Applaus tat ihr in den Ohren weh. Sie schloß die Augen. Das war nicht das Ende, das sie für das Drehbuch geschrieben hatte. Was sollte sie jetzt tun?
Wo war George, jetzt, da sie ihn brauchte?

5. Kapitel

Julianne leerte ihr Champagnerglas in einem Zug, stand auf und sagte, sie müsse leider auf schnellstem Weg ins Hotel; sie habe vergessen, ihren Föhn auszustellen. »Wenn ich nicht sofort zurückgehe, bricht im ganzen Drake der Strom zusammen«, erklärte sie.
Kimmy und Michael, die noch immer so eng umschlungen waren, daß nicht einmal eine Briefmarke zwischen ihnen Platz gehabt hätte, nahmen ihr die Ausrede ab.
Julianne eilte zur Tür hinaus, rief ein Taxi herbei und kehrte frustriert ins Hotel zurück. Sie stürmte in ihr Zimmer und knallte die Tür zu. Sie schleuderte die Sandalen von den Füßen, riß sich das neue Kleid vom Leib und warf es in eine Ecke. Dreihundert Dollar hatte der verdammte Fummel gekostet! Dreihundert Dollar für nichts und wieder nichts!
Sie stapfte ins Badezimmer und schnitt eine Grimasse vor dem Spiegel. Sie raffte ihr langes Haar zu einem unordentlichen Pferdeschwanz zusammen und schlüpfte in ein langes ausgewaschenes T-Shirt. Dann warf sie sich aufs Bett und schaltete den Fernseher an. Sie zappte mit der Fernbedienung durch sämtliche Programme und hoffte, irgendeinen halbwegs vernünftigen Spielfilm zu erwischen, doch es gab nur romantische Komödien. Großartig, dachte sie, genau das, was sie jetzt überhaupt nicht brauchte – Filme, in denen das Mäd-

chen am Ende ihren Kerl bekam. Werde wahr, Hollywood, hätte sie schreien mögen.

Sie überlegte, ob sie nach unten in die Hotelbar gehen sollte. Dazu aber hätte sie sich wieder anziehen müssen, und das war im Augenblick einfach undenkbar.

Sie knallte die Fernbedienung auf den Nachttisch und knipste das Licht aus. Fast eine Stunde lang wälzte sie sich im Bett hin und her, bis sie einsah, daß sie in ihrer derzeitigen Gemütsverfassung keinen Schlaf finden würde. Jedesmal wenn sie an Kimmy und Michael dachte, geriet sie aufs neue außer sich. Sie machte Licht und setzte sich an ihren Laptop, um ihre Kolumne für die nächste Woche zu schreiben, doch sie konnte sich nicht konzentrieren.

Sie ging ins Badezimmer und betrachtete sich im Spiegel.

Es gab nur eine Lösung – sie mußte George anrufen.

Sie griff zum Telefonhörer über der Toilette.

Während sie auf das Klingelzeichen wartete, stöberte sie in ihrem Reisenecessaire nach der Gesichtsmaske von Elizabeth Arden und schmierte sich eine zentimeterdicke Schicht ins Gesicht.

Sie wußte, daß George Freitag abends um diese Zeit noch nicht zu Hause war, und so entschied sie sich für die zweitbeste Lösung. Sie würde sich seinem Anrufbeantworter anvertrauen. Und das tat sie dann – zwanzig Minuten lang.

Sie erzählte ihm alles, was passiert war, und machte ihrer Wut über »die clevere Idiotin« Luft, als die Kimmy sich herausgestellt hatte. »Sie hat sich Michael zu Füßen geworfen«, schrie sie in die Sprechmuschel,

»einfach unglaublich!« Ihr Plan war perfekt gewesen, aber dann hatte ihr Klein Kimmy einen Strich durch die Rechnung gemacht. Wer hätte ahnen können, daß sie sich plötzlich so unterwerfen würde? »Diese halbe Portion ist vor ihm zu Kreuze gekrochen!« Sie war außer sich, vor allem, weil vorher alles wie am Schnürchen geklappt hatte. Jetzt waren sich Kimmy und Michael näher als je zuvor, und alles, was Julianne ersonnen und geplant hatte, lief auf eine dicke fette Null hinaus.

»Dabei paßt sie überhaupt nicht zu ihm«, jammerte Julianne, um George, und vielleicht auch sich selbst, zu überzeugen. »Michael und ich sind aus demselben Holz geschnitzt! Wir sind egozentrisch, unvollkommen und in Maßen liebenswert.« Sie betrachtete sich im Spiegel. Ihre Gesichtsmaske hatte eine widerliche purpurne Färbung angenommen. »Wir verdienen einander.«

Sie beschloß, sich die Zähne zu putzen, griff zur Zahnbürste und zur nächstbesten Tube. Als sie die Bürste zum Mund führen wollte, stellte sie fest, daß sie Rasiergel draufgetan hatte. Sie starrte auf den rosafarbenen Klecks. »George, glaubst du, Rasiergel ist giftig?« fragte sie.

»Na, wie auch immer, ich habe keine Hoffnung mehr«, fuhr sie seufzend fort. »Mir fällt nichts mehr ein. Ich bin am Ende mit meinen Nerven.«

Sie warf die Zahnbürste ins Waschbecken. »Ich hasse dieses Hotel, George! Und ich hasse es, mit deinem Anrufbeantworter zu sprechen!« Damit hängte sie auf und machte sich auf die Suche nach einem Cognac in der Minibar.

Irgendwann fiel sie in tiefen Schlaf. So tief, daß sie am

nächsten Morgen das leise Klopfen an ihrer Tür nicht hörte. Als das Klopfen lauter wurde, richtete sie sich im Bett auf und blinzelte erstaunt ins Morgenlicht, das durch einen Vorhangspalt fiel.
In ihrem Zimmer sah es wüst aus. Sechs Schnapsfläschchen aus der Minibar und ein angebrochener Schokoriegel lagen am Boden. Leere Tüten von Kartoffelchips, Salzstangen und Erdnüssen waren auf ihrem Bett verteilt. Das war vielleicht eine Nacht gewesen! Sie hatte drei TV-Filme gesehen, konnte sich aber an keinen Titel erinnern. In einem hatte Harrisson Ford mitgespielt, wenn sie sich recht entsann.
Der Fernseher war noch immer eingeschaltet. Ein Nachrichtenmoderator interviewte eine 87jährige Frau, von der eben ein neues Diät- und Gymnastikbuch erschienen war.
Reichlich angeschlagen stieg Julianne aus dem Bett und stolperte zur Tür. Sie würde dem Zimmermädchen, oder wer immer es war, gehörig die Meinung sagen und riß die Tür auf.
Sie schrie auf.
»Das war mein Part«, sagte George grinsend und schwebte mit einem kleinen Steptanz à la Fred Astaire ins Zimmer.
Julianne stand fassungslos da und wollte den Mund öffnen, doch ihr Gesicht fühlte sich irgendwie starr an.
George strich ihr über die Wange. »Na, kleines rotes Monster?«
Juliannes Hände schnellten zu ihrem Gesicht. »O verdammt!« Ihre Fingernägel krallten sich in ihre Wangen. Sie hatte vergessen, ihre Maske zu entfernen!

Er griff nach ihren Handgelenken. »Nun mal sachte, wir wollen doch nicht, daß gleich das ganze Gesicht mit abgeht.«
Sein Blick wanderte durchs Zimmer. »O weh«, bemerkte er trocken. »Tod an der Minibar.«
Er schob sie ins Badezimmer, nahm einen Waschlappen vom Haken und ließ warmes Wasser darüberlaufen.
Sie betrachtete ihn im Spiegel, dankbar, daß er gekommen war. »Und du bist den ganzen Weg hergeflogen?«
»Zu Fuß wäre es wohl etwas weit gewesen«, erwiderte er, den Kopf zur Seite geneigt. »Ich muß heute nachmittag zurück sein. Wir haben morgen diese Sache mit Werners Familie, du weißt schon.«
Sie setzte sich auf den Frisiertisch. »Ich finde, du mischst dich da viel zu sehr ein«, sagte sie, ergriff seine Hand und drückte einen Kuß darauf. Sie wußte, sie konnte sich glücklich schätzen, einen Freund wie George zu haben.
Vorsichtig begann er ihr Gesicht mit dem Waschlappen abzutupfen und die rötliche Schicht zu entfernen, während sie ihm noch einmal alles erzählte, was sich in den letzten beiden Tagen zugetragen hatte. Das meiste hatte er bereits über den Anrufbeantworter erfahren, doch sie fügte in dieser letzten Version noch ein paar abscheuliche Einzelheiten hinzu. Er ließ sie reden, weil sie jemanden brauchte, der einfach nur zuhörte, und weil er ihr Freund war.
»Wenn ich sage, daß sie so verdammt perfekt ist, George, dann meine ich, daß nichts Störendes daran ist. Im Gegenteil, ihre Vollkommenheit hat etwas Anrührendes. Und das ist das Beschissene.«

»Mit anderen Worten – du magst sie!«
Sie nickte. »Wenn ich sie nicht hassen müßte, würde ich sie anbeten.«
George zog einen Streifen der Maske von ihrer Schläfe, und sie schnitt eine Grimasse. »Gestern abend, als sie glaubte, ihn verloren zu haben, liefen ihr diese riesigen echten Tränen übers Gesicht«, fuhr sie fort. »Als steckte ihr ein Messer in der Brust – und ich hab es hineingestoßen.« Sie ballte die Hand zur Faust. »Ich habe mich selbst gehaßt und mit ihr gelitten!« Sie schlug sich mit der Faust aufs Knie. »Und als dann alles schiefging, war ich am Ende, weil mir klar wurde ...« Sie holte tief Luft. »Wenn ich ihn sagen höre ›Ja, ich will‹, wird das Messer in *meiner* Brust stecken, für immer und ewig, und das ist eine verdammt lange Zeit.« Sie nagte an der Oberlippe. »18.250 Nächte in den nächsten fünfzig Jahren, George.«
Ihre großen dunklen Augen sahen mitleiderregend aus – auch mit der Kriegsbemalung.
»Du hast dir ja wirklich ernsthaft Gedanken gemacht«, sagte George und legte ihr eine neue Kompresse auf.
Sie stand auf und betrachtete sich im Spiegel. »Es geht um mein Lebensglück, George. Ich muß gnadenloser vorgehen.« Die Maske, die immer noch Teile ihres Gesichts bedeckte, unterstrich ihre Entschlossenheit.
George zog einen roten Streifen von ihrem Kinn herunter. »Und du glaubst es wirklich?«
»Gewiß«, erwiderte sie, wenn auch etwas zögernd. Sie wich seinem sanften, aber zweifelnden Blick im Spiegel aus. »Er hat mich neun Jahre lang jeden einzelnen Tag geliebt. Ich kann ihn glücklicher machen als sie.« Sie

versuchte verzweifelt, überzeugend zu klingen. »Ich werde ihr das Herz brechen, langfristig aber tue ich ihr einen riesigen Gefallen. Es würde ihr schlecht bekommen, hinter diesem gefühllosen Blödmann herzutrotten.«

»Blödmann? Du meinst den Mann, den du liebst?«

»Über alles.« Sie suchte nach Zigaretten und kam mit einem Päckchen zurück ins Badezimmer.

»Eines nicht allzu fernen Tages wird der feministische Kampfgeist in ihr erwachen. Sie wird nachts mit einem Schlachtermesser an seinem Bett stehen und sich das geeignetste Körperteil aussuchen.«

»Eines Tages wird sie dir danken.«

»Na ja, wir wollen nicht übertreiben.« Plötzlich wich alle Entschlossenheit aus ihrem verschmierten Gesicht, und sie sank in sich selbst zusammen. »Ich würde mich schon damit begnügen, daß ich mir eines Tages selbst verzeihe, was ich Schreckliches angerichtet habe.« Sie zündete sich eine Zigarette an und warf das halbabgebrannte Streichholz ins Waschbecken. »Was das sein wird, weiß ich allerdings noch nicht.«

Er verkniff sich seinen Kommentar zu ihrer Zigarette. Unter normalen Umständen hätte er ihr die ganze Schachtel entrissen und sie in die Toilette geschmissen. Er spülte den Waschlappen, mit dem er ihr Gesicht gereinigt hatte, im Becken aus. »Du liebe Güte!« meinte er kopfschüttelnd. »Du solltest dich abschminken, bevor du eine Gesichtsmaske auflegst.«

»Weiß ich doch! Ich war nur zerstreut – aus lauter KUMMER!« Damit stürmte sie aus dem Badezimmer.

George wartete geduldig, bis sie wieder erschien.

»Liebst du ihn wirklich?« fragte er mit sanfter Stimme. »Oder geht es dir nur ums Gewinnen?«
Genau diese Frage hatte sie sich auch schon oft gestellt. »Anfangs war es nur das Gefühl, daß ich das Vorrecht habe, oder wie man es nennen soll«, gestand sie. »Daß er mir gehört. Aber jetzt ... wenn wir zusammen sind ... o George, er ist einfach umwerfend. Warum hab ich es nicht bemerkt, als ich ihn haben konnte?« Sie hielt die Zigarette unter den Wasserhahn und warf sie in den Mülleimer. »Schon erstaunlich, wie klarsichtig psychotische Eifersucht macht.« Sie zeigte mit dem Finger auf ihn. »Glaub mir, wenn er fühlen würde, was ich fühle, dann wüßte er, was es für ein Gefühl ist.«
George, der sie so gut kannte wie kaum ein anderer, wußte darauf nichts Tröstliches zu sagen. Was er wirklich dachte, konnte er nicht äußern; also schwieg er und sah sie nur mit seinen unerträglich prüfenden Augen an.
»Du denkst, ich soll's sagen?« fragte sie.
Er nickte. »Sag ihm, daß du ihn liebst. Von ganzem Herzen.« Wenn es etwas gab, das George wußte, dann, daß sich in Herzensangelegenheiten Unehrlichkeit und Betrug nicht auszahlten, daß man niemanden zur Liebe zwingen konnte, daß immer zwei dazu gehörten. Aber diese harte Erfahrung mußte jeder selbst machen.
Mit einem lauten Stöhnen verließ sie das Bad und warf sich aufs Bett.
George folgte ihr und legte sich, sein Gesicht ihr zugekehrt, neben sie. »Sag ihm, daß du ihn all die Jahre geliebt hast, es nur nicht zugeben konntest.«
Sie vergrub das Gesicht in den Händen, aber er zog sie

weg. »Sag ihm, daß du Angst vor der Liebe hast. Angst, jemanden zu brauchen.«

»Brauchen?« wiederholte sie.

»Jemandem zu gehören.« Er strich ihr übers Haar. »Es tut mir leid, Liebes, aber es geht uns allen so.«

Julianne wußte nichts darauf zu erwidern.

»Sag ihm, du wüßtest, daß dies der unglücklichste Zeitpunkt ist, ihm das zu gestehen.« Er drückte ihre Hand, um ihr Mut zu machen. »Aber so ist es nun mal, und er muß seine Entscheidung treffen.«

»Ich soll ihm die Wahrheit sagen?«

Er nickte. »Es klingt vielleicht verrückt, aber es könnte funktionieren.«

Julianne holte tief Luft und dachte über Georges Vorschlag nach. »Und was, wenn es nicht funktioniert? Was wird dann aus uns?« fragte sie, aber das war eine Frage, die auch George nicht beantworten konnte.

Statt dessen schlug er vor, sie solle sich anziehen; er würde inzwischen ein Frühstück bestellen. Neben Geldautomaten, Snowboards, Videorecordern und Anrufbeantwortern war der Zimmerservice für George eine der großen Errungenschaften des 20. Jahrhunderts. Julianne stand noch unter der Dusche, als das Frühstück gebracht wurde. George unterschrieb die Rechnung in ihrem Namen und fügte ein großzügiges Trinkgeld hinzu. Der Page dankte mit einer tiefen Verbeugung.

In ein Badetuch gehüllt, trank Julianne zwei Tassen Kaffee und verzehrte dazu etwas trockenen Toast, um ihren Magen zu stabilisieren. Trotz des gestrigen »Abendessens« fühlte sie sich bemerkenswert gut. Georges Anwesenheit war eine bessere Medizin gegen ihren Kater als

alle Pillen dieser Welt. Sein bloßer Anblick machte ihr Mut. Sie zog eilig ihren blauen Donna-Karan-Hosenanzug und eine kremfarbene Seidenbluse an.
Da es spät geworden war, fuhren sie auf direktem Weg zu Bigsy and Kruthers, dem Herrenausstatter an der North Michigan Avenue, wo sich Michael und Papa Joe ihre Smokings anpassen ließen. George konnte es kaum erwarten, Juliannes Märchenprinzen kennenzulernen.
Der Geschäftsinhaber erklärte Julianne, daß Mr. O'Neal senior bereits gegangen sei, O'Neal junior aber noch im hinteren Ankleidezimmer mit Pedro, dem Schneider, bei der Anprobe sei. Er wies ihnen den Weg.
Die Vorhänge des Raumes waren einen Spaltbreit geöffnet, so daß sie Michael auf der Plattform sehen konnten.
»Soll ich mitkommen?« flüsterte George.
»Nein, bleib hier stehen und drück mir einfach nur die Daumen«, antwortete sie, immer noch unsicher, ob sie den Mumm aufbringen würde, es auf die ehrliche Tour zu versuchen.
Beide schauten zu Michael herein, der ein sehr gut geschnittenes Smokingjackett – von Oleg Cassini, wie George sofort erkannte –, ansonsten aber nur Boxer Shorts anhatte. Pedro, der Schneider, nähte mit weißem Garn eine Schulternaht, und Michael drehte sich, um sich im Spiegel zu bewundern.
Bei dieser Gelegenheit gewahrte er Julianne neben einem hochgewachsenen, ihm unbekannten Mann, der den Kragen ihres Blazers glattstrich und ihr zärtlich das Gesicht tätschelte. Wer war dieser Typ? fragte sich Michael, halb neugierig, halb eifersüchtig. Sie schienen sehr vertraut miteinander.

Julianne drückte George einen Kuß auf die Wange, dankbar für seine Hilfe in diesem entscheidenden Augenblick ihres Lebens.

»Viel Glück, Liebes«, flüsterte George ihr ins Ohr.

Sie trat vor und steckte den Kopf durch den Vorhangspalt. »Klopf, klopf!« rief sie, die Gelassene spielend, obwohl sie innerlich völlig aufgewühlt war.

»Guten Morgen«, sagte Michael lächelnd. Sie sah großartig aus in ihrem schicken Hosenanzug, auch wenn ihr Gesicht etwas fleckig war.

»Ich muß mit dir reden, Michael«, erklärte sie energisch. Sie war entschlossen, die Sache möglichst schnell hinter sich zu bringen.

Er deutete auf sein Jackett. »Gefällt es dir nicht?« fragte er unsicher. Vielleicht hätte er sich doch lieber für den Armani-Anzug entscheiden sollen.

Sie begutachtete das Jackett. »Eigentlich nicht, aber darüber wollte ich jetzt nicht mit dir reden.«

Michael zuckte die Achseln und stieg von der Plattform herab. »Vorher aber noch etwas anderes«, sagte er und griff nach seiner Jeansjacke, die über einer Stuhllehne hing. Er zog etwas aus der Brusttasche und übergab es ihr. »Hüte ihn wie deinen Augapfel«, flüsterte er und schloß seine Hand um ihre.

»Was ist das?« fragte sie.

Er beugte sich vor und flüsterte im Verschwörerton. »Der Ring.«

Ihre Hand fuhr an ihre Kehle. »Du gibst mir den Ring?«

»Klar, meinem kleinen Bruder wollte ich ihn nicht anvertrauen.«

Sie reichte ihm das kleine Kästchen zurück. »Das geht

nicht, Michael«, protestierte sie. Das fehlte gerade noch – den Ehering für eine andere zu verwahren!
»Warum denn nicht?« beharrte er. »Du bist doch praktisch mein Trauzeuge.«
Das tat weh. Trauzeuge?! Sie wollte die Braut sein! Aber was konnte sie einwenden? Schließlich waren sie für die Öffentlichkeit die besten Freunde, und unter normalen Umständen wäre sein Angebot eine Ehre gewesen. So unterdrückte sie tapfer ihre wahren Gefühle. »Danke«, sagte sie leise.
»Mach's auf«, bat Michael.
Sie hielt den Atem an und öffnete den Deckel des Kästchens. Drinnen steckte ein winziger, zarter Reif, bedeckt mit glitzernden Brillanten. Er war einzigartig schön, und bei seinem Anblick fiel ihr wieder ein, warum sie hier im Ankleideraum mit ihrem besten Freund stand, der Boxer Shorts trug.
»Glaubst du, er wird ihr gefallen?« fragte er.
»Ja.«
Zufrieden wandte sich Michael wieder dem Spiegel zu. »Was wolltest du also mit mir besprechen?«
Sie starrte noch immer auf den Ring und dachte über seine Symbolik nach. Kreis des Lebens, ewige Bande.
»Du wolltest mir irgend etwas sagen«, beharrte er.
Die Frage riß sie aus ihren Träumereien. Sie klappte das Kästchen zu und steckte es in ihre Jackentasche. Dann begann sie in dem kleinen Raum auf- und abzutigern. »Gut.« Sie wandte sich an den Schneider. »Würden Sie uns bitte einen Augenblick allein lassen?«
Pedro rümpfte pikiert die Nase und entschwebte.
Julianne holte tief Luft. Du kannst es, sagte sie im stil-

len, um sich Mut zu machen. Mach einfach den Mund auf und sag alles, was du empfindest. »Wir kennen uns nun schon lange – so etwa zwanzig Jahre?« Sie lachte verlegen. »Na ja, nicht ganz, aber sehr lange, stimmt's?«
Michael nickte langsam und fragte sich, worauf sie hinauswollte.
»Und in dieser Zeit sind wir uns nahegekommen.«
Erneutes Nicken.
»Sehr nahe.« Sie spielte nervös mit den Händen. »Du weißt, was ich mit ›nahe‹ meine?«
»Ich denke, schon.«
»Also gut«, sagte sie. »Ich auch.« Sie wickelte eine Haarsträhne um den Zeigefinger. Wie sollte sie fortfahren? »Manchmal glaubt man, genau zu wissen, was man für den anderen empfindet, aber in Wirklichkeit weiß man's nicht, nicht richtig, nicht, bis … bis man's weiß.«
Er sah sie fragend an.
»Keine Angst«, versprach sie, »ich komme schon noch zur Sache.«
»Spuck's aus.« Er legte ihr die Hand auf die Schulter und ermunterte sie mit seinem warmen Lächeln. »Was immer du mir sagen möchtest, kann doch kein so großes Problem sein, oder?«
O doch, dachte sie bei sich; du hast ja keine Ahnung, wie groß. Sie wich seinem fragenden Blick aus und bemerkte einen langen weißen Faden an seiner Schulter. »Groß ist relativ, weißt du?« entgegnete sie und zerrte an dem Faden.
Er beobachtete sie im Spiegel und sah seinen Ärmel plötzlich zu Boden segeln.

Michael starrte zuerst auf den Ärmel am Boden und dann auf Julianne.
Sie lugte durch den Spalt im Vorhang und hoffte auf moralische Unterstützung von George.
Michael folgte ihrem Blick und erinnerte sich an Juliannes Begleiter.
»Wer ist der Kerl?« wollte er wissen.
Sie machte eine Handbewegung zu George hin. »Das ist ... hm ... George, mein Lektor George. Ich hab dir doch von George erzählt. Von meinem Lektor.«
»Und was macht der hier? Arbeitest du dieses Wochenende?« fragte er leichthin. Julianne aber glaubte, eine gewisse Irritation in seiner Stimme wahrzunehmen, und das brachte sie auf einen Gedanken. »Nein, nein. Er ist hier ...« Sie hob den Ärmel auf und klopfte den Staub ab. »... um bei mir zu sein.«
»Warum?«
Sie reichte Michael den Ärmel. »Nun, er ist mein Freund, ein guter Freund, eigentlich mein bester Freund.«
Michael blickte drein, als hätte sie ihm eine Ohrfeige verpaßt. Er drehte den Ärmel in der Hand. »Ach so«, sagte er wie ein gekränkter kleiner Junge. Er schien beinahe eifersüchtig. Nein, nicht nur beinahe, er *war* eifersüchtig.
Julianne ergriff die Gelegenheit beim Schopfe. »Du warst so beschäftigt, weißt du. Deshalb mußte ich auf George zurückgreifen.«
»All dies hier?« fragte er und wedelte mit dem Ärmel in der Luft. »Ist es wegen George?«
»Genau!« Julianne strahlte ihn an.

George, der zunächst versuchte, ihrem Gespräch hinterm Vorhang zu folgen, gab irgendwann auf und schlenderte zur Krawatten-Abteilung. Vielleicht würde er ein Mitbringsel für Werner finden.

Er schwankte noch zwischen zwei Seidenkrawatten – einer marineblauen und einer mit dunkelroten Streifen –, als Michael in Boxer Shorts und einärmeligem Smokingjackett auf ihn zugestürzt kam.

»Herzlichen Glückwunsch!« riefen beide Männer wie aus einem Munde.

»Ich bin ganz platt«, sagte Michael und schüttelte George begeistert die Hand.

George wußte nicht recht, wie ihm geschah.

Julianne trat zu ihm und hakte sich bei ihm unter. »Ich hab's ihm gesagt, Schatz«, flötete sie. »Warum sollten wir verschweigen, daß wir verlobt sind?«

George brachte kein Wort heraus.

»Er ist nur für ein kleines Schäferstündchen gekommen«, fuhr sie fort, »und muß gleich wieder nach New York zurück.«

George erholte sich langsam von seinem ersten Schock und lächelte mühsam. »Was heißt hier ein Stündchen – mindestens zwei«, meinte er und warf die Krawatten zurück auf den Ladentisch.

Michael, der sich plötzlich bewußt wurde, in welcher Aufmachung er sich präsentiert hatte, huschte zurück in den Umkleideraum. Mit einer gestammelten Entschuldigung reichte er Pedro den losen Ärmel. Während er sich anzog, beobachtete er Julianne und George im Spiegel.

»Leg den Arm um mich«, raunte sie George beim Ver-

lassen des Geschäfts zu. »Als Verlobte müssen wir verliebt sein.«
Auf der Straße griff sie nach seiner Hand. »Gib mir einen von deinen Ringen.«
Er wollte die Hand wegziehen. »Nimm einen von deinen eigenen«, protestierte er.
»Aber George, wenn du einem Mädchen einen Heiratsantrag machst, mußt du ihr einen Verlobungsring schenken.« Sie zog ihm einen seiner Ringe vom Finger.
Er sah sie kopfschüttelnd an. »Du hast nicht alle Tassen im Schrank.«
Sie streifte sich den Ring über den Finger. »Bitte, George, find mich nur einen Tag lang unwiderstehlich«, flehte sie.
Bevor er ihr sagen konnte, daß sie mit dieser Strategie niemals zum Ziel gelangen würde, kam Michael aus dem Laden gerannt. »He«, rief er, »kommt mit. Es ist höchste Zeit für die Probe.«
Auf der Straße wartete ein Taxi, das Michael am Morgen bestellt hatte. Sie nahmen auf dem Rücksitz Platz, Julianne zwischen den beiden Männern. Sie schwiegen, denn keiner wußte, was er sagen sollte. Michael starrte aus dem Fenster. Aus unterschiedlichen Gründen standen beide Männer unter Schock. Michael, weil er Julianne verloren hatte, und George, weil er angeblich mit ihr verlobt war.
George legte den Arm um Juliannes Schulter und wollte ihre Brust tätscheln. Verärgert stieß sie seine Hand weg. Michael schien es nicht zu bemerken.
Julianne wollte wissen, was er dachte. »Stimmt was nicht?« fragte sie.

Michael zuckte die Achseln und starrte weiter zum Fenster hinaus. »Ich bin einfach nur überrascht, das ist alles.«
»Du hast mich mit deiner Hochzeit überrascht«, gab sie zurück. »Wo ist da bitte der Unterschied?«
Michael warf George einen raschen Seitenblick zu, beugte sich dann über Juliannes Schulter und flüsterte ihr ins Ohr. »So wie du sonst immer von George geredet hast ... wenn ich mich recht entsinne ... aber wahrscheinlich täusche ich mich ...« Er war zu verlegen, um fortzufahren.
»Was denn?« ermunterte sie ihn.
»Es klang so, als wäre er ... na ja, du weißt schon ...«
»Schwul?« fragte George.
Michael nickte betreten.
»Da haben sich schon viele getäuscht.« Georges Mundwinkel verzogen sich zu einem tückischen Grinsen.
O weh, dachte Julianne, wie sollte sie sich aus dieser Sache herauslavieren? George machte die Sache nicht gerade leichter. Sie wandte sich zu Michael.
»George tut manchmal so, als sei er schwul«, sagte sie leichthin, als wäre das durchaus üblich.
Michael beugte sich vor und sah George an.
»Und warum, wenn ich fragen darf?«
»Nun«, begann George, angestrengt nach einer glaubwürdigen Antwort suchend. »Ich finde ... es wirkt anziehend auf Frauen.«
Michael blickte verblüfft drein.
»Auf mich zum Beispiel«, bestätigte Julianne und kniff George in die Nase. »Und wie!«
In diesem Augenblick trafen sie vor der Kapelle ein. Da

sie fast eine halbe Stunde Verspätung hatten, sprang Michael aus dem Taxi und eilte voraus. George zahlte und folgte mit Julianne die Treppe zu der gewaltigen neugotischen Kirche hinauf.
Michael begrüßte Kimmy und ihre Eltern, die zusammen mit dem Priester und der übrigen Hochzeitsgesellschaft vor dem Altar versammelt waren.
Natürlich erzählte er ihnen sofort von Juliannes und Georges Verlobung, denn Papa Joe und Scott kamen den beiden entgegen, als sie die Kapelle betraten. Dies war nun eine Komplikation, mit der Julianne nicht gerechnet hatte, als sie ihre Verlobungsgeschichte ersann. Sie hätte vielleicht ein bißchen weiter vorausschauen sollen, bevor sie sich in ein solches Abenteuer stürzte.
Jetzt war es jedenfalls zu spät, ihren Status als Verlobte für nichtig zu erklären. Sie mußte versuchen, das Beste aus der Situation zu machen, die sehr heikel zu werden versprach – vor allem wenn ihr sogenannter Bräutigam sich nicht beherrschte. »Halt dich bloß zurück«, warnte sie George, als Papa Joe auf sie zutrat.
»Schon kapiert«, sagte er leise, bevor er Scott mit einem kräftigen Händedruck begrüßte. »Hi! Ich bin Juliannes Verlobter und hab ihr einen vorehelichen Besuch abgestattet, wenn du weißt, was ich meine.«
»Klar«, entgegnete Scott.
Papa Joe und Scott starrten Julianne an; sie fragten sich ganz offensichtlich, wie Julianne an diesen ungehobelten Burschen hatte geraten können.
George klopfte Papa Joe auf die Schulter, wandte sich dann ab und steuerte auf die übrige Hochzeitsgesellschaft zu.

Julianne versuchte, mit ihm Schritt zu halten. »Du willst mich lächerlich machen, stimmt's?« flüsterte sie.
»Nur wenn ich kann«, gab er zurück.
Sie versuchte, ihn am Ärmel festzuhalten. »Eins nur, bitte. Halt dich von Kimmy fern.«
Zu spät.
Genau in diesem Augenblick stieß Kimmy einen schrillen Schrei der Begeisterung aus und stürzte auf die beiden zu. »George? Ja, Wahnsinn!« Sie warf sich in seine Arme und küßte ihn auf beide Wangen. »Ich weiß gar nicht, warum ich so aus dem Häuschen bin!«
»Soll ich raten?« fragte Julianne.
»Es ist so ... Es ist so ...« Kimmy suchte vergebens nach Worten.
»So völlig gegen Gottes Pläne?« fragte George.
Sie schüttelte den Kopf. »Nein! Es ist einfach *wundervoll!*« In ihrem Überschwang nahm sie Juliannes Gesicht in beide Hände. »Wundervoll, wundervoll, wundervoll!« Sie drückte ihr einen Kuß auf den Mund. »Ich freu mich so unendlich für dich. Ich kann's dir gar nicht sagen!«
Julianne versuchte, sich aus der stürmischen Umarmung zu befreien. »Die Ehe ist nicht die Antwort auf alles, Kimmy«, sagte sie.
»Ich weiß. Aber ich wußte auch, daß du verliebt bist.« Sie wandte sich zu George, um ihn in das Gespräch mit einzubeziehen. »Vom ersten Moment an habe ich es in ihren Augen gelesen.« Sie deutete auf Julianne und verschränkte zufrieden die Arme vor der Brust.
»Tatsächlich? War es beängstigend?« fragte George.
Sie lachte. »Nein, es war die Liebe zu Ihnen, George.«

Als sie Julianne anblickte, schimmerten ihre Augen feucht. »Ich konnte sehen, daß sie verliebt ist, hoffnungslos bis über beide Ohren verliebt.« Sie küßte Julianne noch einmal.

»Wirklich, Jules, du hattest recht. Dieses Mädchen ist ein kleines Wunder«, rief George aus und schlang die Arme um ihre Schultern. »Wir sollten sie in Watte einwickeln, um ihre Unschuld zu bewahren.«

Kimmy hatte inzwischen ihre Mutter hergewunken. »Mum! Du mußt unbedingt George kennenlernen!« Sie zerrte sie am Ärmel durchs Kirchenschiff. »Mum, das ist George.« Sie faltete die Hände wie zum Gebet.

George machte eine tiefe Verbeugung vor Isabelle. »Sie müssen Kimmys Schwester sein!« sagte er galant.

Isabelle lächelte geschmeichelt, auch wenn das Kompliment reichlich dick aufgetragen war.

»Mum, die beiden wollen heiraten!« Kimmy klatschte entzückt in die Hände.

Jetzt kamen auch die Zwillinge herbeigeeilt. »Was ist denn hier los?« wollte Mandy wissen.

»Julianne wird heiraten!« verkündete Kimmy erneut mit Begeisterung.

Wie oft will sie das noch wiederholen? dachte Julianne bei sich und wäre am liebsten im Erdboden versunken. Was hatte sie da nur angerichtet?

Die Zwillingsschwestern blickten völlig verblüfft drein.

»Was?« rief Sammy.

»Du willst uns wohl auf den Arm nehmen!« meinte Mandy.

»Warum haben Sie mir das nicht gesagt?« fragte Isabelle ein wenig gekränkt.

Julianne strich sich eine Strähne aus der Stirn. »Wissen Sie, es ging alles so schnell. Es blieb mir gar keine Zeit.«

»Ich wollte es jedem erzählen«, sagte George. »Ich wollte es laut herausposaunen. Aber meine Zukünftige hat es mir verboten. ›Nein, Schätzchen‹, meinte sie, ›der Tag gehört Kimmy, und alle Aufmerksamkeit soll ihr gelten.‹« Er legte Julianne den Arm um die Schulter und drückte sie fest an sich. Sehr fest.

Julianne biß sich auf die Lippe.

»Oh, Jules!« rief Kimmy, sichtlich gerührt.

»›Der Tag gehört Kimmy, meiner lieben, entzückenden Kimmy.‹ Genau das waren ihre Worte«, fuhr George fort.

»Ich glaube, ich muß weinen«, sagte Kimmy.

»Ich auch«, meinte George und rieb sich die Augen.

»Und ich auch«, sagte Julianne und schlug die Hände vors Gesicht.

George schlang seinen freien Arm um Kimmy.

»George, es ist reizend von Ihnen, unserer Probe beizuwohnen«, sagte Isabelle, die perfekte Gastgeberin. »Sie müssen auch zum Lunch mitkommen.«

»Nein, nein, auf keinen Fall!« rief Julianne, die fürchtete, dieses Täuschungsmanöver keine weiteren fünf Minuten mehr durchzustehen. Sie wollte, daß George auf der Stelle von hier verschwand. Wäre er doch bloß erst wieder in New York, wo sie ihn anrufen konnte!

»Liebend gern!« sagte George und ging lächelnd über Juliannes Protest hinweg. »Sie wissen ja, wie es ist, wenn man seine Liebste einundfünfzig Stunden nicht mehr im Arm gehabt hat.« Er ließ Kimmy los, legte die Hände auf Juliannes Hinterteil und kniff sie kräftig.

Dann beugte er sich tief über sie und schloß sie leidenschaftlich in die Arme.
»Oh, Liebster ...«, stammelte sie, mehr als entsetzt.
Er packte sie noch fester, hob sie hoch und küßte sie hemmungslos. Obwohl sie sich wehrte, sah es so aus, als würde sie seine Leidenschaft erwidern.
Die anderen Hochzeitsgäste umstanden das Paar, und atemlose Stille breitete sich im Kirchenschiff aus. Michael lehnte an einer Bank und wußte nicht, was er von den sonderbaren Ereignissen dieses Morgens halten sollte. Konnte sie wirklich mit diesem Witzbold verlobt sein?
Kimmy indes hatte keine Zweifel. »Alles ist so romantisch«, sagte sie.
»Wirklich scharf«, dachte Scott neidisch. Der Anblick brach ihm schon ein wenig das Herz, obwohl er nie wirklich geglaubt hatte, daß Julianne auf ihn warten würde. Aber trotzdem ...
Walter beendete die Show, indem er darauf hinwies, daß ihnen nur noch fünf Minuten für die Probe blieben, wenn sie rechtzeitig zum vorbestellten Mittagessen eintreffen wollten. Der Geistliche ging rasch die einzelnen Punkte der Zeremonie durch, und dann brach die ganze Gesellschaft zu dem rustikalen Restaurant auf, das nur zwei Häuserblocks entfernt lag.
Unterwegs unterhielt George die Zwillinge mit Geschichten über Juliannes verflossene Freunde, darunter eine lange Story von einem FBI-Agenten, der Julianne, nachdem sie ihn abserviert hatte, beschatten ließ – eine Geschichte, die sich im wesentlichen genau so zugetragen hatte, mit dem kleinen Unterschied allerdings, daß

sie nicht Julianne, sondern ihm selbst passiert war. Jedenfalls behauptete George, daß Juliannes Telefon noch immer abgehört werde; das sei an gewissen Geräuschen in der Leitung zu erkennen. Er forderte die beiden Schwestern auf, Juliannes Nummer anzurufen und es selbst auszuprobieren.

Im Restaurant war für die Hochzeitsgesellschaft eine lange Tafel reserviert, die mit braunem Schlachterpapier ausgelegt war. Bei jedem Gedeck stand ein Krug Bier. Eine Schar von Kellnern lief herum, um die Gäste von riesigen Platten mit Krebsen zu bedienen. Jeder bekam einen hölzernen Hammer, um damit die dampfenden Schalentiere zu knacken.

Kimmy und Michael saßen Julianne und George direkt gegenüber. Kimmy war noch immer ganz aus dem Häuschen wegen Juliannes Verlobung.

»Jetzt kann ich's dir ja gestehen«, sagte sie, zu Julianne vorgebeugt. »Ich war schon besorgt deinetwegen.«

»Meinetwegen?« fragte Julianne und warf George einen raschen Seitenblick zu.

»Na ja, die Geschichten, die mir Michael erzählt hat, waren sicher unterhaltsam ... Aber all diese abgebrochenen Beziehungen ...« Sie machte eine unbestimmte Handbewegung.

Julianne starrte sie an.

»All die Männer ...«, fuhr sie fort.

George nickte weise. »Ja, die Männer.«

»Ich meine, es muß doch schlimm gewesen sein – so viele Männer und nie der Richtige.«

Kimmy strahlte George an. »Und die ganze Zeit war der Mann deiner Träume zum Greifen nahe.« Sie seufzte und begann eine Krebsschere mit dem Hammer zu bearbeiten.

Julianne starrte Michael an, bis George sie anstieß. »Sie meint mich«, flüsterte er ihr zu.

Die Zwillinge folgten der Unterhaltung mit gespitzten Ohren. »Wir sind auch ganz platt«, meinte Mandy.

»Stimmt«, sagte Sammy. »Wir dachten nämlich, du wärst 'ne Lesbe.«

George brüllte vor Lachen. »Ja, großartig!« schrie er und konnte sich gar nicht mehr beruhigen.

»Wir wußten zwar, daß du vor Jahren was mit Michael hattest ...«, sagte Sammy.

»Aber wir dachten, es wäre vielleicht nur so eine Phase«, fügte Mandy hinzu.

»Eine Phase?« fragte Michael.

»Na, du weißt doch, daß Lesben manchmal solche Phasen haben«, erklärte Sammy.

»Du ziehst dich ja auch irgendwie ›männlich‹ an«, fügte Mandy hinzu.

Julianne sah an ihrem blauen Donna-Karan-Blazer herunter und schüttelte dann den Kopf. »Michael ist keine Phase – *war* keine Phase«, verbesserte sie sich schnell.

»Danke«, sagte Michael argwöhnisch.

Isabelle, die eine etwas gereizte Stimmung unter ihren Gästen aufkommen sah, griff ein, um die Wogen zu glätten. »George, wie haben Sie sich kennengelernt?«

»George ist mein Lektor«, erklärte Julianne hastig.

»Aber wir haben uns schon früher kennengelernt.« George ergriff Juliannes Hand.

Julianne nagte an ihrer Unterlippe. Was heckte er jetzt schon wieder aus?

»Es ist eine sehr romantische Geschichte«, fuhr er fort und grinste sie wie ein liebeskranker Schuljunge an. Sie kniff ihm in den Oberschenkel, aber er rückte nur noch näher heran. »Willst du's ihnen nicht erzählen?« fragte er strahlend.

»Nein, du weißt, es ist ›streng vertraulich‹«, sagte sie wütend.

»Jetzt nicht mehr«, flüsterte er, bevor er sich an die anderen wandte. »Ich habe sie in einer psychiatrischen Klinik kennengelernt.«

Sammy und Mandy ließen gleichzeitig ihre Holzhammer fallen.

Kimmy verschluckte sich an ihrer Cola light und schickte einen bräunlichen Sprühregen quer über den Tisch.

Julianne rieb ihre Schulter trocken und wollte George einen Tritt versetzen, doch er zog rechtzeitig das Bein zurück. »Julianne besuchte einen französischen Chefkoch, den sie mit einer vernichtenden Kritik in den Wahnsinn getrieben hatte, und ich wollte Dionne Warwick besuchen …«

»Dionne Warwick?« rief Isabelle entzückt. Diese New Yorker führten wirklich ein interessantes Leben!

George zuckte die Achseln. »Na ja, ich *dachte* damals, es sei Dionne Warwick. Er sah genauso aus wie sie.«

Julianne wollte ihm einen Schlag versetzen, doch er erwischte ihre Hand und hielt sie fest.

»Wer ist Dionne Warwick?« wollte Scott wissen.

»Eine schwarze Sängerin«, erklärte Mandy.

Die Zwillinge begannen die Melodie von ›Do you know the Way to San José‹ zu summen. Die anderen stimmten ein als Hintergrundmusik für Georges Vortrag. »Ich plauderte also mit Dionne – das heißt, der richtige Name war Jerry –, als ich sie erblickte.« Er deutete auf Julianne. »Ach, sie war umwerfend, ganz in Pink.«

»Pink?« rief Michael entsetzt. »Du trägst doch nie Pink!«

»Manchmal schon«, sagte George mit einem verschmitzten Lächeln.

»George ...«, protestierte Julianne.

»Oh, doch!« beharrte George.

»Stimmt«, sagte Julianne zu Michael.

»Sie trug hautenges glitzerndes Pink«, fuhr George genüßlich fort. »Und sie hatte einen Becher Joghurt in der Hand, und den löffelte sie in den weit aufgerissenen Mund von diesem armen stummen Jean-Pierre ...«

»Das reicht, Darling«, sagte Julianne mit honigsüßer, drohender Stimme, doch George war nicht zu bremsen. »Ich sagte zu Dionne: ›Wen haben wir denn da?‹ Sie muß die zweite Besetzung von einem berühmten Broadwaystar sein. Sehen Sie sich nur ihre Haut an!« Er tätschelte Juliannes Wange.

»George«, stieß Julianne zwischen den Zähnen hervor.

»Und wer schneidet ihr das Haar? Nun, Jerry wollte tatsächlich wissen, zu welchem Friseur sie geht! Was interessiert das einen Hetero-Macho wie mich? Aber das tut nichts zur Sache. Und in diesem Augenblick wußte ich ...«

»Das will niemand hören, Liebster«, unterbrach ihn Julianne.

»Doch!« riefen Mandy und Sammy wie aus einem Munde. Sie waren beide ganz fasziniert von George und fanden ihn wahnsinnig sexy. Keine von ihnen konnte verstehen, was er an dieser sauertöpfischen Julianne fand. Sammy schmiedete schon heimlich Pläne, wie sie ihn nach dem Essen verführen könnte.

»George, bitte erzählen Sie weiter!« rief Isabelle. »Das ist wirklich furchtbar interessant!«

»Ich wußte, es würde eines Tages so enden ... wie eine glitzernde Doris-Day-Rock-Hudson-Romanze.« George legte eine dramatische Pause ein, bevor er fortfuhr. »Ich sagte zu Dionne: ›Ich bin verliebt ... Könnte diese Sirene mich wohl lieben? Sind die Götter so gütig?‹ Und Dionne sah mir in die Augen und sagte ...«

Die ganze Tischrunde hielt den Atem an, während George, in Erinnerungen schwelgend, ins Leere starrte.

»Was sagte sie, George?« fragte Scott, vor Neugier platzend.

George blickte auf, durchlebte den herrlichen Augenblick noch einmal und sang, indem er Julianne einen bedeutungsvollen Blick zuwarf: »I Say a Little Prayer«. Als erste stimmten die Zwillinge ein, gefolgt von Kimmy, die alle Scheu verloren hatte, und Papa Joe mit seinem tiefen basso profundo, bis schließlich fast der ganze Tisch mitsang.

Die anderen Restaurantgäste klatschten begeistert Beifall, überglücklich, an einem solchen Gemeinschaftserlebnis teilhaben zu dürfen. Alle im Raum waren hingerissen. Mit einer Ausnahme natürlich.

Julianne.

George legte ihr den Arm um die Schulter. »Von da an war alles nur noch Samson und Delila, Bonnie und Clyde.«

»George«, flehte Julianne. Nahm dieser Alptraum denn kein Ende?
»Rogers und Hammerstein«, fuhr George gnadenlos fort. »Seit Julie Andrews in ›Star‹ hatte niemand meine Welt derart erschüttert.«
»Oh, ich liebe Julie Andrews«, schwärmte Isabelle.
»Erinnern Sie mich später daran«, sagte George und flüsterte Isabelle zu: »Sie würden eine großartige Schwulenmami hergeben.«
Isabelle fühlte sich geschmeichelt. »Oh! Danke!«
»Ich kenne den tragischen Transvestiten für Sie«, sagte er und fing erneut an zu singen:
»I Say a Little Prayer.«
Und diesmal stimmte das ganze Restaurant mit ein. Die Kellner gaben mit den Scheren eines Plastikhummers den Takt an. Alle ließen sich von der fröhlichen Stimmung an der großen Tafel anstecken.
Julianne war mit ihren Nerven am Ende. Sie saß schweigend da und starrte auf das Chaos, das sie ausgelöst hatte.
Der einzige außer ihr, der nicht mitsang, war Michael. Sein Blick wanderte von George zu Julianne. Dionne Warwick oder nicht. Es paßte einfach nicht. Von vorne bis hinten.

6. Kapitel

Zu seiner eigenen Überraschung hatte sich George bei dem Mittagessen großartig amüsiert. Es fehlte nicht viel, und er hätte Isabelles Einladung angenommen, zur Hochzeit zu bleiben. Keiner wollte ihn gehen lassen; Isabelle, Kimmy, Walter und ganz besonders Sammy beteuerten immer wieder, daß die Hochzeitsfeierlichkeiten sehr viel lustiger wären, wenn George bliebe. »Sie verstehen es einfach, Stimmung zu machen«, sagte Walter.

»Ich weiß«, erwiderte George, weit entfernt von aller Bescheidenheit. »Meine Mutter behauptet übrigens immer, das hätte ich schon als kleines Kind getan.« Es war eine große Versuchung, die Einladung anzunehmen, aber Werner würde ihm nicht verzeihen, wenn er morgen nicht zu dieser Geburtstagsfeier bei seiner Schwester und ihrer Familie erschien. Sie hatten Werners kleiner Nichte einen Sandburgenwettbewerb am Strand versprochen. George war Spezialist im Sandburgenbau.

Und Julianne würde ihm nicht verzeihen, wenn er sie noch länger quälte. Was nicht hieß, daß sie nicht jede Sekunde der Tortur verdient hätte, denn schließlich hatte sie ihn gezwungen, sich selbst zu verleugnen und allen etwas vorzuspielen. Fünfundzwanzig Jahre seines Lebens hatte er sein wahres Ich vor der Welt verborgen,

und das wollte er nie wieder tun, nicht einmal für Julianne, die er so sehr liebte, wie er eine Frau nur lieben konnte.
Also lehnte er die Einladung höflich ab und schob Familienangelegenheiten vor. Er versicherte Julianne vor versammelter Gesellschaft, daß er untröstlich sei, sie verlassen zu müssen, aber sie würde ihn doch verstehen, nicht wahr?
Ja, nickte sie. Sie verstand eine ganze Menge.
Er sah auf die Uhr und stellte fest, daß sein Flugzeug in einer halben Stunde ging. Es entstand großer Tumult, als man zu entscheiden versuchte, wem die Ehre gebührte, George zum Flughafen zu bringen. Die Zwillinge legten sich besonders lautstark ins Zeug, doch schließlich wurde beschlossen, daß Michael und Julianne ihn mit Michaels Leihwagen fahren würden, nachdem Kimmy sie am Drake Hotel abgesetzt hätte. Kimmy, Isabelle und die Zwillinge waren beim Friseur angemeldet. Walter hatte am Nachmittag im Büro zu tun, und Papa Joe und Scott wollten zu Fuß ins Hotel zurückgehen. Als die Entscheidung gefallen war, kam es zu einer bewegenden Abschiedsszene mit vielen Küssen und Umarmungen.
Den ganzen Weg zum O'Hare Airport trällerte George hinten auf dem Rücksitz »I Say a Little Prayer« und war sichtlich zufrieden mit seinem Triumph im Restaurant. Julianne kochte noch immer vor Wut und hätte ihn am liebsten geohrfeigt. Sie starrte auf die Straße und preßte die Lippen zusammen, um nicht laut zu schreien.
Auf dem Parkplatz der United Airlines sprang Julianne aus dem Wagen und öffnete George die Tür.

»Warte hier, Michael«, sagte sie. »Ich begleite George nur schnell in die Flughalle.«
»Sie möchte noch einen richtigen Abschiedskuß«, sagte George und schüttelte Michael die Hand. »Diese Frauen! Immer eine Ausrede für ein Quicky!« Zum Zeichen kumpelhafter Hetero-Freundschaft schlug er Michael auf die Schulter.
»Jetzt komm endlich«, sagte Julianne, zerrte ihn aus dem Wagen und schob ihn in die Flughalle. Dort drehte sie sich um und sah Michael, der allein im Wagen saß und zu ihnen herüberschaute. George stand mit verschränkten Armen da, ein Grinsen auf den Lippen.
Julianne holte tief Luft. Sie konnte ihm nicht richtig böse sein. Sie hatte bekommen, was sie verdient hatte. Aber trotzdem – eine psychiatrische Klinik!
»Also gut«, gab sie zu, »der Punkt geht an dich. Aber jetzt hau ab. Ich ruf dich Ende des Jahrtausends an, wenn ich dir bis dahin verziehen habe.«
Er küßte ihr die Hand und hielt sie fest. »Es hätte nicht funktionieren können«, sagte er.
»Weil es unehrlich war, ja, ja, ich weiß schon.« Sie blickte zu Boden.
George faßte sie am Kinn und zwang sie, ihm in die Augen zu schauen. »Sag ihm, daß du ihn liebst.« Er hob den Finger. »Hör auf mich.« Damit drückte er ihr einen Kuß auf die Stirn und steuerte auf den Check-In-Schalter zu.
Sie blickte ihm nach. »Oh, George!« rief sie.
George blieb stehen und drehte sich um.
Sie ging auf ihn zu. »Was wird er tun?« fragte sie, die Arme in die Hüften gestemmt.

Er zuckte die Achseln. »Wahrscheinlich entscheidet er sich für Kimmy. Du wirst der Hochzeit beiwohnen, mit einem Kuß von ihm Abschied nehmen und heimkehren zu denen, die dich lieben.« Er tätschelte ihre Wange. »Aber jetzt geh und sag's ihm. Versuch einfach dein Glück.« Er nahm sie bei den Schultern, drehte sie um und gab ihr einen Schubs in Richtung Ausgang. »Geh«, sagte er.

Sie sah sich ein letztes Mal nach ihm um, bevor sie hinausging. Michael, der neben seinem Wagen wartete, hatte die beiden von ferne beobachtet und sich vorzustellen versucht, was sich zwischen ihnen abspielte. Irgend etwas an dieser Verlobungsgeschichte stimmte nicht.

Er hielt ihr die Wagentür auf, ließ sie einsteigen und schlug die Tür zu.

Als er hinterm Steuer Platz genommen und den Schlüssel schon an der Zündung hatte, hielt er plötzlich inne. Er blickte sie an, und seine Augen sagten ihr, daß er etwas auf dem Herzen hatte.

»Jules, wir müssen miteinander sprechen«, begann er. »Über George.« Seine Hände lagen im Schoß.

Julianne stieß einen tiefen Seufzer aus. »George ist nicht mein Verlobter, Michael«, sagte sie und kam sich dabei ziemlich albern vor.

»Soll das heißen, daß du gelogen hast?« Michael war fassungslos. Er hatte mit irgendeiner Rechtfertigung gerechnet, warum sie diesen Hanswurst heiraten wollte, aber nicht damit, daß alles frei erfunden war.

Der Gedanke, daß Michael sie für eine Lügnerin hielt, war ihr unerträglich, auch wenn es genaugenommen stimmte. Beide hatten sich immer auf die Ehrlichkeit des anderen verlassen. Julianne zupfte eine Fluse von ihrem Blazer. »Es ist schon eine Ewigkeit aus zwischen uns, aber George ist furchtbar empfindlich und will es einfach nicht wahrhaben.« Sie holte tief Luft. »Ich weiß einfach nicht, was ich mit ihm machen soll.« Sie fühlte sich sonderbar wohl bei der Vorstellung, daß jemand sie heiraten wollte, auch wenn es reine Fiktion war und mit der Wirklichkeit nicht das geringste zu tun hatte. Was brauchte man die Wirklichkeit, wenn die Fiktion so viel amüsanter war.

Na ja, wenigstens erklärte das (zum Teil!) das seltsame Verhalten von George, dachte Michael. Er erinnerte sich noch gut daran, wie lange er selbst gebraucht hatte, um über Juliannes ›Nein‹ hinwegzukommen; deshalb tat ihm George jetzt irgendwie leid. Schweigend ließ er den Wagen an und fuhr los – diese Neuigkeit mußte erst mal verdaut werden.

Er sah auf die Uhr und stellte fest, daß ihm, wollte er seinen Vater nicht warten lassen, nur knapp zwanzig Minuten blieben. Er gab Gas und wechselte auf die Überholspur.

Julianne zog einen Schmollmund. »Ich hab ihm soviel Gutes von dir erzählt«, fuhr sie fort, weil diese Phantasievorstellungen gar zu angenehm waren. »Deshalb wollte ich ihn nicht vor dir bloßstellen.« Sie warf ihm einen raschen Seitenblick zu, und da sie bemerkte, daß er zum ersten Mal an diesem Tag glücklich lächelte, beschloß sie, beim Thema zu bleiben. Vielleicht würde er ja hinter all ihren Lügen die wahre Bedeutung ihrer Worte erahnen. »Er käme nie an den einen heran, an dem ich alle messe.«

»Tommy Lasorda«, scherzte er, und sie lachte, auch wenn es sie irgendwie ärgerte, daß er ein ernstes Thema ins Lächerliche zog. Natürlich hatte sie das selbst immer getan, doch daran wollte sie jetzt nicht denken.
Als er von der Schnellstraße abbog, war in der Ferne der North Pier zu sehen.
»Ich muß dir was Merkwürdiges gestehen«, sagte er plötzlich, und sie sah ihn erwartungsvoll an. »Als du sagtest, du wolltest George heiraten, überkam mich so ein komisches Gefühl, ich kann's dir gar nicht beschreiben.«
»Du warst eifersüchtig.«
»Ja«, mußte er zugeben, »einfach irrsinnig eifersüchtig.«
Er bog in die Auffahrt zum Hotel ein und holte tief Luft. »Sag mal, könnten wir uns nicht mal allein treffen, heut nachmittag vielleicht?«
Jetzt war sie es, die überrascht war. Elektrisiert, aber auch überrascht.
»Ist das okay?« wollte er wissen.
»Klar«, antwortete sie betont gelassen, obwohl sie am liebsten einen Freudensprung gemacht hätte. »Und wo?« fragte sie.
Er dachte einen Augenblick nach. Dann fielen ihm die Touristenboote ein, die auf Chicagos Kanälen verkehrten. »In einer Stunde am North Pier?« fragte er.
Sie nickte. »Okay.« Sie stieg aus und sah seinem Wagen nach.
Sie beschloß, gar nicht erst ins Hotel zu gehen, und machte sich zu Fuß auf den Weg. Der North Pier war in einem geschmackvoll renovierten Lagerhaus aus der Zeit der Jahrhundertwende untergebracht und zählte

mit seinen Läden in den Arkaden zu den beliebtesten Touristenattraktionen von Chicago. Sie trank einen Kaffee und beobachtete das bunte Treiben.
Michael erschien wenige Minuten bevor das Schiff den Pier verließ. Er kam außer Atem vom Parkplatz hergerannt, ergriff Juliannes Hand, und sie konnten gerade noch an Bord springen.
Obwohl das Schiff gerappelt voll war, fanden sie ganz hinten ein ruhiges Plätzchen. Über die Reling gelehnt, ließen sie das Panorama der Stadt an sich vorüberziehen. Der Reiseleiter wies auf die wichtigsten Wolkenkratzer hin – Tribute Tower, Wrigley Building, Merchandise Mart usw. –, doch Julianne und Michael schenkten ihm kaum Beachtung.
Julianne sog die reine Luft tief in ihre Lungen ein. Die Sonne schien, und der Wind zerzauste ihr das Haar. Michael strich ihr zärtlich eine Strähne aus dem Gesicht. Die anderen Touristen hielten sie gewiß für ein frisch verliebtes Paar.
Michael schwieg eine Weile, blickte mal zum Ufer, dann wieder zu Julianne. Die tat so, als würde sie es nicht bemerken. Dabei waren ihre Nerven zum Zerreißen gespannt, und sie fragte sich, was er ihr sagen wollte.
Schließlich räusperte er sich. »Ich habe in den beiden letzten Tagen viel nachgedacht«, begann er. »Über uns.«
Das Herz pochte ihr bis zum Halse, doch sie zwang sich, nach außen hin ruhig zu wirken. »Ach, wirklich?« fragte sie wie beiläufig.
Er nickte.

»Nun, da gibt's ja auch eine ganze Menge Erinnerungen, über die es sich nachzudenken lohnt.« Sie wollte ihn dazu bringen, von der Vergangenheit zu sprechen, vor allem von jenem Abend in Tucson.

»Es ist mehr als nur das«, erwiderte Michael sanft. »Es ist mir fast peinlich, es in Worte zu fassen, aber ...« Er lächelte verlegen. »Na ja, du warst für mich so etwas wie ... wie die Frau meines Lebens.«

»Und du warst der Mann meines Lebens«, erwiderte sie rasch.

»War ich das wirklich?« wollte er wissen. »Schwer festzustellen.«

»Wie meinst du das?«

Sie fuhren unter einer Brücke her und schauten hinauf, wie alle anderen Touristen auf dem Schiff.

»Ich dachte, daß dies hier vielleicht die letzte Gelegenheit für uns ist, allein zu sein«, sagte Michael. »Weißt du, was ich meine?«

Ob sie wußte, was er meinte? Was für eine Frage? »Ausgenommen unsere heißen Schäferstündchen zweimal im Jahr«, lachte sie. Immer wenn sie nicht weiterwußte, versuchte sie sich mit einem Witz aus der Affäre zu ziehen.

Michael liebte ihren manchmal etwas frivolen Humor.

»Du sagst es!«

Sie schenkte ihm ein zärtliches Lächeln, obwohl ihr Magen sich zu einem Knoten verkrampft hatte und ihre Kehle so trocken wie die Sahara war.

»Ist es normal, wenn einem Zweifel kommen? Wenn man plötzlich Angst hat?« fragte er und blickte sie hilfesuchend an.

Aber sie zuckte nur die Achseln. »Keine Ahnung«, sagte sie. »Da mußt du jemand anderen fragen.« Schließlich konnte sie ihn, was seine bevorstehende Hochzeit betraf, nicht auch noch trösten. Am liebsten hätte sie ihm gesagt, daß er einen Riesenfehler machte, aber sie brachte nicht den Mut auf und glaubte, er hätte sowieso nicht auf sie gehört.
»Ich meine, man geht da eine Verpflichtung ein«, sagte er. »Und dann ist es so ... wie soll ich sagen ... Man vergißt, daß man es selbst gewollt hat.«
Sie nickte mitfühlend. Sie wollte die Schulter sein, an der er sich ausweinte. Das heißt, eigentlich hoffte sie, es würde ihn auch nach anderen Körperteilen verlangen.
»Du und ich«, fuhr er fort. »Ich meine, vor anderen Leuten haben wir das Wort ›Liebe‹ nicht oft gebraucht, stimmt's?«
Sie nickte. Nein, von Liebe war in der Vergangenheit nicht oft die Rede gewesen.
Er nagte an der Unterlippe. »Kimmy meint, wenn man jemanden wirklich liebt, dann müsse man es laut sagen, auf der Stelle, vor allen Leuten, denn wenn man den Augenblick verpaßt ...« Er stockte, schüttelte den Kopf, und eine dunkle Locke fiel ihm in die Stirn.
»... ist es zu spät.«
In diesem Moment glitten sie unter einer der vielen Brücken hindurch und waren im Schatten. Julianne wußte, dies war der Augenblick, da sie sprechen, da sie ihre Gefühle offenbaren sollte, doch sie zögerte, und schon hatten sie die Brücke hinter sich gelassen und waren wieder im grellen Sonnenlicht.
»Wir haben nicht einmal ein Lied«, erklärte er.

Julianne sah ihn fragend an.
»Kimmy und ich, wir haben kein Lied. Ist das nicht ein schlechtes Zeichen?«
Julianne konnte nur mit den Achseln zucken. Sie wollte ihm sagen, ja, das ist ein böses Omen, es bedeutet, daß du mich und nicht Kimmy heiraten sollst – aber sie brachte die Worte nicht über die Lippen.
Und Michael sang ihr leise *The Way You Look Tonight* ins Ohr, jenes Lied, das ihr in der Vergangenheit so unglaublich viel bedeutet hatte und das jetzt so voller Symbolik schien.
Sie fühlte sich elend. Warum hatte sie damals nicht erkannt, was jetzt so sonnenklar war? Sie versuchte, ihre Traurigkeit niederzukämpfen.
Er lächelte jenes jungenhafte Lächeln, das seinen ganzen Charme ausmachte. »Noch ein Platz auf der Tanzkarte frei?« fragte er, so wie an jenem so fernen Abend in Cambridge.
»Ich schau mal nach«, antwortete sie. »Hab's inzwischen in meinem Power Book stehen.« Hast schon recht, Kimmy, dachte sie – mein berüchtigter trockener Humor!
Er breitete die Arme aus, und sie schmiegte sich zärtlich hinein, als gehörte sie ihm allein. Und sie begannen, sich zu einer Musik zu wiegen, die nur sie allein hören konnten.
Hinter ihnen ging langsam der Sonnenball unter, und sie waren in jenes magische Licht getaucht, das bei den Berufsfotografen so begehrt war.
Die übrigen Passagiere wurden auf sie aufmerksam. Mehrere deuteten auf sie, einige kicherten, die meisten

aber waren gerührt von diesem Paar, das so ineinander versunken war, als wäre es allein auf der Welt.
Michael sang ihr weiter die Worte des Liedes ins Ohr, das so lange ›ihr‹ Lied gewesen war. Sie drückte sich noch fester an ihn, verloren in seiner Gegenwart, in seiner Stimme, in seinem Geruch.
Plötzlich blieb er stehen und schaute sie an. »Weißt du noch, wann wir diesen Song zum ersten Mal gehört haben?« fragte er.
Sie nickte. Natürlich erinnerte sie sich. »Das war damals, nach dieser Woche ...«
»Und wir haben genauso getanzt wie jetzt.« Er vergrub das Gesicht in ihren Locken.
Es war in einem Jazzclub in Cambridge gewesen, an einem Samstagabend. Und sie hatten sich in Schale geworfen, um die erste Woche ihrer Liebesbeziehung zu feiern.
Begonnen hatte ihre Affäre an einem Frühlingsabend. Sie waren, wie schon so viele Male, zusammen im Kino gewesen. Sie hatten »Elvira Madigan« gesehen und später lang und breit über den Film diskutiert – er fand ihn sensibel und romantisch, sie fand ihn sentimental und kitschig. Dazu hatten sie eine Flasche Rotwein getrunken und sich ein erstes Mal geküßt. Irgendwie kam eins zum anderen, und ehe sie sich's versahen, lagen sie im Bett und liebten sich mit einer Leidenschaft, die sie beide überraschte.
Am nächsten Tag beschlossen sie, ihre Ferienpläne aufzugeben. Eine ganze Woche blieben sie in Michaels Wohnung und ließen sich vom Italiener um die Ecke Pizzen kommen, wenn sie überhaupt etwas aßen. Am

Samstagabend beschlossen sie dann zu feiern und landeten in dem Jazzclub in Cambridge. Für eine kurze Weile hatte Julianne geglaubt, den Mann ihrer Träume gefunden zu haben, vor allem als er sie an jenem Abend fest umschlungen hielt, ihr ins Ohr summte und mit ihr tanzte, genauso wie jetzt.

Dann aber gingen die Ferien zu Ende, und Michaels Mitbewohner kamen zurück. Der Unibetrieb fing wieder an und damit der Alltag – und der Traum schwand dahin. Sie fühlte sich eingeengt und erkannte, daß sie sich ein Ende der Beziehung herbeiwünschte. Trotzdem konnte nichts die Erinnerung an diesen Tanz im Jazzclub auslöschen und an dieses Lied, das immer »ihr« Lied bleiben würde. »Wenigstens bleibt uns Cambridge«, sagte Michael später manchmal im Scherz.

Sie wußte, daß Michael jetzt wie sie in Erinnerungen an diesen Abend schwelgte. Beide blieben eine lange Weile stumm, bis Michael das Schweigen brach. »Ich werde dich doch nicht verlieren, oder?« fragte er im Flüsterton.

Julianne sah ihm tief in die dunklen Augen, völlig verloren und verwirrt. Sie wünschte sehnlichst, sie könnte die Zeit zurückdrehen, könnte wieder in Cambridge sein und ihm gestehen, daß es der größte Fehler ihres Lebens gewesen sei, ihn zurückzuweisen. Aber es war zu spät. »Nein, du wirst mich nicht verlieren«, versprach sie, »weil ich es nicht zulasse.« Und ich lasse nicht zu, daß du Kimmy heiratest, fügte sie in Gedanken hinzu.

Inzwischen hatte das Schiff wieder am North Pier angelegt, und die Passagiere wurden aufgefordert, von Bord

zu gehen. Michael hielt ihre Hand, während sie sich auf den Ausgang zubewegten.
Nun hatte sie ihm nicht gesagt, was sie ihm hatte sagen wollen, und jetzt war es zu spät.
Michael sah auf die Uhr und erschrak. Es war höchste Zeit für seinen Junggesellenabschied! Vorher mußte er dringend noch seinen Vater treffen und Walter vom Büro abholen. Mit hängenden Schultern stand er da und überlegte, wie er das alles auf die Reihe kriegen sollte. Julianne bot ihm ihre Hilfe an. Er dachte einen Augenblick nach und bat sie dann, ihn bei der Junggesellenparty abzusetzen und dann mit seinem Wagen Walter abzuholen, der auch an der Party teilnehmen würde.
Julianne stimmte zu und legte sich auf dem Weg zum Wallace Building einen neuen Plan zurecht, wie sie Michael zurückerobern könnte. Je mehr sie über ihre Strategie nachdachte, desto besser erschien sie ihr. Und daß sie in Walters Büro gehen mußte, war geradezu ein Geschenk des Himmels, denn zur Ausführung dieses Plans brauchte sie Walters Hilfe. Das heißt, nicht direkt *seine* Hilfe – eher sein Büro.
Am Wallace Building angelangt, stellte sie Michaels Wagen in der Tiefgarage ab. Ein Wärter erklärte ihr den Weg zu Mr. Walters Privatbüro im 29. Stock.
Keine Menschenseele war zu sehen, als sie aus dem Lift stieg, doch dann entdeckte sie Walter und seine Sekretärin in einem großen mit Glaswänden versehenen Konferenzzimmer. Walter diktierte ihr etwas, das sie mit unglaublichem Tempo in ihren Laptop tippte. Als er aufblickte, bemerkte er Julianne und winkte ihr hereinzukommen.

»Ich dachte, Michael würde mich abholen.« Er erhob sich und bat sie, Platz zu nehmen.
»Er hat noch tausend Dinge zu erledigen. Deshalb habe ich ihm angeboten, Sie zu dieser Party zu bringen.«
Er lächelte sie freundlich an, hoch erfreut, eine Weile an der Seite dieser attraktiven jungen Frau verbringen zu dürfen. Er wollte ihr etwas zu trinken anbieten, doch sie lehnte dankend ab.
Er nahm ihr gegenüber am Tisch Platz und schlug die Beine übereinander. »Eine Frage: Kim sagte mir, daß es zwischen ihr und Michael zu Spannungen gekommen sei, als er den Job abgelehnt hat.«
»Spannungen? Nein.«
Er legte ihr die Hand auf die Schulter und schien ernstlich besorgt. »Ich habe da doch hoffentlich niemandem Probleme bereitet?« fragte er.
»Nein, Sie nicht.« Sie schenkte ihm ein strahlendes Lächeln. Aber ich bin gerade dabei, dachte sie bei sich.
Walter sah auf die Uhr. »Sie sind ein bißchen früh dran; wir haben noch ein paar Briefe zu erledigen, die heute abend mit der Post weg müssen.«
»Macht nichts.« Julianne erhob sich. »Ich würde gerne telefonieren. Dürfte ich das in Ihrem Büro tun?«
»Selbstverständlich«, erwiderte er. Er führte sie zur Tür seines Privatbüros, das direkt neben dem Konferenzzimmer lag. »Sie können alles benutzen, was Sie brauchen«, sagte er.
Sie trat ein und schloß leise die Tür hinter sich. Der riesige Raum war noch beeindruckender, als sie ihn sich vorgestellt hatte – zwei Wände bestanden nur aus Fenstern, die einen großartigen Ausblick über die Stadt bo-

ten, an den beiden anderen hingen unbezahlbare impressionistische Kunstwerke. Sie nahm sich allerdings nicht die Zeit, sie genauer in Augenschein zu nehmen. In Walters Privatbüro zu gelangen war eine Grundvoraussetzung ihres neuen Plans – und es war viel leichter gewesen, als sie sich hätte träumen lassen. Nun gab es keine Ausflüchte mehr. Alles, was sie jetzt brauchte, war eine Menge Mut.

Sie war so aufgeregt, daß sie ganz weiche Knie bekam, als sie auf den großen Kirschbaum-Schreibtisch zuging. »Du kannst das«, sagte sie zu sich. »Du darfst jetzt nur nicht die Nerven verlieren.«

Sie nahm auf dem bequemen Chefsessel vor Walters Computer Platz und zögerte einen Augenblick, bevor sie ihn einschaltete. Nach einem kurzen Summen leuchtete der Bildschirm auf, und sie zog eine Notiz aus der Tasche, die sie auf dem Weg hierher geschrieben hatte.

Sie öffnete Walters E-Mail-Datei und gab die Adresse ein: eric.issacson a sportsmag.com.

Dann schrieb sie den Text von ihrem Notizzettel ab.

»An Eric Issacson, Herausgeber des Sportmagazins. Von Walter Wallace. Eric, ich habe eine Bitte an Sie«, tippte sie. »Das Glück meiner Tochter, meiner Frau und nicht zuletzt meiner selbst ruht in Ihren Händen.«

Ihr Herz hämmerte so heftig, daß sie einen Augenblick pausieren mußte. »Siehst du, du kannst es. Es ist ganz einfach«, flüsterte sie.

So einfach war es nun auch wieder nicht. Es war Betrug. Doch dann dachte sie an Michael, daran, wie sie mit ihm auf dem Schiff getanzt hatte. Und die Erinnerung trieb sie an fortzufahren.

»Da ich weiß, welchen Wert auch Sie auf unsere Freundschaft und gute Zusammenarbeit legen …«
Sie hielt inne. Hatte sie da Schritte gehört? Ihr Finger schwebte über der Escape-Taste, um im Notfall alles zu löschen. Sie lauschte und wartete.
Nichts.
Sie schrieb weiter: »… hoffe ich auf Ihre Hilfe. Ich habe meinem zukünftigen Schwiegersohn Michael O'Neal eine aussichtsreiche Position in meiner Firma angeboten. Das würde es meiner Tochter ermöglichen, in unserer Nähe zu bleiben und ihre eigenen Träume und Pläne zu verwirklichen. Zu ihrer und unserer Enttäuschung ist Michael nicht bereit, unser Angebot anzunehmen, solange er für Sie arbeitet. Deshalb benötige ich Ihre Hilfe.«
Julianne nickte befriedigt. Nicht schlecht, dachte sie. Der Ton war klar, männlich und doch verbindlich, ganz so wie Walter selbst.
Wieder glaubte sie, Schritte zu hören. Diesmal war sie ganz sicher, daß jemand draußen war.
Sie lauschte angestrengt, hörte aber nichts mehr.
Julianne lehnte sich im Sessel zurück und starrte gebannt auf die Tür. Sie beugte sich noch weiter zurück und hoffte, durch die Glasscheibe neben der Tür auf den Flur sehen zu können. Plötzlich spürte sie, wie sie das Gleichgewicht verlor. Sie versuchte, nach irgend etwas zu greifen, um die Balance zurückzugewinnen. Sie erwischte aber nur die lederne Schreibunterlage, kippte hintenüber und riß alles auf der Unterlage mit sich – Stifte, Kugelschreiber, Telefon, Hefter, Locher, Büroklammerdose, Papiere. Alles – einschließlich ihrer

selbst – landete auf dem Boden und verursachte einen Heidenlärm, der, wie sie glaubte, bis zum Drake zu hören sein mußte.
Sie rappelte sich auf und raffte in Panik alles zusammen, um es wieder an seinen Platz zu stellen.
Das Samtkästchen mit Kimmys Ring war ihr aus der Tasche geglitten und lag jetzt am Boden. Sie hob es auf und legte es auf den Computer.
Dann stellte sie die Stifte in ihren Lederbecher und glättete die Papiere neben dem Telefon. Sie las die Büroklammern auf, schob einzelne mit dem Fuß unter den Teppich. Als der Schreibtisch wieder einigermaßen ordentlich aussah, setzte sie sich eilig erneut an den Computer.
»Meine Tochter schließt sich meiner Bitte um Hilfe und Diskretion an. Sie werden Michael mehr helfen, als sie ahnen, und eines Tages wird er Ihnen dankbar sein. Ich rechne mit Ihrem Verständnis und werde mich Ihnen stets verpflichtet fühlen.
Ihr Walter.«
Sie schloß das Dokument, der Text verschwand vom Bildschirm, und eine Dialog-Box erschien mit den Worten: Wollen Sie diese E-Mail senden?
»Warum sollte ich?«, fragte sie den Computer. »Er würde gefeuert.«
Sie tippte: NEIN.
Ein neues Fenster erschien mit zwei Auswahlmöglichkeiten.
FÜR SPÄTER AUFBEWAHREN?
LÖSCHEN?
Sie wog die beiden Fragen ab und lehnte sich in den

Sessel zurück, vorsichtig diesmal, um nicht wieder das Gleichgewicht zu verlieren. »Eine einzige Taste«, sagte sie laut. »Sie kann lebenslanges Glück bedeuten.«
Tief im Herzen wußte sie, daß sie die Nachricht nicht losschicken durfte – dies war wirklich ein zu schmutziges Spiel. Aber sie war verzweifelt. Verzweifelt. Und verzweifelte Frauen taten verzweifelte Dinge. Man denke nur an Cher. Oder an Madonna.
Michaels Hochzeit rückte immer näher, und keiner ihrer bisherigen Pläne hatte funktioniert. Es war höchste Zeit für wirklich durchgreifende Maßnahmen.
Julianne zog einen Umschlag aus ihrer Tasche, der Notizen für ihre nächste Restaurantbesprechung enthielt. Sie legte ihn auf Walters Schreibtisch. »Nur bis heute abend«, sagte sie sich, über die Papiere gebeugt. Ihr Plan war einfach: Unter dem Vorwand, diese äußerst wichtigen Papiere in Walters Büro vergessen zu haben, würde sie mit Michael hierher zurückkommen. Und wenn sie zusammen hier waren, würde ihr plötzlich einfallen, daß sie dringend eine E-Mail an ihren Verlag senden müsse. Auf dem Bildschirm würde sie dann zu ihrem Entsetzen die Nachricht an Eric »entdecken«.
Michael würde beim Lesen der E-Mail furchtbar wütend werden und auf der Stelle mit Kimmy Schluß machen. Er wäre zunächst einmal niedergeschmettert (etwa einen Tag oder zwei), aber sie, Julianne, wäre ja für ihn da, und schon bald würde er feststellen, daß er rasend in sie verliebt war. Es würde ein Happy-End geben, und wenn sie nicht gestorben sind …
Also ganz einfach.
Sie las noch einmal, was sie geschrieben hatte. »Ich

sende die E-Mail ja gar nicht«, sagte sie laut. »Ich ... bewahre sie nur ein paar Stunden auf. Nur damit Michael sie sieht. Völlig harmlos.«
Sie zog ihre Notizen aus dem Umschlag und breitete sie auf dem Schreibtisch aus, damit es aussah, als hätte sie daran gearbeitet. Und so entschied sie sich für die Option FÜR SPÄTER AUFBEWAHREN. Sie wollte eben das Feld anklicken, als sie das Samtdöschen oben auf dem Computer bemerkte. Sie öffnete es und starrte auf den im Licht funkelnden Ring. »In ewiger Liebe, M.«, war auf der Innenseite eingraviert.
Sie nahm den Ring aus dem Kästchen und steckte ihn an ihren Finger, um sich Mut zu machen. Er paßte großartig, und sie sagte sich, daß er nirgendwo sonst hingehöre.
Sie sah erneut auf den Bildschirm. Nun mach schon, flüsterte ihre innere Stimme, klick SICHERN an. Es ist das Risiko wert.
Ihre Hand war schon auf der Tastatur.
»Hallo, ist da jemand?« rief eine Stimme vom Flur her.
Julianne zuckte zusammen und schoß von dem Sessel hoch. Ihr Finger schnellte auf die Speichertaste.
In der Tür erschien ein Mann im Overall, einen Besen in der Hand. Es war der Hausmeister.
FÜR SPÄTER GESPEICHERT erschien auf dem Bildschirm.
»Ich komme nachher wieder«, entschuldigte sich der Hausmeister.
Sie sah erneut auf den Bildschirm. Es hatte geklappt.
Sie stand auf und warf einen raschen Blick auf ihr Spiegelbild im dunklen Glasfenster. Sie war blaß, sehr blaß.

Der Hausmeister hatte ihr einen Riesenschrecken eingejagt. Sie würde sich zusammenreißen müssen, wenn sie Walter gegenübertrat. Hastig kniff sie sich in die Wangen, um etwas Farbe in ihr Gesicht zu zaubern.
Dann wollte sie den Ring vom Finger streifen, aber er saß fest. Wie sehr sie auch daran zog, sie bekam ihn nicht herunter. Großartig, dachte sie. Das war ein Problem, das sie jetzt wirklich nicht gebrauchen konnte.
Sie verließ Walters Privatbüro, den Ring noch immer am Finger. Mit etwas Seife, so glaubte sie, würde sie ihn sicher abstreifen können.
Walter stand am hinteren Ende des Konferenztisches und unterzeichnete verschiedene Papiere. Er blickte auf und gewahrte Julianne hinter der Glaswand. Mit einer Geste gab er ihr zu verstehen, daß er sofort fertig sei.
Sie nickte und schlenderte zum Lift hinüber.
Walter blätterte rasch einen Stapel von Briefen durch. »Diese hier abschicken«, sagte er zu seiner Sekretärin. »Diese nicht. Ich denke, das wär's.« Er schob ihr zwei Stapel mit Briefen zu, nahm sein Jackett vom Stuhl und zog es an.
Als er schon an der Tür war, drehte er sich noch einmal um.
»Fast hätte ich's vergessen: Es sind noch vier oder fünf E-Mails im Computer, die ich heute nachmittag geschrieben habe.« Er öffnete die Tür. »Bitte senden Sie sie ab.« Er hob die Hand zum Gruß und eilte über den Flur zu Julianne, die ihm die Aufzugtür aufhielt.

7. Kapitel

Julianne fuhr Walter zu Michaels Junggesellenabschied, der in einem Privatclub im obersten Stockwerk eines Chicagoer Wolkenkratzers stattfand. Er erwähnte etwas von Stripperinnen, die dort auftreten sollten, aber Julianne wollte keine Einzelheiten hören. Ihr war unbegreiflich, daß sich Männer in der heutigen Zeit noch immer so etwas anschauten. War ihnen denn nicht bewußt, daß die Welt kurz vor einem neuen Jahrtausend stand? Daß sich die Spezies Mensch weiterentwickeln sollte? Die Vorstellung, daß Männer Spaß daran haben konnten, Frauen ohne Klamotten aus Riesentorten steigen zu sehen, wollte ihr einfach nicht in den Kopf.

Sie drückte Walter zum Abschied einen Kuß auf die Wange und machte kehrt. Sie wurde auf einem weiteren Ball zu Ehren von Kimmy erwartet, zu dem über hundert Frauen von außerhalb geladen waren. Es wunderte Julianne, daß so viele Leute kurzfristig und oft von weit her hatten kommen können. Beim Empfang morgen abend rechnete man laut Isabelle mit über dreihundert Gästen.

Julianne hatte es nicht eilig, zu der Party zu gelangen, und so fuhr sie eine Weile kreuz und quer durch Chicago. Es war, wie sie fand, eine faszinierende Stadt, eine Mischung aus New Yorks Kultiviertheit und San Franciscos Eleganz. Dabei ließ die Nähe zum See vergessen, wie groß diese City der Wolkenkratzer tatsächlich war. Und dann die Musik – überall Jazzkneipen, so daß die nächtlichen Straßen von Rhythm and Blues widerhallten.

Als sie vor einer roten Ampel stand, stellte sie fest, daß sie kaum noch Benzin im Tank hatte, und so machte sie sich auf den Weg zum Hotel, das direkt am Michigansee lag.

Sie parkte den Wagen und ließ sich von einem Hotelboy den Weg zum Ballsaal im Zwischengeschoß der Lobby erklären. Bevor sie jedoch zur Party hinaufging, rief sie Michael an. Es dauerte fast zehn Minuten, bis der Telefonist ihn gefunden hatte. Michael mußte schreien, um den Lärm im Hintergrund zu übertönen. Julianne entschuldigte sich für die Störung, doch sie brauche unbedingt seine Hilfe. Sie erzählte ihm von den Unterlagen, die sie in Walters Büro liegengelassen habe und wie ungeheuer wichtig es für sie sei, sie noch heute abend zurückzubekommen.

Er fragte, warum es nicht bis morgen früh Zeit habe, doch dann gestand er ihr, daß er die Party recht langweilig fände und nichts dagegen habe, sich möglichst bald zu verdrücken. Er werde sich die Büroschlüssel von Walter geben lassen und Julianne in etwa vierzig Minuten abholen.

Sie bat ihn dringend, schon in einer halben Stunde zu kommen, und er versprach, sich zu beeilen. Julianne lächelte zufrieden. Bisher lief alles wie am Schnürchen.

Nun war es höchste Zeit, sich auf dem Fest blicken zu lassen. Die Türen des Saals waren weit geöffnet, und

ein großes Plakat verkündete: »Ein römischer Abend mit Kimberly! Rafft Eure Togen und tretet ein!«
Die Neuankömmlinge wurden von einem Löwen im Käfig begrüßt. Julianne hatte in ihrem Berufsleben schon manchem Fest beigewohnt, aber so etwas hatte sie noch nie gesehen. Sie trat an den Käfig und lugte hinein. Der Löwe war alt, müde, voller Flöhe – und alles andere als furchterregend. Sicher hatte das arme Tier schon lange Jahre im Käfig zugebracht. Es nahm seine Umgebung kaum wahr, streifte Julianne mit dem Blick, gähnte und döste weiter vor sich hin.
Wie der Löwe bei dem Krach schlafen konnte, war schwer zu begreifen. Aus den Lautsprechern dröhnte Frank Sinatras »Strangers in the Night«, ein Song, der für Julianne ganz und gar nicht zum Thema des Abends paßte. An riesigen, griechisch anmutenden Gipssäulen waren Spruchbänder befestigt, die quer über die Tanzfläche gespannt waren. Die Kellner trugen Togen und römische Sandalen, ein gutes Dutzend war, mit Speeren bewaffnet, wie Wachposten an den Wänden aufgereiht. Alle waren prächtig gebaut.
Zur Tischdekoration gehörten griechische Urnen, aus denen Efeu und rote Nelken hervorquollen. Zierliche alte Damen saßen an den Tischen und schienen die Atmosphäre zu genießen.
Julianne kam das Ganze irgendwie unheimlich vor, und so ging sie hinter einer der großen Säulen in Deckung und wollte sich aus dem Staub machen, als sie von Mandy und Sammy aufgespürt wurde.
»Huh!« riefen die beiden und kamen um die Säule herum.

Julianne ließ rasch die linke Hand in der Tasche verschwinden, um den verräterischen Ring zu verbergen. Die Zwillinge trugen die gleichen Gewänder, die eigentlich nur aus schmalen, um den Körper geschlungenen Stoffbahnen bestanden – und dazu Kimmys Geschenk, die goldenen Hundehalsbänder.
»Wir lieben George«, sagte Sammy und umarmte Julianne.
»Warum hast du ihn fortgeschickt?« fragte Mandy und zog einen Schmollmund.
Ehe Julianne antworten konnte, rief Sammy: »Und warum versteckst du dich?«
Mandy lachte. »Ich wette, sie ist einfach zu überwältigt von all dem hier.« Sie machte eine weitausholende Geste. »Es ist zu cool für dich, stimmt's?«
Nebenan reichte ein muskulöser Schwarzer einer älteren Dame mit blauem Haar einen Eistee. Die Dame nahm das Glas kichernd entgegen.
»Kimberly wollte den Omas eine Freude machen«, erklärte Sammy. »Und da haben wir uns diesen kleinen Gag ausgedacht. Walter hat die Dekoration beigesteuert.« Sie deutete auf einen der Posten, die am Buffet Wache standen.
»Da hast du 'ne ganze Baseballmannschaft: Schlagmann von den Bears, Fänger von den Bulls, Verteidiger von den Black Hawks«, sagte Mandy und zeigte von einem Gladiator zum nächsten. »Mein persönlicher Favorit ist der mittlere Außenfeldspieler.« Sie nickte anerkennend zu einem großen Blonden mit breiten Schultern hin.
»Ich hab eine besondere Vorliebe fürs Knackige«, verkündete Sammy.

»Dies ist die Prämie des Landwirtschaftsministeriums; 'ne Menge Frischfleisch, Jules«, sagte Mandy. »Und keine Konkurrenz – Anwesende ausgenommen.«

»Und hier versteckst du dich«, meinte Sammy. »Die Keuschheit in Person.«

»Mit diesen großen, dunklen gehetzten Augen«, fügte Mandy hinzu, »als würdest du ein furchtbares, unaussprechliches Geheimnis hüten.«

Diese Bemerkung überraschte Julianne. Sie mußte feststellen, daß die Zwillinge nicht so dumm waren, wie sie wirkten. »Na ja«, gestand sie, »ich mache mir gewisse Sorgen.«

Die beiden sahen sie erwartungsvoll an und hofften wohl auf eine kleine pikante Klatschgeschichte, die sie den einhundertelf Gästen der Party weitererzählen könnten.

Julianne war sich bewußt, daß sie ihnen irgendeinen Brocken vorwerfen mußte, sonst würden sie keine Ruhe geben. »Also, ich hab eine unheimlich wichtige Akte in Walters Büro liegenlassen. Ich muß meinem Verleger ein paar ... hm, Verkaufszahlen meines Buchs schicken. Deshalb läßt sich Michael die Büroschlüssel von Walter geben und fährt mich dann hin.« Was sie da erzählte, klang ziemlich schwach, aber sie hatte die Geschichte für Michael ersonnen und mußte sich jetzt daran halten.

»So?« sagte Sammy und drehte eine Locke um den Finger. »Komisch, ich dachte, es ginge um den Ring.«

Julianne zuckte zusammen. »Welcher Ring?«

»Der, den du dir lieber sofort vom Finger ziehen solltest«, sagte Mandy und zerrte an Juliannes linkem Arm, bis die Hand zum Vorschein kam.

»Ach, der.« Julianne machte eine wegwerfende Bewegung mit ihrer Rechten. »Meinst du den hier? Weißt du, das war mehr ein Reflex. Ich wollte nur mal sehen, wie er aussieht.«
»Du meinst an Kimberlys Hand?« half Mandy nach.
»Genau«, sagte Julianne. »Stimmt genau. Und dann wollte er nicht mehr abgehen.«
»Vielleicht fühlt er sich wohl dort.« Sammy deutete auf Juliannes Finger.
»Nach dem Essen im Restaurant haben wir Michael gefragt, ob wir den Ring sehen dürften.«
»Und er sagte, du meintest, bei dir wäre er am besten aufgehoben.«
»Wie man sieht!« Mandy verschränkte die Arme vor der Brust und grinste.
Derart auf frischer Tat ertappt, fiel Julianne keine weitere Ausrede ein.
»Spar dir die Worte«, sagte Sammy. »Michael ist gleich hier. Also an die Arbeit.«
Mandy nahm Julianne bei der Hand und zog sie in die Hotelküche. Sie öffnete den Kühlschrank und holte einen riesigen Topf Erdnußbutter heraus. »Genau das, was wir brauchen«, rief sie. »Und jetzt rein mit dem Patschhändchen.«
Julianne tat, wie geheißen. Es war klebrig in dem Topf, doch als sie die Hand herauszog, saß der Ring immer noch fest an ihrem Finger. Der griechische Tellerwäscher riet, es mit Mayonnaise zu probieren; der französische Koch reichte ihnen eine Flasche mit Olivenöl, und der italienische Bäcker erklärte, ein Stück Butter sei das Richtige. Ehe Julianne wußte, wie ihr geschah,

war sie vom ganzen Küchenpersonal umringt, und alle erteilten lauthals Ratschläge. Sie solle es mit Eis versuchen, mit rohem Fleisch, mit Eigelb, mit Cognac.

Cognac klang ja durchaus verlockend, fand Julianne, aber nicht für ihre Hand. Sie zerrte an dem Ring.

»Drehen!« rief einer aus der Menge.

»Fester!«

»Nach rechts und links«, meinte der Tellerwäscher.

Der Koch versuchte es mit einem Geschirrtuch.

Der Ring rührte sich noch immer nicht.

»Es ist psychisch«, meinte der Bäcker. »Sie müssen es wirklich wollen.«

»Ich will es doch!« protestierte Julianne.

Jetzt drängte sich Mandy, ein großes Hackmesser schwingend, nach vorn. »Ich hab das in einer Ärzte-Serie gesehen«, rief sie. »Da werden den Leuten Körperteile abgehackt, und die Ärzte nähen sie wieder an. Irgendwer soll schon mal Eis in eine Plastiktüte tun und ein Taxi rufen.«

»Tante Mandy?« Eine helle Kinderstimme übertönte den Lärm. Es war die neunjährige Debbie Sue, eines von Kimmys Blumenmädchen. »Tante Mandy, Michael ist hier. Er sucht nach dir.«

Es war einen Augenblick still in der Küche, dann schritt Mandy zur Tat. Sie legte das Hackmesser zur Seite und ergriff Juliannes Arm. Sie rollte ihren Ärmel herunter und riß die Naht ihrer Manschette auf, so daß sie über Juliannes Hand fiel und den Ring bedeckte.

»Keine Angst«, meinte Mandy und zog den Ärmel glatt. »Selbst wenn du dir mit diesem Finger in der Nase bohrst, würde Michael es nicht bemerken. Er ist halt ein

Mann«, fügte sie mit einem Achselzucken hinzu, als wäre das an sich schon eine Erklärung.

Michael wartete draußen beim Löwenkäfig, befremdet über die Festdekoration. Dies war also das weibliche Gegenstück zum Junggesellenabschied. Genauso albern, dachte er.

Obwohl er froh war, die Party zu verlassen, fand er es doch irgendwie merkwürdig, daß Julianne so spät am Abend noch arbeiten wollte. Was mochte so dringend sein, daß es nicht bis Montag warten konnte? Aber es war das erste Mal, daß Julianne ihn um einen Gefallen bat, und er konnte natürlich nicht nein sagen, nach allem, was sie für ihn getan hatte. Schließlich hatte sie alles stehen- und liegenlassen, um seinetwegen nach Chicago zu fliegen. Sie war eine echte Freundin.

Er winkte mit Walters Schlüsseln, als er Julianne erblickte. Sie sah ein wenig derangiert aus, doch dafür waren wohl die Zwillinge, die dicht hinter Julianne folgten, verantwortlich. Mandy und Sammy irritierten ihn jedesmal, und er konnte sich vorstellen, daß es Julianne nicht anders erging. Heute abend sahen sie noch lächerlicher aus als sonst mit ihren Bänderkleidern und den Lorbeerkränzen auf den Köpfen. Ihm taten jetzt schon die Männer leid, die mal in diese Familie einheiraten würden.

Er führte Julianne nach draußen zu seinem Wagen. Da kaum Verkehr auf den Straßen herrschte, brauchten sie nur knapp zehn Minuten bis zum Wallace Building. Michael probierte sämtliche Schlüssel an Walters Bund aus, aber keiner paßte. Vielleicht hatte ihm Walter die falschen Schlüssel gegeben, oder die Schlösser waren ausgewechselt worden. Was immer der Grund war, eines war sicher – daß sie heute abend nicht mehr ins Büro kommen würden.

Julianne wollte es nicht wahrhaben, und sie geriet in Panik. Ohne die E-Mail auf Walters Bildschirm hatte sie keine Chance, ihren Plan zu verwirklichen. »Ich kann es einfach nicht glauben!« schrie sie und trat gegen die Tür.

»Ist doch kein Drama«, meinte Michael. »Walter hat uns nur den falschen Schlüsselbund gegeben.«

»Gibt's denn hier keinen Wächter? Oder Hausmeister? Oder irgendeine blöde Putzfrau? Ich wär schon mit einem Dieb zufrieden. Irgendwer muß doch in diesem beschissenen Gebäude sein!« Sie rüttelte am Griff der Glastür und warf sich mit aller Wucht dagegen. »Einen Pflasterstein bräuchte ich!« schrie sie. »Los, such einen Pflasterstein!«

Der völlig verwirrte Michael begriff nicht, weshalb sie so zornig war. Beschwichtigend legte er ihr die Hand auf den Arm. »Warum ist es denn so wichtig, daß du heute abend noch an die Akte herankommst?«

Eine verdammt gute Frage, die eine ebenso gute Antwort erforderte. Aber welche? Schließlich konnte sie ihm nicht sagen, daß sie eine E-Mail geschrieben hatte, auf die er unbedingt »zufällig« stoßen müsse, damit er mit Kimmy Schluß machte. Also tat sie, was sie schon das ganze Wochenende über getan hatte: Sie log.

»Ich habe meinem Verleger versprochen, daß ich ihm noch heute abend per E-Mail die Verkaufszahlen zusende.« An seinem Gesichtsausdruck konnte sie erkennen, daß er ihr nicht glaubte. »Es sind sehr wichtige Zahlen.

Es geht um einen Termin. Schon mal was von einem Termin gehört?«

»Also hör mal. Ich hab doch schließlich selbst einen«, gab er zurück. »Ich heirate morgen.«

Nicht, wenn ich's verhindern kann, dachte sie bei sich. Sie blickte zum 29. Stock hinauf und dann auf Michael.

»Eben deswegen«, sagte sie. »Morgen sind wir alle so beschäftigt, daß uns keine Zeit für anderes bleibt. Dies ist also die letzte Möglichkeit.«

Michael seufzte.

»Die Akte ist da oben.« Sie deutete mit dem Finger hinauf. »Direkt vor Walters Computer, wenn ich mich recht entsinne. Wir könnten seinen Computer benutzen, um die Listen per E-Mail zu senden.«

»Schau mal, Jules, morgen ist Sonntag. Kein Mensch arbeitet. Montag in aller Herrgottsfrühe wird Walter dich mit ins Büro nehmen.«

Montag in aller Herrgottsfrühe ist es zu spät, dachte sie im stillen. Da werden du und Kimmy schon Mann und Frau sein. Tränen stiegen ihr in die Augen, und ihre Unterlippe begann zu zittern.

Michael war fassungslos. Er hatte Julianne nie für besonders emotional gehalten, und da stand sie nun, völlig aufgelöst wegen irgendeiner E-Mail. Frauen würden ihm wohl immer ein Rätsel bleiben. Er lächelte und strich ihr liebevoll durchs Haar. »Komm, Kleines«, sagte er. »Du kannst nicht immer deinen Dickkopf durchsetzen.«

Er nahm ihre Hand und führte sie zum Wagen.

Julianne warf einen wehmütigen Blick zurück auf die Glastür. Der Traum war ausgeträumt.

Auf der Fahrt zum Hotel sprach sie kein einziges Wort. Was gab es auch noch zu sagen?
Zusammen betraten sie die Hotelhalle. An der Rezeption bekam Michael einen ganzen Stapel mit Nachrichten und einen Umschlag überreicht, und sie stiegen in den Aufzug. Michael drückte auf die 14 und Julianne auf die 10. Beim Hinauffahren kreuzte Julianne die Arme vor der Brust. Sie war untröstlich, und er wußte nicht, was er tun sollte.
»Nimm's nicht so tragisch«, versuchte er sie aufzuheitern. »Selbst wenn du diese Sache verpatzt, was kann dir schon passieren? Du wirst immer wieder Aufträge für Artikel bekommen.«
»Du hast ja recht.« Sie zuckte die Achseln. »Wie gewonnen, so zerronnen«, murmelte sie mit bebender Stimme und starrte auf die Zahlentafel über der Tür.
Michael war wirklich betroffen. Er konnte es nicht ertragen, sie so leiden zu sehen. »Jules?« sagte er zärtlich.
Sie konnte ihn nicht anschauen und wäre am liebsten gestorben – auf der Stelle, hier im Lift des Drake Hotels.
Mit einem lauten Bing öffnete sich die Tür auf ihren Flur. Sie stieg aus, und Michael folgte ihr. Er legte ihr die Hand auf die Schulter, und sie drehte sich um, so daß sie sich gegenüberstanden. Sie hatte noch immer die Arme vor der Brust verschränkt und sah wirklich so aus, als würde sie gleich in Tränen ausbrechen.
»Ist es denn so wichtig für dich?« fragte er und verstand noch immer nicht, warum.
»Unheimlich wichtig«, beteuerte sie.
Er nickte. »Also gut, ich rufe an. Walter schläft sicher noch nicht.«

Sie konnte es nicht fassen. Ein Hoffnungsschimmer!
»Wir holen die Schlüssel bei ihm ab und fahren zurück zum Büro.«
Sie fiel ihn um den Hals und lachte vor Glück.
Auch er mußte lachen, weil sie sich freuen konnte wie ein Kind. »Komm«, sagte er und hakte sie unter, »wir rufen von deinem Zimmer aus an.«
Während sie den Flur entlangliefen, blätterte er die verschiedenen Nachrichten durch. »Ich hoffe, du fängst mich auf, falls ich morgen vor dem Altar einschlafe.«
Plötzlich stutzte er. »Komisch, die sind alle von Eric.«
Er wedelte mit den Zetteln.
Sie holte die Plastikkarte aus ihrer Handtasche und öffnete ihre Zimmertür.
Er riß den Umschlag auf und zog ein Blatt Papier heraus. »Dieses Fax ist auch von Eric. Nicht mal an meiner Hochzeit kann mich mein Chef in Ruhe lassen.« Er entfaltete das Blatt und begann zu lesen.
»Vielleicht will er dir nur gratulieren«, meinte Julianne und knipste das Licht im Vorraum zu ihrer Suite an. Sie warf ihre Handtasche auf einen Stuhl.
Michael, der ihr gefolgt war, blieb plötzlich wie versteinert stehen. Seine ganze Haltung drückte blankes Entsetzen aus.
»Michael? Was gibt's?« fragte Julianne besorgt. Sein Gesicht hatte alle Farbe verloren.
Das Fax in der Hand, begann er laut vorzulesen: »Michael, es ist mir furchtbar unangenehm, daß ich Dir das in der Nacht vor deiner Hochzeit antun muß, aber ich glaube, Du solltest es wissen«, er blickte zu Julianne auf. »Du solltest wissen, auf wen Du Dich da einläßt.«

Er warf ihr wütend das Fax vor die Füße und eilte zum Telefon.
Julianne hob das Fax auf und las weiter. »Folgende E-Mail ist heute am Spätnachmittag bei mir eingegangen: Eric, ich habe eine Bitte an Sie. Das Glück meiner Tochter, meiner Frau und nicht zuletzt meiner selbst ruht in Ihren Händen. Da ich weiß, welchen Wert auch Sie auf unsere Freundschaft und gute Zusammenarbeit legen ...«
Scheibenkleister! Ihre E-Mail war verschickt worden! Sie überflog den Rest des Faxes. Da stand es schwarz auf weiß, jedes einzelne Wort. Sie sank auf ihr Bett. Wie hatte das geschehen können? Sie hatte nicht auf den Knopf SENDEN gedrückt, sondern auf FÜR SPÄTER AUFBEWAHREN! Nein, nein, das ist alles ein Irrtum, hatte sie sagen wollen. Es war nie ihre Absicht gewesen, daß Eric die E-Mail tatsächlich erhielt! Aber was sollte sie jetzt tun?
Michael hatte bereits den Telefonhörer in der Hand und wählte wütend Walters Nummer. Bevor Julianne ein Wort sprechen konnte, hörte sie ihn sagen: »Isabelle? Ich muß auf der Stelle mit Kimmy sprechen.« Seine Stimme war scharf.
Julianne sah, daß der E-Mail ein Postscriptum beigefügt war. »Das Komische ist, Mike, daß er Dir ein Super-Angebot macht, das auszuschlagen töricht wäre. Wie auch immer Du entscheidest, ich habe Verständnis.«
»Nein, ich bin nur todmüde«, sagte Michael zu Isabelle. »Bitte verbinde mich mit ihr. Danke.«
»Vielleicht solltest Du den Job annehmen und das Mädchen fallenlassen«, las Julianne zu Ende.

Michael legte die Hand auf die Sprechmuschel und drehte sich nach Julianne um. »Jules«, sagte er. »Könntest du mich eine Minute allein lassen?« Er deutete mit dem Kinn zur Tür. Er sah jetzt mehr elend als wütend aus, als hätte man ihm das Herz aus der Brust gerissen. Sie wußte nicht mehr, was sie sagen oder tun sollte.
»Bitte«, fügte er hinzu und vertrieb sie aus ihrem eigenen Zimmer.
»Klar«, murmelte sie, ging und zog die Tür hinter sich zu. Sie stand allein auf dem leeren Flur. Sie war verzweifelt und in Panik und wußte nicht, warum. Es hatte doch alles prima geklappt. Und – wie hieß es doch gleich? Der Zweck heiligt die Mittel! Sie hatte genau das erreicht, was sie wollte. Warum fühlte sie sich dann so entsetzlich?
Sie zog eine Zigarettenschachtel und Streichhölzer aus ihrer Westentasche. Wenn sie jemals wirklich das Bedürfnis zu rauchen verspürt hatte, dann jetzt. Sie zündete sich eine Zigarette an und sog den Rauch tief in die Lungen ein. Was hatte ihre Mutter immer gesagt? *Sei vorsichtig mit deinen Wünschen, sie könnten in Erfüllung gehen.* Jetzt verstand sie, was damit gemeint war. Sie lachte laut auf und schlug die Hände vors Gesicht.
Plötzlich glaubte sie, ein leises Klingeln zu hören. Sie blickte auf und sah einen Hotelpagen mit einem Gepäckwagen den Flur entlangkommen. Er trug eine tadellose Uniform und hatte auf seinem Wagen mindestens ein halbes Dutzend Louis-Vuitton-Koffer gestapelt. Auf ihrer Höhe angelangt, blieb er stehen und sah sie verwundert an. Er wollte fragen, ob alles okay sei, doch sie ließ ihn nicht zu Wort kommen.

»Ich bin nur rausgegangen, weil ...« Sie blickte hilflos auf die Tür. »Weil drinnen das Rauchen verboten ist.« Sie inhalierte tief und lehnte sich an die Tür.
»Hier draußen auf dem Flur eigentlich auch«, meinte er höflich. »Wollen Sie nicht lieber nach unten in die Bar gehen?«
»Warum lassen Sie mich nicht einfach verhaften?« Ihre Stimme war todernst.
Er wußte nicht recht, was er antworten sollte. Das Hotelpersonal hatte Anweisung, stets höflich zu den Gästen zu sein, selbst wenn sie sich wie Idioten benahmen, was nicht selten vorkam.
»Das war ernst gemeint«, fügte sie hinzu. »Verhaften, verurteilen und in eine Einzelzelle sperren.« Sie nahm einen tiefen Zug. »Wissen Sie, ich bin gemeingefährlich. Ich füge ehrbaren Menschen Schlimmes zu. Dies Rauchen hier«, sie deutete auf ihre Zigarette, »ist nur die Spitze des Eisbergs. Also los, lassen Sie mich festnehmen. Ich werde mich nicht zur Wehr setzen.«
Sie war offensichtlich verzweifelt, und der junge Mann empfand Mitleid mit ihr, vor allem als sich ihre Augen jetzt mit Tränen füllten.
»Kann ich Ihnen helfen, Miss?« fragte er freundlich.
Sie schielte auf sein Namensschild. »Rauchen Sie, Richard?« fragte sie.
»Ja, Ma'am, aber es ist uns Angestellten verboten, während der Dienstzeit auf dem Hotelgelände zu rauchen. Und außerdem ist dies ein Nichtraucher-Flur.«
»Okay, das haben wir ja bereits festgestellt. Aber wissen Sie was?« Sie hielt ihm ihre Zigarette hin. »Manchmal muß man ein bißchen gegen die Regeln verstoßen.« Sie

forderte ihn mit einem Lächeln auf, die Zigarette zu nehmen. Er sah sich rasch nach beiden Seiten um und griff nach der Zigarette. Komisch, wie die meisten immer versuchten, einem das Rauchen auszureden! Er sog den Rauch tief ein und blies ihn dann wie ein Kenner langsam durch die Nasenlöcher wieder aus. Dann reichte er ihr die Zigarette zurück. »Meine Großmutter sagt immer: Auch das geht vorbei.«

»Ihre Großmutter ist bestimmt eine weise Frau, Richard, aber sie brauchte sich nicht mit den Beziehungskisten der neunziger Jahre rumzuschlagen, falls Sie verstehen, was ich meine.«

»So schlimm kann's doch nicht sein«, erwiderte er.

Gerührt kämpfte sie gegen ihre Tränen an und rieb sich die Augen. Sie merkte plötzlich, daß sie müde war, hundemüde. »Danke, Richard. Wenn Sie nicht im Dienst wären, würde ich Sie zu einem Drink einladen.«

Mit einem freundlichen Handzeichen wandte er sich wieder seinem Gepäckwagen zu und schob ihn den Flur hinunter. Noch immer an die Tür gelehnt, winkte sie zurück und sah ihm nach, bis er hinter der nächsten Ecke verschwunden war. Erschöpft ließ sie sich an der Tür hinabgleiten, so daß sie jetzt halb am Boden hockte.

Plötzlich und völlig unerwartet wurde die Tür hinter ihr geöffnet, und ehe sie sich's versah, lag sie auf dem Rücken, Michael zu Füßen.

Selbst in ihrer mißlichen Lage konnte sie erkennen, daß er so schlecht aussah, wie sie sich fühlte. Wenn nicht gar schlimmer. Noch immer am Boden liegend, tat sie einen tiefen Zug aus ihrer Zigarette. »Was ist passiert?« fragte sie.

»Es ist aus«, erwiderte er leise und kauerte sich neben sie. Er nahm ihr die Zigarette aus der Hand und drückte sie an seiner Schuhsohle aus. »Du sollst aufhören mit diesem Mist.« Er hielt ihr den Stummel vor die Nase. »Das bringt dich noch um.«
Sie nickte artig und setzte sich auf. Er warf die Kippe in den Papierkorb und lehnte sich an die Wand. »Sie hat's geleugnet«, sagte er. »Hat mich für verrückt und paranoid erklärt.«
»Eine üble Kombination«, stellte Julianne fest.
Er versuchte vergebens, sich ein Lächeln abzuringen. »Morgen findet in ihrem Haus diese große Brunchparty statt.« Seine Stimme bebte. »Sie fragte: ›Wie soll ich das alles rückgängig machen? Was soll ich den Leuten sagen?‹« Er schüttelte den Kopf, als wäre das die dümmste Frage, die sie hätte stellen können. Sollten die Leute doch denken, was sie wollten!
»Michael.« Julianne legte ihm die Hand aufs Knie.
Er stieß die Hand weg, denn er wollte ihr Mitleid nicht. »Es ist besser so. Wir passen sowieso nicht zusammen.« Er stand auf, und auch sie rappelte sich hoch.
»Vielleicht sieht morgen alles schon wieder ganz anders aus.« Das klang nicht gerade überzeugend.
»Die Sache mit dem Job hätte uns auf alle Fälle über kurz oder lang entzweit. Sie wäre damit nie fertig geworden; das weiß ich jetzt.«
Julianne nickte stumm. Sie sah, wie er mit seinen Zweifeln rang. Vielleicht hatte er sogar recht damit. Vielleicht wäre ihre Beziehung schon bald gescheitert – auch ohne ihr Dazwischenfunken. Vielleicht konnte sie sich einreden, daß es nicht allein ihre Schuld war.

»Sie hat ganz recht«, sagte er. »Ich bin verrückt. Verrückt, mich in jemanden zu verknallen, den ich kaum kenne.« Er sah Julianne an. »Ich bin so froh, daß du hier bist.«

Sie fühlte seinen Schmerz und seine Verbitterung, und ihr Herz hämmerte in ihrer Brust. Er gehörte wieder ihr, wenn auch verwundet, aber diesmal würde es anders ausgehen. Das hatte sie sich geschworen.

»He, hast du den Ring noch?« fragte er.

Sie streckte die Hand in die Höhe, so daß der Ärmel hinabglitt. »Ich habe ihn anprobiert und kriege ihn nicht mehr runter«, gestand sie.

Er lächelte – ein trauriges, kumpelhaftes Lächeln, nahm ihre Hand und führte den Finger zum Mund. Sie spürte, wie sich seine kühlen Lippen um den Finger legten, zart wie ein Kuß, und als er den Finger wieder herauszog, streifte er den Ring ab, ganz mühelos.

Sie konnte es kaum glauben. »Rein psychisch«, sagte sie dann, sich an die Worte des Bäckers erinnernd.

Er erwiderte nichts, sondern starrte nur auf den Ring in seiner Hand.

»Sollen wir einen Spaziergang machen?« fragte sie, um das Thema zu wechseln. »Oder irgendwohin zum Essen gehen?«

Er steckte den Ring in die Tasche. »Nimm's mir nicht übel, Jules, aber ich möchte allein sein.« Er hob die Schultern, die Hände tief in den Taschen vergraben. »Du verstehst das sicher.«

Sie nickte. Natürlich, wie sollte sie's nicht verstehen?

Er drückte ihr einen Kuß auf die Wange. Als er schon an der Tür war, wandte er sich noch einmal um. »Vielleicht flieg ich mit dir nach New York zurück«, sagte er. »Ich könnte mir ein paar Tage freinehmen. Eric hätte bestimmt Verständnis.«

Sprachlos vor Glück konnte Julianne nur nicken. Sie malte sich schon aus, was sie alles mit Michael in New York unternehmen würde. Sie würde mit ihm in seinen Lieblingsjazzkeller im Village gehen, zur Fotoausstellung von Hurrell in Soho, vielleicht sogar in eine Karaoke-Bar. Natürlich würde sie ihn zu allen Sportveranstaltungen begleiten. Sie stellte sich vor, wie sie in der Osteria al Doge, ihrem bevorzugten Restaurant, Champagner mit ihm trinken und lachen würde, wie in alten Zeiten – wie an jenem Abend in Cambridge.

»Oder wir verreisen. Irgendwohin an einen verlassenen Strand. Ganz egal wohin, nur weit weg von Chicago. Wenn du Zeit hast«, fügte er hinzu.

Nun sah sich Julianne auf einer einsamen Insel oder in einem Ferienort in Mexiko. Sie stellte sich Michael mit einem riesigen Sombrero vor. Am liebsten hätte sie laut ›Olé‹ geschrien und einen Freudentanz aufgeführt, doch sie riß sich zusammen.

Er sah so niedergeschlagen aus und würde sicher ein Weilchen brauchen, um sich von seinem Schock zu erholen.

»Also, wenn San Antonio Sacramento schlägt ...«, sagte sie verschmitzt, »... ich war nämlich noch nie in Texas.« Sie war bereit, ihm überallhin zu folgen.

Er lächelte müde. »Danke, daß du zu meiner Hochzeit gekommen bist, sagte er, und seine Stimme klang völlig tonlos. Damit wandte er sich ab und zog leise die Tür hinter sich zu.

Noch lange starrte Julianne auf die geschlossene Tür. Es kam ihr vor, als hätte sie die Ereignisse der letzten Stunde nur geträumt. War es wirklich passiert?
Sie schüttelte verwundert den Kopf. Sie hatte es geschafft. Sie hatte es tatsächlich geschafft.
Sie ging ins Badezimmer und begann, mit einer Hand ihr Haar zu bürsten, während die andere nach dem Telefon griff.
Sie wählte Georges Nummer und warf einen prüfenden Blick in den Spiegel. Was sie sah, war nicht zufriedenstellend. Sie war blaß und unattraktiv. Wütend knallte sie die Bürste auf den Frisiertisch.
Am anderen Ende der Leitung ertönte das Klicken des Anrufbeantworters, und Georges Stimme dröhnte ihr ins Ohr. »George und Werner sind übers Wochenende in Long Island. Bitte fassen Sie sich kurz.«
Dann ein gedehnter Piepston.
»Hallo, Süßer«, rief Julianne. »In Kürze folgendes.« Ihr Blick fiel auf eine unangebrochene Zigarettenschachtel. »Ich habe gesiegt. Da staunst du, was? Bin übrigens nicht nach der Methode vorgegangen, die du mir geraten hast – aber ich hab's geschafft!«
Sie klemmte den Hörer zwischen Schulter und Ohr und riß die Zigarettenpackung auf. »Wenn ich in vierzig Jahren, mit mindestens neun Enkelkindern gesegnet, an Michaels Seite auf irgendeiner ländlichen Veranda sitze und in romantischen Erinnerungen schwelge, wird niemand mehr an dieses eine Wochenende in Chicago denken.«
Sie hielt die geöffnete Schachtel über die Kloschüssel und ließ eine Zigarette nach der anderen ins Wasser fal-

len. Anschließend klappte sie den Deckel zu, und spülte ihre neue Sucht hinweg.
Dann griff sie nach ihrer Zahnbürste. »Und zur Feier des Tages putze ich mir die Zähne mit echter Zahnpasta.« Sie fand die Tube in ihrem Reisenecessaire und nickte.
»Ich glaube, ich bin zu erschöpft, um in die wohlverdiente Hochstimmung zu kommen. Am besten gönne ich mir jetzt den nötigen Schönheitsschlaf.« Sie warf einen kritischen Blick in den Spiegel. »Obwohl das Thema Schönheitsschlaf jetzt abgehakt sein dürfte. Bin schon froh, wenn nicht allzu beängstigende kleine Tierchen in meinen Träumen vorkommen.«
Sie putzte sich die Zähne und genoß den Minzegeschmack, der um einiges angenehmer war als der von Rasiercreme.
»Aber ohne dich hätte ich's nicht geschafft. Obwohl ich's *natürlich* ohne dich geschafft hab. Na ja, du weißt schon, was ich meine.«
Sie spuckte aus und wischte sich den Mund mit dem Waschlappen sauber. Ihre Augen hatten einen verträumten Ausdruck. »Weißt du, George, es ist wie im Märchen. Und wenn sie nicht gestorben sind ... Morgen werd ich dir alle Einzelheiten berichten. Und vielleicht wird mein erster Sohn George heißen. Nacht, Süßer.«
Sie hängte ein und rief dann die Rezeption an mit der Bitte, keine Gespräche mehr für sie durchzustellen.
Dann schlüpfte sie in ihren Pyjama, zog die schweren Vorhänge zu und knipste das Licht aus. Es war stockfinster im Zimmer, als sie ins Bett kroch.
Julianne fühlte sich, als hätte sie seit Tagen nicht mehr

geschlafen, und stellte fest, daß es tatsächlich stimmte. Sie war erschöpft wie noch nie in ihrem Leben.
Mit dem Gedanken, daß Glücklichsein verdammt anstrengend war, sank sie in einen gesunden, tiefen Schlaf.

8. Kapitel

Julianne träumte von Delphinen. Sie schwamm irgendwo in den türkisblauen Gewässern der Karibik mit ihnen umher, als plötzlich Zwillingsdelphine mit goldenen Armbändern an den Flossen ihr auf den Rücken zu schlagen begannen. Sie stieß den typischen hohen Delphinschrei aus, doch die beiden hieben weiter heftig auf sie ein.

Julianne wachte auf und stellte fest, daß jemand an ihre Tür klopfte.

Sie öffnete die Augen und versuchte, sich zu orientieren. Es war stockfinster im Zimmer und eiskalt.

Wie spät mochte es sein? Welcher Tag war überhaupt?

Erneutes Klopfen.

Sie schob das Gewirr aus Decken und Kissen zur Seite und stolperte zur Tür.

»Wer ist da?« fragte sie und lugte durch den Spion.

»Nachricht für Sie, Miss«, verkündete eine männliche Stimme.

Ein rosafarbener Zettel glitt unter der Tür herein.

»Danke!« rief sie dem unbekannten Boten zu.

Sie knipste das Licht an und las: »Mickel Anruf. 2 x Treffen bei Hoch Brunck in Kom Haus.«

»Wo, bitte?« befragte sie den Zettel. Mit Hoch Brunck in Kom Haus konnte doch nur das Hochzeitsbrunch bei Kimmy gemeint sein, es sei denn, es gab irgendwo eine

koreanische Party, die Michael vorher nicht erwähnt hatte.
Sie begann, im Zimmer auf und ab zu laufen, und ihr Gehirn arbeitete auf Hochtouren. Das alles ergab keinen Sinn. Warum ging er zum »Brunck« einer Hochzeit, die geplatzt war? Dieser Frage mußte sie auf der Stelle nachgehen.
Sie eilte ins Badezimmer, warf ihren Pyjama in eine Ecke, sprang unter die Dusche, wo sie sich in der Rekordzeit von sieben Minuten die Zähne putzte, die Haare wusch und die Beine rasierte.
Sie trocknete sich ab und fönte ihr Haar, allerdings nur so lange, bis es nicht mehr tropfte.
Aus einem Kleiderhaufen, der neben dem Bett am Boden lag, stellte sie ihr Outfit zusammen und angelte frische Unterwäsche und ein sauberes T-Shirt aus dem Koffer. Alles in allem war sie in knapp zwanzig Minuten fertig. Als chronische Langschläferin hatte sie es im schnellen Anziehen zur Meisterschaft gebracht.
Sie schnappte sich ihre Handtasche und war schon zur Tür hinaus. »Treffen bei Hoch Brunck in Kom Haus!« Was zum Teufel hatte sich Michael dabei gedacht?
Dem herbeigerufenen Taxi gab sie die Adresse der Wallaces in Lake Forest an, einem der nobelsten Vororte von Chicago. Na ja, kein Wunder.
Die Fahrt dauerte etwa eine halbe Stunde. Zeit genug, um ausgiebig zu bereuen, daß sie ihre Zigaretten ins Klo geworfen hatte. An den Fingernägeln kauend, grübelte sie darüber nach, was sie Michael sagen sollte. Die Stadt flog an ihrem Fenster vorbei, doch schon bald sah sie üppig blühende Vorgärten von prächtigen Villen.

Schließlich bog das Taxi zu einem eleganten Herrenhaus ein, das direkt am Michigansee lag und von einem herrlichen Park mit riesigen Eichen, Weiden und Kirschbäumen umgeben war.
Das Taxi hielt in einigem Abstand vom Haus, da die Auffahrt schon von Nobellimousinen und Lieferwagen diverser Partyservices, Getränke- und Blumenhändler blockiert war. Kisten und Körbe wurden hin- und hergetragen, mehrere Hunde bellten alles an, was sich bewegte. Eine Gruppe von Kindern spielte unter einer gewaltigen Weide vor dem Haus.
Julianne sprang aus dem Taxi und steckte dem Fahrer zwei Zwanzig-Dollar-Noten zu. Sie war so schnell verschwunden, daß der gute Mann nicht einmal Zeit hatte, sich für das üppige Trinkgeld zu bedanken. Sie rannte an den Limousinen, Lieferwagen und Kindern vorbei, hastete die Steintreppe empor und trat durch die weitgeöffnete Flügeltür ins Haus.
Drinnen saßen Hunderte von Gästen an Tischen, die mit riesigen Kallas in Glasvasen dekoriert waren. Trotz der vielen Menschen schien das Haus nicht überfüllt, was wohl vor allem an den sieben Meter hohen Gewölbedecken lag.
Zur Erhabenheit der Räumlichkeiten trugen auch die mit Fresken verzierten Wände, die Marmorfußböden und die riesigen Gemälde schottischer Ahnen mit ihren Lieblingshunden bei. Hoch über den Gästen, am oberen Absatz einer geschwungenen Treppe, stand eine Orgel. Eine Dame in einem langen roten Samtkleid spielte Bach-Sonaten, denen allerdings kaum einer der Geladenen Beachtung schenkte.

Alle Achtung, dachte Julianne. Das Haus war wirklich beeindruckend. Es würde sich gut auf der Titelseite von *Architectural Digest* oder *House and Garden* ausmachen. Dennoch konnte sie sich nicht einmal in ihren kühnsten Träumen vorstellen, in einem solchen Haus zu leben. Obwohl sie hier war, um Michael zu finden, blieb sie einen Augenblick in der Eingangshalle stehen, um sich fasziniert umzusehen.

Isabelle, die Julianne als erste bemerkte, erhob sich von ihrem Tisch, entschuldigte sich und eilte dem neuen Gast mit ausgebreiteten Armen entgegen.

Kimmys Mutter trug ein maßgeschneidertes himmelblaues Leinenkostüm und hochhackige Sandalen. Sie strahlte geradezu vor Stolz und Freude. Julianne wurde plötzlich bewußt, daß ihre abgeschnittenen Jeans und ihr T-Shirt nicht gerade die passende Bekleidung für eine Brunch-Party mit den oberen Zehntausend war. Von einem entfernten Tisch vernahm sie lautes Gelächter und fragte sich, ob man vielleicht über sie lachte.

Stets die perfekte und charmante Gastgeberin, gab Isabelle keinen Kommentar zu Juliannes Aufzug ab; im Gegenteil, sie küßte sie auf die Wange und betonte, wie erfreut sie über das Eintreffen der entzückenden Trauzeugin sei, wie sehr alle dem großen Ereignis entgegenfieberten; man könne es kaum mehr erwarten. Und dem Himmel sei Dank für das herrliche Wetter, genau das richtige für eine Hochzeit; sie hätten schon befürchtet, es würde heute regnen.

Träume ich oder wache ich? fragte sich Julianne. Worüber lachen alle diese Menschen? Glauben sie immer

noch, daß heute abend eine Hochzeit stattfindet? Wenn ja, dann wird es ein böses Erwachen geben.
Isabelle nahm Juliannes Arm und geleitete sie durch den Salon zu der großen Glastür, die auf den Garten führte.
»Nun können Sie wählen«, sagte sie. »Wie Sie wissen, ist es Brauch, daß sich Braut und Bräutigam an diesem traumhaften Tag bis zur Trauung nicht sehen.«
Julianne schaute sich im Salon um. Elegant gekleidete Damen und Herren tranken Tee und plauderten lebhaft inmitten all der Blumen und kostbaren Dekorationsstücke. Musik hallte von der Galerie herab. Die bodenlangen Vorhänge flatterten sanft in der Frühlingsbrise. Es schien wirklich ein traumhafter Tag zu sein.
»Deshalb hält sich Michael im Garten auf«, fuhr Julianne fort und wies nach draußen. »Und Kimmy bleibt hier.« Sie deutete auf den hinteren Teil des Salons.
Und dort saß Kimmy auf einem Brokatsofa, umgeben von Hochzeitsgästen, die ihr schmeichelten und heftig auf sie einredeten. Obwohl es warm war, hatte sie eine weiße Stola um die Schultern gelegt. Ihre blauen Augen blickten gehetzt umher, ihre Wangen wirkten eingefallen, und das Lächeln in ihrem Gesicht hatte etwas Maskenhaftes. Sie wirkte inmitten dieser festlichen Umgebung wie ein Häufchen Unglück.
Nun, wenigstens war sich Kimmy der Absurdität der Situation bewußt.
»Und die Gäste pendeln zwischen den beiden hin und her«, plauderte Julianne munter weiter. »Wo also möchten Sie anfangen – drinnen oder draußen?«
Julianne deutete mit dem Kinn in Kimmys Richtung.

»Die Braut macht einen etwas verstörten Eindruck. Finden Sie nicht?«
»Das sind die Nerven«, meinte Isabelle mit einer wegwerfenden Handbewegung. »Normalerweise ist sie durch nichts zu erschüttern. Aber heute ist sie ein richtiges Nervenbündel. Komisch, nicht wahr?«
Ganz offensichtlich wußte Isabelle nichts von dem Zerwürfnis gestern abend. Wann wollte Kimmy damit rausrücken? Bevor sie die Kirche betrat oder wenn sie schon vorm Traualtar stand?
Julianne sagte, sie wolle zuerst Michael sehen; Kimmy wirke im Augenblick so beschäftigt. Die Brautmutter winkte einen weißgekleideten Butler herbei, der ihr den Weg zum Rosengarten zeigen sollte.
Der junge Mann in weißer Livree schritt stumm vor Julianne her, hinaus auf die Terrasse, vorbei am Swimming-pool bis hin zu dem weitläufigen Rosengarten. Etwa hundert Gäste speisten an weißen Picknicktischen, die von Obst- und Blumenkörben überquollen. Kellner und Kellnerinnen schoben Teewagen mit köstlichem Brot und Gebäck, Säften und allen erdenkbaren Köstlichkeiten umher. Und über all dem wölbte sich ein prächtiger Frühlingshimmel mit weißen Wolkentupfern – wie bestellt, um das Fest vollkommen zu machen.
Michael saß am Kopfende des hintersten Picknicktisches. Auch er war von Gästen umringt, die ihm auf die Schulter klopften und ihm die Hand schütteln wollten. Er wirkte völlig verloren, genauso wie Kimmy, und es war schwer zu sagen, wer von beiden elender aussah. Vor ihm stand ein gefüllter Teller, von dem er kaum ge-

gessen hatte, obwohl er ständig mit der Gabel darin herumstocherte. Er blickte auf, als sie ihn gerade entdeckt hatte. Julianne winkte ihm, ihr zu folgen. Er entschuldigte sich bei seinen Tischnachbarn – entfernten Verwandten von Kimmy aus Montreal – und stand auf.

Julianne trat hinter ein Zelt, in dem Reservetische und Stühle, Tischdecken und Gläser gestapelt waren.

»Eine tolle Party, um eine Hochzeit abzusagen«, meinte sie zur Begrüßung.

»Sie hat es noch nicht bekanntgegeben«, sagte er verzweifelt. »Ich bin hergekommen, um mich zu stellen. Ich wollte mich nicht wie ein Feigling davonstehlen. Aber als ich hier eintraf, stieß ich auf lauter strahlende Gäste. Und ihre Eltern waren so glücklich ...«

»Was haben sie gesagt?«

»Sie sagten: ›Du siehst aber nervös aus‹ und fanden das auch noch amüsant.«

»Was hast du erwidert?«

»Ich meinte: ›Bin ich auch.‹«

»Und was haben sie daraufhin gesagt?«

»Ich solle den Kaviar probieren.«

Julianne rang die Hände. »Und was dann?«

»Nun, ich hab ihn halt probiert.«

»Wen?«

»Na, den Kaviar. Schmeckt wirklich nicht schlecht.«

»Also gut«, sagte Julianne, bemüht, die Lage in den Griff zu bekommen. »Ich glaube, wir sind dabei, den Faden zu verlieren.« Sie sah ihn prüfend an und konnte dabei ihre eigene Panik kaum verbergen. Was, wenn er nun die Hochzeit durchzog, weil er sich von der allgemeinen Stimmung mitreißen ließ?

Sie legte ihm die Hand auf die Schulter. »Michael«, sagte sie so energisch, wie sie nur konnte, »ich glaube, du bist völlig durcheinander.«
Er nahm einen Klappstuhl aus dem Zelt und ließ sich darauf sinken. Sie folgte seinem Beispiel, und so saßen sie sich jetzt gegenüber.
»Um sechs Uhr findet eine Hochzeit statt«, sagte sie, weit zu ihm vorgebeugt. »Hast du seit gestern abend deine Meinung geändert? Willst du Kimmy doch heiraten?« Mit angehaltenem Atem wartete sie auf seine Antwort.
»Ich habe einen Entschluß gefaßt.«
Sie fuhr mit der Hand durch ihr noch feuchtes Haar und sandte ein kleines Stoßgebet zum Himmel.
»Es ist aus«, sagte er knapp und erhob sich.
Sie atmete erleichtert auf.
»Ich sag's ihnen jetzt«, verkündete er mit fester Stimme. »Aber erst möchte ich, daß du nachsiehst, wie's ihr geht«, fügte er hinzu.
Julianne schaute weg und wußte nicht, was sie von dieser Bitte halten sollte. Er wollte definitiv mit Kimmy brechen und vorher wissen, daß es ihr gutging. Das ergab keinen Sinn, aber was sollte sie tun? Abschlagen konnte sie ihm die Bitte nicht, denn damit hätte sie sich verdächtig gemacht. »Okay«, sagte sie und stand auf. »Ich bin gleich zurück.«
Im Haus stieß sie auf Isabelle, die ihr mitteilte, daß Kimmy zuletzt in der Küche gesehen worden sei.
Es war nicht schwer, die Küche zu finden, die durch Schwingtüren mit dem Eßbereich verbunden war. Es war die größte aller Küchen, die Julianne je gesehen hat-

te, und das waren nicht wenige. Die Küche im La Cirque zum Beispiel war nichts gegen diese hier. Man hätte sich in einer mittelalterlichen Schloßküche wähnen können, nur daß sie mit den neuesten Errungenschaften ausgestattet war. Die Schränke waren mit dunklem Holz verkleidet, Kupfertöpfe und -pfannen hingen an Haken von der Decke. An einer Wand standen mehrere begehbare Eis- und Tiefkühlschränke.

Im ganzen Raum herrschte emsiges Treiben. Aushilfsköche schnippelten, würfelten, hackten die verschiedensten Zutaten, während Teams von Zulieferern weitere Kisten und Schachteln heranschafften. Weinkartons wurden vor der Tür gestapelt, und der Bäcker zog Bleche mit Torten und Pasteten aus dem Ofen. Bei dem Geruch von frischgebackenem Brot begann Juliannes Magen zu knurren, und ihr fiel ein, daß sie noch gar nichts gegessen hatte.

Kimmy stand verloren inmitten all diesen Trubels. Als sie Julianne bemerkte, griff sie hilfesuchend nach ihrem Arm.

»Sieh dir diese Köstlichkeiten an, Jules«, sagte sie. »Mit soviel Liebe zubereitet, und jetzt wird alles verderben.« Nur mühsam konnte sie ein Schluchzen unterdrücken.

»Keine Sorge. Es wird trotzdem gegessen«, meinte Julianne und stibitzte ein Lachsbrötchen. »Schon mal bei einem Leichenschmaus gewesen?«

Kimmys Unterlippe begann zu zittern. So hatte sie sich ihre Hochzeit nicht vorgestellt. Schon als ganz junges Mädchen hatte sie sich diesen Tag ausgemalt. Nicht einmal im Traum hätte sie sich vorgestellt, daß sie kurz vor diesem großen Ereignis in der Küche stehen und sich

Gedanken über vergeudetes Essen machen könnte. In den Liebesromanen, die sie als Teenager gelesen hatte, war so etwas nicht vorgekommen. Da hatte die Prinzessin ihren Märchenprinzen am Ende immer gekriegt und war mit ihm auf einem Schimmel – oder in einer pinkfarbenen Korvette wie bei Barbie und Ken – im Abendrot entschwebt.

Irgendwo fiel ein Tablett mit Besteck auf den Boden, und Kimmy zuckte zusammen. Für einen Augenblick ruhte die Arbeit in der Küche; alles lachte, pfiff und applaudierte.

Kimmy, für die der Lärm unerträglich war, zog Julianne in die begehbare Fleischvorratskammer, den derzeit ruhigsten – und kältesten – Raum im ganzen Haus.

Drinnen waren nur zwei Metzger – der Meister mit seinem Gehilfen –, die irgendein Fleisch in Würfel schnitten.

»Würden Sie uns einen Augenblick allein lassen?« fragte Julianne.

Die beiden Männer zwinkerten sich zu. War die eine nicht die Braut? Was zum Teufel hatte sie mit dieser langbeinigen Rothaarigen in der Fleischkammer zu suchen? War das hier vielleicht ein heimlicher Lesbentreff?

Kimmy zog ihre Stola noch fester um die Schultern und winkte den Männern zu gehen.

So sind sie, die Reichen, dachte der Metzgermeister und schüttelte mißbilligend den Kopf.

»Wir möchten mit unserem Schwein allein sein«, fügte Julianne hinzu.

Je reicher, desto verrückter, dachte der Gehilfe, der seinem Boß nur widerstrebend nach draußen folgte. Er hätte zu gern gewußt, was die beiden Frauen jetzt trieben.

Als die Männer fort waren, ließ sich Kimmy mit einem Seufzer auf einem Stapel gefrorener Perlhühner nieder. Sie blickte mit großen tränenfeuchten Augen zu Julianne auf. »Wie geht es ihm?« fragte sie, und kleine Atemwölkchen bildeten sich vor ihrem Mund.

»Wem?« fragte Julianne, die Hände in die Hüften gestemmt. »Dem Kerl, der dein Leben ruiniert?«

»Das alles muß sehr, sehr ... schwer für ihn gewesen sein.« Kimmy verschränkte fröstelnd die Arme vor der Brust. »Er ist gestern abend fast übergeschnappt. Wie kann er glauben, mein Vater und ich würden so etwas tun?«

»Was hat Walter gesagt?«

»Ach, ich konnte es ihm einfach nicht sagen«, antwortete Kimmy. »Ich hoffe immer noch – na ja, wohl auf ein Wunder.« Sie zuckte die Achseln, so als wisse sie zwar, daß es lächerlich war, aber trotzdem die Hoffnung nicht aufgeben könne. »Wenn ich nur verstehen könnte, was plötzlich in ihn gefahren ist.« Todtraurig starrte sie auf ihre Hände, die jetzt gefaltet in ihrem Schoß lagen.

Irgend etwas mußte Julianne sagen. »Ich habe Psychologie nur im Nebenfach studiert, weißt du, aber vielleicht kann sich Michael letztendlich doch nicht binden, wollte es aber vor sich selbst nicht zugeben und ...«

Kimmy hing an ihren Lippen, aber Julianne wußte nicht, wie sie ihren Faden weiterspinnen sollte. Alles, was ihr in den Kopf kam, hätte irgendwie lächerlich geklungen.

»Vielleicht ein Wahn, der eine Bewußtseinstrübung ausgelöst hat, und hm ...« Sie nagte an der Unterlippe und gab dann mit einem Achselzucken auf. »Vom Essen verstehe ich mehr«, gestand sie und setzte sich neben Kimmy. »Also, nehmen wir mal an, du wärst Michael. Und du sitzt in einem schicken französischen Restaurant.«

Kimmy nickte.

»Du bestellst als Nachtisch eine Crème brûlée«, fuhr sie sehr viel zuversichtlicher fort. Kulinarische Metaphern waren ihre Spezialität. »Sie ist köstlich. Wunderbar angerichtet. Einfach perfekt.« Julianne deutete auf Kimmy, die wieder nickte.

»Plötzlich aber wird Michael klar, daß er gar keine Crème brûlée will. Er will was anderes.«

Kimmy hörte aufmerksam zu. »Was möchte er denn?«

»Wackelpudding.«

»Wackelpudding?« fragte Kimmy. »Warum denn Wackelpudding?«

»Weil er Wackelpudding mag.« Julianne sprang auf und lief vor Kimmy auf und ab. »Wackelpudding ist lustig, ist cool, er wackelt, gibt ihm ein Gefühl von ...« Sie suchte nach dem treffenden Wort. »Von Sicherheit. Verglichen mit der Extravaganz einer Crème brûlée ist es natürlich nichts als ... Wackelpudding.« Sie zuckte die Achseln und verschränkte die Arme vor der Brust. »Aber vielleicht ist es das, was er wirklich will.«

Kimmy stand auf und ergriff Juliannes Arm. »Ich kann auch Wackelpudding sein«, rief sie gefühlvoll aus.

Julianne schüttelte energisch den Kopf. »Kannst du nicht. Crème brûlée kann niemals Wackelpudding sein.«

»Ich muß aber Wackelpudding sein.« Tränen traten Kimmy in die Augen.

»Tut mir leid, Kimmy, aber es führt kein Weg dahin, daß du jemals Wackelpudding bist.« Julianne wollte über den Fall Crème brûlée contra Wackelpudding nicht länger debattieren – die Sache war entschieden. Niedergeschlagen ließ sich Kimmy wieder auf den Stapel gefrorener Perlhühner sinken.

Julianne beugte sich zu ihr herab. »Wann willst du deinen Eltern reinen Wein einschenken? Oder willst du bis zum Jawort warten?«

Kimmy saß nur da und schüttelte traurig den Kopf. »Siehst du denn nicht, daß es alles nur meine Schuld ist?«

Diese Frage machte Julianne stutzig. Was wollte sie damit sagen? Wenn es irgend jemandes Schuld war, dann ihre – Juliannes.

»In welchen Wahn ich ihn auch getrieben habe und was immer er von mir denkt – etwas Wahres ist dran. Schließlich *will* ich ja insgeheim, daß er für meinen Vater arbeitet. Ich *will* weiter zum College gehen. Ich *will* ein eigenständiges Leben!« Sie hatte ganz offensichtlich ein schlechtes Gewissen, das zu wollen, was jeder normale Mensch wollte.

Kimmy machte es Julianne immer schwerer. Nicht daß sie hätte aufhören können; dazu stand zu viel auf dem Spiel. »Du weißt doch, wie viele Paare einfach nicht zusammen passen«, fuhr sie wenig überzeugend fort. »Es ist immer von unvereinbaren Gegensätzen die Rede. Darum ist es besser, daß du es jetzt schon erkennst und nicht den Scheidungsanwalt bemühen mußt.«

»Ich liebe ihn«, sagte Kimmy schlicht, als wäre es das einzige auf der Welt, was wirklich zählte. Sie wirkte so verletzlich und unerschütterlich zugleich und blickte flehend zu Julianne auf. »Sag ihm, daß es meine Schuld ist. Und daß ich ihn liebe«, flüsterte sie.

Ein langer Augenblick des Schweigens folgte.

Es war unmöglich, von diesen Worten unberührt zu bleiben.

Schließlich hob Julianne beide Hände. Wackelpudding hatte sich vor Crème brûlée zu beugen. »Ich bin gleich wieder da«, sagte sie und ging.

Sie lief zurück in den Rosengarten, wo Papa Joe ihr sagte, daß Michael sie am Tennisplatz erwarte. Papa Joe sah bedrückt aus. Er konnte nicht verstehen, warum sich sein Sohn heute morgen so sonderbar aufführte. Offensichtlich wußte Julianne, was los war, aber er wollte nicht indiskret sein, und so stellte er keine Fragen. Er schaute ihr nach, als sie zum Tennisplatz hinüberschlenderte, wobei ihr langes Haar im Winde flatterte.

Der Tennisplatz war zu einem Lager von Hunderten weißer Luftballons umfunktioniert worden. Eine riesige Plastikfolie war über den Zaun gespannt, unter die die Ballons geschoben wurden. Scott und zwei Collegefreunde waren dabei, die Ballons mit Helium zu füllen, und machten sich einen Spaß daraus, quietschende Mickey-Mouse-Geräusche mit den Gasschläuchen zu erzeugen. Sie brüllten und johlten, als sie Julianne erblickten, die ihnen als Publikum gerade recht kam.

Michael sah ihnen teilnahmslos zu. »Wie geht es ihr?« fragte er Julianne mit lauter Stimme, um die schrillen Schreie der Halbwüchsigen zu übertönen.

»Wie geht es ihr?« tönte es als Echo von Scott und seinen Kumpels zurück.
»Jetzt ist aber Schluß!« rief Julianne, die nicht zum Scherzen aufgelegt war.
»Yes, Sir!« Scott schlug kichernd die Hacken zusammen.
Julianne drohte ihm mit der Faust.
»Also, was hat sie gesagt?« Das Flehen in Michaels Stimme drang ihr wie ein Messer ins Herz.
Sie preßte verzweifelt die Lippen aufeinander. »Sie gibt zu, daß alles ihre Schuld ist«, sagte sie schließlich. »Voll und ganz und unverzeihlich ihre Schuld.«
Er nickte nachdenklich. »Glaubst du, sie liebt mich noch?«
Eine verflixte Frage! Sein Schicksal lag in ihren Händen. »Nun, Liebe ist ... ein großes Wort, und ich weiß nicht, ob ich die Richtige bin, das zu beurteilen«, sagte sie ausweichend. Wie sehr sie sich wünschte, ihm einfach etwas vorlügen zu können! Aber es ging hier um Michael, den Mann, den sie zu lieben glaubte. Sie konnte ihn nicht noch mehr verletzen, als er schon verletzt worden war. »Doch ich glaube, es wäre nicht abwegig, zu behaupten, daß sie gewisse Gefühle ... na ja ...« Sie zuckte die Achseln. »Natürlich liebt sie dich; sie ist verrückt nach dir.«
»Ich frage mich immerzu, wie es dazu hat kommen können.« Michael seufzte und fuhr sich mit der Hand durchs Haar. »Und die Antwort ist jedes Mal dieselbe: Ich kann es mir nicht erklären. Und es spielt auch keine Rolle. Ich habe sie dazu getrieben, weil alles nur nach meiner Nase gehen sollte. Und selbst wenn sie etwas

Gemeines und Unfaires getan hat, dann doch nur aus Liebe, oder?«

»Das rechtfertigt die Sache aber nicht«, gab Julianne zurück.

»Die Liebe bedarf keiner Rechtfertigung«, beharrte Michael. »Sie muß einfach nur *Liebe* sein.«

Scott und seine Freunde stimmten aus voller Kehle »All You Need is Love« von den Beatles an.

»Sie soll ihr ganzes vorheriges Leben für mich aufgeben.« Michael mußte fast schreien, um sich bei dem lauten Gegröle verständlich zu machen. »Und ich meckere, weil es ihr schwerfällt.«

»Love, love, love!« tönte es vom Tennisplatz her.

»Sag ihr, daß ich sie immer noch um sechs heirate, wenn sie mich noch haben will.«

Der Song endete mit einer hohen Note.

Julianne hob einen Finger und deutete zum Himmel. »Bin gleich wieder da«, sagte sie und war schon verschwunden.

Sie rannte durch den Garten ins Haus. Das darf nicht sein, sagte sie sich immer wieder. Das darf einfach nicht sein. Als sie Kimmy oben neben der Orgel entdeckte, rannte sie die Stufen empor. Die Orgelspielerin schien gerade eine Pause zu machen, denn Kimmy war allein auf der Galerie.

Allein in einem Meer von Hochzeitsgeschenken, die fast bis zur Decke reichten. Die Galerie schien als zeitweiliger Lagerplatz für die Hochzeitsausbeute zu dienen. Überall Schachteln zu Türmen hochgestapelt, die zu kippen drohten. Die meisten waren noch nicht ausgepackt, und Julianne konnte nur ahnen, wie viele Kristallvasen, silberne Kerzenleuchter, ganz zu schweigen von Toastern und Bilderrahmen nur darauf warteten, umgetauscht zu werden.

Kimmy stand im Schatten des Geschenkeberges neben der Orgel und spielte geistesabwesend mit den Schleifen einer Geschenkschachtel. Sie wollte sich offenbar verborgen halten, aber als sie Julianne auf dem Treppenabsatz entdeckte, eilte sie ihr entgegen und ergriff ihre Hand. »Was hat er gesagt?« wollte sie wissen. Ihre Hände waren feucht vor Aufregung.

Ihr Blick war so treuherzig, so erwartungsvoll, daß Julianne es nicht übers Herz brachte, ihr etwas vorzulügen. »Er hat gesagt: ›Heirate mich.‹«

Kimmy schrie verzückt auf und warf sich vor Freude mit solcher Wucht Julianne um den Hals, daß beide das Gleichgewicht verloren und auf die Tasten der Orgel fielen, worauf der ganze Raum von einem ohrenbetäubenden Mißakkord widerhallte und ein Stapel mit Geschenken polternd zu Boden fiel.

Unten im Festraum stießen einige der Gäste laute Schreie aus, andere verschütteten Saft oder ließen ihr Besteck fallen. Alle Blicke waren auf die Orgel gerichtet; unzählige Finger deuteten auf die beiden jungen Frauen.

Kimmy nahm keine Notiz davon; sie hatte nicht einmal den Krach gehört oder das Tohuwabohu der Geschenke zu ihren Füßen wahrgenommen. Sie war wahnsinnig vor Glück, hüpfte lachend umher und klatschte in die Hände.

Da hatte sie nun ihr Wunder, und das verdankte sie vor allem ihrer wunderbaren neuen Schwester. Sie umarm-

te sie fest und küßte sie auf die Wange. Sie versprach ihr ein neues Auto. Wie konnte sie ihr je ihre Hilfsbereitschaft vergelten?
Darüber solle sie sich keine Sorgen machen, meinte Julianne und befreite sich aus der Umarmung. »Ich bringe dem Bräutigam jetzt die gute Nachricht«, sagte sie und rannte die Treppe hinab.
Unten traf sie auf Isabelle, die wissen wollte, ob alles in Ordnung sei. Julianne aber ließ sich auf keine langen Diskussionen ein. »Alles unter Kontrolle«, rief sie im Vorübergehen und eilte schon zur Tür hinaus.
Bei diesem endlosen Hin und Her wurde ihr fast übel – oder fühlte sie sich nur deshalb so elend, weil sie erkannte, daß ihr Kartenhaus vor ihren Augen zusammenstürzte?
Michael lief vor dem Tennisplatz auf und ab. Julianne faßte ihn beim Arm, und sie schlenderten gemeinsam über einen Kiesweg zu einem atemberaubend schönen Teich, den Trauerweiden säumten.
»Okay, Michael, Kimmy hat deinen Antrag noch einmal angenommen.«
Er stieß einen Seufzer der Erleichterung aus, doch plötzlich wurde er nachdenklich. In den letzten vierundzwanzig Stunden war zu viel geschehen. Ihm war, als wäre er die ganze Zeit auf einer Gefühlsachterbahn gefahren und wüßte nicht mehr so recht, was er eigentlich empfand. Er war so mit sich selbst beschäftigt, daß er gar nicht bemerkte, daß Julianne einem Nervenzusammenbruch nahe war.
Hätte er wie Kimmy einen Freudentanz aufgeführt, so wäre Julianne wortlos gegangen. Aber das tat er nicht.

Und sie konnte nicht erkennen, ob er nun glücklich war oder nicht. Ob er Kimmy wirklich wollte oder nicht. Gab es vielleicht noch eine Chance für sie, Julianne?
Sie fühlte, wie ihr der Schweiß auf die Stirn trat und ihr Atem stockend ging, sofern sie überhaupt noch atmete. Der Verlauf der Ereignisse hatte sie unheimlich mitgenommen, und ihr wurde klar, daß ihr nur noch eine Möglichkeit blieb – und zwar die, vor der sie sich das ganze Wochenende über gedrückt hatte.
Die Wahrheit.
Nichts hatte bisher funktioniert, und ihr blieb nicht mehr viel Zeit. Schon in wenigen Stunden würde es zu spät sein. Es ging ums Ganze, jetzt oder nie. Spuck's aus, oder halt für immer den Mund, sagte sie sich. Aber würde sie die richtigen Worte finden?
»Ein Glück, daß du hier warst«, sagte Michael mit hängendem Kopf.
»Hm ... ja«, murmelte sie und rang die Hände.
»Ich war so durcheinander«, fuhr er fort, »so wankelmütig, so unsicher. Ich weiß nicht, was geschehen wäre, wenn du nicht dagewesen wärst.«
»Na ja, ich bin ja immer noch hier.«
Sie schlenderten über eine riesige Rasenfläche, die jetzt als zusätzliche Parkmöglichkeit für diverse Privatautos und Lieferwagen diente, welche auf der Zufahrt zum Haus keinen Platz mehr gefunden hatten. Ein Florist lud gerade einen riesigen Strauß rosa Pfingstrosen aus.
»Wenn ich bedenke, daß ich um ein Haar alles hingeschmissen hätte«, sagte Michael.
»Deine einzige Chance, glücklich zu werden?« fragte sie

in der Hoffnung, daß er protestieren würde, daß er den Kopf schütteln und sagen würde, nein, Julianne, du bist meine einzige Chance, glücklich zu werden. Aber das tat er natürlich nicht.

»Ja, genau.« Michael lächelte.

»Das darfst du nicht tun. Es wäre ein teurer Einkauf, wie es im Sportbusineß heißt.« Was zum Teufel erzählte sie da?

Michael sah sie verständnislos an. Ihre Reaktion war äußerst befremdlich. »Bist du okay?« fragte er ernsthaft besorgt.

Sie blieb stehen und blickte zur Seite, außerstande, ihm in die Augen zu sehen. Ringsum wimmelte es von Angestellten, die Stühle stapelten und Tische umherschleppten. Wie eine Ameisenhorde liefen sie umher, um das große abendliche Fest vorzubereiten. Es war, als würde eine Naturkraft sie bewegen und die Hochzeit vorantreiben ... und kaum einer würde die Ereignisse noch aufhalten können.

Sie standen im Schatten eines Baumes, der so beschnitten war, daß man deutlich die Form eines White-Sox-Baseballschlägers erkennen konnte. Er war fast fünf Meter hoch und wirkte irgendwie fehl am Platz in dem ansonsten naturbelassenen Garten. Sie deutete auf das grüne Standbild.

Michael nickte. »Walter ist wirklich ein besessener Baseballfan.«

Und ich bin besessen von dir, dachte Julianne, während sie ihren Weg fortsetzten. Sie hatte am anderen Ende des Teiches ein kleines Pavillon entdeckt, das im Stil der viktorianischen Ära erbaut worden war. Zu jener

Zeit war solch ein Gebäude der einzige Ort gewesen, wo ein junges Paar allein beisammen sein konnte.

Julianne nahm Michael bei der Hand und führte ihn die Stufen zum Pavillon hinauf. »Wir müssen miteinander reden«, sagte sie.

»Was gibt's denn?« fragte er.

»Scht«, flüsterte sie und legte ihm den Finger auf die Lippen. Sie schaute so seltsam zu ihm auf, daß er sich betroffen fragte, was sie wohl auf dem Herzen hatte. Doch die Intensität ihres Blickes versetzte ihn beinahe in Trance. Und plötzlich hatte er das ungute Gefühl, daß es nichts Angenehmes war, was er gleich zu hören bekommen würde. Vielleicht etwas im Zusammenhang mit Kimmy, das sie ihm noch nicht gesagt hatte? Ein kühler Lufthauch, der durchs Gebüsch fuhr, ließ ihn erschauern, obwohl die Sonne schien.

Julianne fühlte den Schauer, der seinen Körper durchrieselte. Sie standen dicht beieinander, und sie atmete den frischen, männlichen Geruch ein, der von seiner Kleidung ausging.

»Ich muß es ganz schnell sagen«, erklärte sie, seine beiden Hände fest in den ihren. »Sonst kriege ich einen Herzinfarkt, und du wirst es nie erfahren. Verstehst du, was ich meine?«

»Was ist es denn, Jules?« Michael drückte fest ihre Hände. »Sag's mir doch.«

»Es ist das Blödeste, was ich im Leben je getan haben werde«, sagte sie mit einem Kopfschütteln. »So blöd, daß ich's nicht rausbringe. Ich glaube, ich schaff's nicht.« Sie ließ seine Hände los und schaute in seine verführerischen dunklen Augen. Und ihr wurde klar,

daß sie ihr Herz erleichtern mußte, hier und jetzt, sonst würde sie es ihr Leben lang bereuen.
Sie legte ihm die Hände auf die Brust. »Ich liebe dich, Michael.« Unter ihren Händen fühlte sie sein Herz schlagen. »Seit neun Jahren liebe ich dich, doch ich war zu stolz oder ängstlich, es vor mir selbst zuzugeben. Jetzt bin ich nur noch ängstlich.«
Michael blieb der Mund offenstehen. Er war wie vom Blitz getroffen.
Julianne rückte noch ein wenig näher an ihn heran. Jetzt, da sie den ersten Schritt gewagt hatte, faßte sie wieder ein wenig Mut. »Ich weiß, daß dies der unpassendste Augenblick ist«, sagte sie, die Hände ringend, »aber ich habe diesen einen wirklich riesigen Wunsch, okay?«
Sie nagte an der Unterlippe und blickte zu Boden. Dann nahm sie den letzten Rest ihres Mutes zusammen und atmete tief durch. »Nimm mich. Heirate mich. Laß mich dich glücklich machen.«
Er wich einen Schritt zurück.
»Ich weiß, es klingt nach drei Wünschen«, sagte sie.
Seine Augen blickten sie zärtlich an, und sie hätte sich beinahe einreden können, daß sie sich nicht völlig lächerlich gemacht hatte. Beinahe. Aber das spielte alles keine Rolle. Wichtig war nur, daß sie ihn liebte. Und die einzige Frage war, ob er sie liebte.
Sie blickten einander an, und sie fühlte, wie sie sich in seinen Augen verlor. Ihr wurde fast schwindelig, so als hätte sich das Pavillon plötzlich zu drehen begonnen. »Und wenn man bedenkt ...« Sie schlang die Arme um seinen Hals und hob die Lippen an die seinen. Und

dann küßte sie ihn. Es war der schönste, der hingebungsvollste Kuß, den sie je einem Mann gegeben hatte. Es war eine Liebesgabe.

Ein Schrei riß Julianne aus ihren Träumereien.

Ein schriller, markerschütternder Schrei von irgendwoher, nicht weit hinter Juliannes Rücken.

Julianne fuhr herum, und da stand Kimmy, am Fuß der Treppe. Ihre Augen waren weit geöffnet, und sie hielt die Hand vor den Mund gepreßt, als wollte sie einen weiteren Schrei ersticken. Ihr ganzer Körper schien vor Entsetzen erstarrt zu sein, und ihre weiße Stola glitt zu Boden.

Mehrere Sekunden verstrichen, dann wandte sie sich um und rannte, mit den Armen wild in der Luft fuchtelnd, über den Rasen davon.

Michael sprang die Stufen hinunter und jagte, dicht gefolgt von Julianne, hinter ihr her.

Und so rannten sie alle drei, jeder aus vollem Halse schreiend, am Teich und am Tennisplatz, am Rosengarten, am Swimmingpool vorbei aufs Haus zu. Julianne schrie Michaels Namen, Michael schrie Kimmys Namen, und Kimmy schrie nur, schrie und schrie.

Die Angestellten, die gerade die Tische und Stühle für den Abend aufstellten, hielten inne, um das Schauspiel zu betrachten.

Auch die Damen und Herren, die auf der Terrasse des Herrenhauses speisten, ließen erstaunt Messer und Gabel sinken.

Und auch Isabelle und ihre drei blauhaarigen Freundinnen vom Chicagoer Kunstverein trauten ihren Augen nicht. Isabelle erhob sich vom Tisch und sah ihre Toch-

ter, gefolgt von ihrem Zukünftigen, über den Rasen sprinten.
Sie wurde stutzig, denn eigentlich sollten sich Braut und Bräutigam bis zur Trauungszeremonie nicht sehen. Aber der Jugend von heute waren die alten Traditionen offenbar gleichgültig.
»Ein reizendes Paar«, bemerkte Mrs. Applewhite, deren Gatte Vorstandsvorsitzender der städtischen Raffinerien war. »Und so sportlich!«
Alle am Tisch nickten zustimmend.
In diesem Augenblick tauchte Julianne auf, die, Michaels Namen kreischend, über den Rasen gerannt kam. Mrs. Applewhite sah zunächst Mrs. Grady, dann Isabelle verständnislos an.
Isabelle zwinkerte. Sie hätte wirklich ihre Brille aufsetzen sollen, doch sie fand, daß ihr Brillen nicht standen. Sie beschattete ihre Augen mit der Hand. »Oh, das ist unsere Trauzeugin.«
Die Damen schienen sich zu fragen, warum die Trauzeugin hinter Braut und Bräutigam herrannte.
»Sie ist aus New York«, erläuterte Isabelle.
New York, das erklärte natürlich alles. Zufrieden mit dieser Erklärung, setzten die Damen ihr Gespräch über die kommende Frühjahrsmode fort.
Inzwischen war Kimmy bei ihrem Kabrio angelangt, sprang hinein und jagte, bevor Michael sie aufhalten konnte, mit quietschenden Reifen davon. Sie brauste die Auffahrt hinunter, daß der Kies aufspritzte, und war schon bald außer Sichtweite. Es war unmöglich, sie einzuholen, nicht bei diesem Vorsprung und ihrer berühmt-berüchtigten Fahrweise.

Trotzdem, er mußte es versuchen, er mußte sie abfangen und ihr alles erklären!
Michael sprang in seinen Leihwagen und warf den Motor an, ohne zu merken, daß Julianne dicht hinter ihm war. Er hörte nicht, daß sie seinen Namen rief, und es hätte auch nichts geändert, wenn er's gehört hätte. Er konnte an nichts anderes denken als an Kimmy und ihren markerschütternden Schrei. Sie war wie ein wildes, verletztes Tier, und es war seine Schuld. Und mit dem Bewußtsein, daß er ihr so sehr weh getan hatte, glaubte er nicht leben zu können. Er durfte sie nicht verlieren, er durfte es einfach nicht.
»Michael!« schrie Julianne, so laut sie konnte. »Bleib! Du kannst sie nicht einholen!«
Kies sprühte auf, als Michael Gas gab, und Julianne mußte sich ducken. Ein paar Meter rannte sie seinem Wagen noch nach. »Ihr Vorsprung ist viel zu groß! Und sie fährt wie der Teufel!« Aber alles Schreien war vergebens.
Michael war längst auf der Straße.
Julianne brauchte einen fahrbaren Untersatz, einen schnellen dazu, aber zuerst einmal brauchte sie Luft. Sie hatte Seitenstechen vom Rennen, und so mußte sie mehrmals tief ein- und ausatmen.
Ohne darauf zu achten, wohin sie trat, stieß sie gegen einen der Lieferwagen. Sie sah zum Fenster hinein in der Hoffnung, daß der Schlüssel in der Zündung steckte. Nein, kein Glück!
Auch der Wagen des Fleischers und der vom Party Service war abgesperrt. Sie rüttelte am Türgriff und versuchte die Tür gewaltsam zu öffnen. Nichts!

»Herrgott! Läßt denn niemand mehr den Schlüssel stecken? Hat den niemand mehr Vertrauen?« schimpfte sie auf den Rest der Welt.
Plötzlich hielt sie inne und lauschte. Ganz in der Nähe lief ein Motor. Das Geräusch kam vom Brotlieferwagen! Mit einem Satz war sie auf dem Fahrersitz, legte den Gurt an und fuhr los.
Sie hatte noch nie einen Lieferwagen gefahren und hatte anfangs Schwierigkeiten mit der Kupplung und der schwerfälligen Lenkung. Sie wünschte, sie hätte einen anderen Wagen gestohlen, einen Land Rover zum Beispiel oder einen BMW. Doch ihr blieb keine Zeit, sich ein wendigeres Fahrzeug auszusuchen, und so mußte sie mit diesem lahmen Brotwagen vorliebnehmen.
Ein paar Häuserblocks vor ihr bog Michael links ab. Dann waren seine Rücklichter nicht mehr zu sehen.
Sie trat das Gaspedal bis zum Anschlag durch und stand dabei praktisch senkrecht, während sie mit aller Kraft das Lenkrad drehte. Auf zwei Rädern ging der Wagen in die Linkskurve. Brotlaibe, die auf der rechten Seite aufgestapelt waren, purzelten aus ihren Regalen. Ein Croissant segelte an ihrem Kopf vorbei.
Sie entdeckte Michaels Wagen weiter vorne und hielt das Gaspedal nach wie vor durchgedrückt. Der Lieferwagen gab ein seltsames Husten von sich, und sie fand, daß es irgendwie verbrannt roch, vielleicht nach Gummi. Trotzdem glaubte sie, mit Michael mithalten zu können, vorausgesetzt, er machte keine abrupten Brems- und plötzlichen Wendemanöver.
Die einzige Frage war: Wohin fuhr er?

9. Kapitel

Glorious Gotham Books zählte zu den Topbuchhandlungen von Manhattan. Im Herzen von New Yorks ultratrendigem, ultraschickem, ultrateurem Greenwich Village gelegen, war das »GG« in der ganzen Welt bekannt und erinnerte an die Tage, als junge abgebrannte Künstler, Schriftsteller und Musiker es sich noch leisten konnten, in diesem Viertel zu leben. Seit den späten dreißiger Jahren war das »GG« Treffpunkt der Berühmtheiten von morgen gewesen: Journalisten, Herausgeber und Fotografen trafen hier allabendlich zusammen, um sich zu informieren, was in der Verlagswelt gerade so los war, oder um ihre eigenen Werke zu signieren. Außerdem hatte das »GG« den Ruf, die besten Verlagspartys von ganz New York zu schmeißen. Hemingway soll hier einmal sturzbetrunken den Eigentümer der Buchhandlung verprügelt haben, und Max Perkins, der berühmte Lektor, hatte seine Autoren (darunter F. Scott Fitzgerald und Thomas Wolfe) zum »GG« geführt, damit sie ihre Bücher in den Schaufenstern bewundern konnten. Obwohl das alles Jahrzehnte zurücklag, war der Zauber jener glanzvollen Tage noch immer zwischen den staubigen Regalen und abgenutzten Ledersesseln zu spüren.

In den späten Fünfzigern wurde das »GG« um den benachbarten Laden erweitert und fungierte nacheinander

als Kaffeehaus, Bar, Zufluchtsstätte für Rauschgiftsüchtige, Pub, Weindepot und – seit neuestem – als Literatur-Café. Die Wände waren noch immer mit signierten, aber vergilbten Fotos von Schriftstellern tapeziert. Das Hinterzimmer roch nach Zigarettenqualm und alten, stockfleckigen Büchern. Doch nur wenige Touristen verließen das Village, ohne wenigstens einmal im »GG« gestöbert zu haben, und die meisten erstanden dabei ein Buch oder zwei.
George wohnte nur zwei Häuserblocks vom »GG« entfernt und verbrachte einen großen Teil seiner Zeit dort. Er frühstückte fast täglich im »GG«, nahm an Wochenenden dort sein Lunch ein und traf sich oft nach der Arbeit zu einem Drink mit Autoren oder Kollegen, um den neuesten Klatsch aus der Verlagswelt auszutauschen. Er hatte seinen Lieblingstisch in der hintersten Ecke und einen Kaffeebecher, auf dem mit rotem Nagellack sein Name geschrieben stand. Wenn er nicht zu Hause oder in Werners Wohnung war, traf man ihn am ehesten im »GG« an. Der Kassierer, ein Dichter namens Gretchen, nahm oft Anrufe für ihn entgegen.
An diesem Nachmittag aber hatte George einen geschäftlichen Grund, im »GG« zu sitzen und seinen gewohnten koffeinfreien Cappuccino mit Magermilch und ohne Zimt zu schlürfen. Einer seiner Autoren, Jonathan Peter Edward Rice, sollte aus seinem neuesten Werk *Corrosive Intersections* lesen. Es war kein Spitzentitel, aber eines von Georges Lieblingsbüchern im aktuellen Programm. Obwohl Rice ein ziemlich eingebildeter Fatzke war (Julianne hatte ihn den »Richard Simmons der Intellektuellen« genannt) und die Verkaufszahlen

nicht gerade berauschend waren, glaubte George an sein Talent.

Rice' erstes Buch, ein autobiographischer Roman über die Angst und den Ekel, hatte in den Buchhandlungen keinen besonderen Anklang gefunden. George aber hoffte auf bessere Rezensionen für dieses neue Werk, das mit erotischen Szenen gespickt war. Es kursierten Gerüchte, daß Michelle Collins, die beliebte Fernsehschauspielerin, an einer Verfilmung von *Corrosive Intersections* interessiert sei, vorausgesetzt, der Autor machte aus der Heldin seines Romans, einer sechzehnjährigen, in Schweden lebenden Asiatin, eine vierzigjährige Weiße in Palm Springs. Rice hatte zunächst verächtlich die Nase gerümpft, bis er erfuhr, daß bereits ein erstes Angebot mit einer sechsstelligen Honorarsumme vorlag.

»Ach, was soll's«, hatte Rice zu George gesagt, »das Buch wird davon ja unberührt bleiben.« Und George hatte natürlich nicht widersprochen.

Ein Film, selbst ein Fernsehfilm, konnte den Verkauf von *Corrosive Intersections* nur fördern. Seit dem Anruf von Michelle Collins' Agenten hatte sich Rice mit seinem Laptop und dem Taschenbuch *Wie schreibe und verkaufe ich mein Drehbuch* in seiner Wohnung eingesperrt. Diesen Ratgeber hatte er rein zufällig bei »GG« gekauft.

George traf vorzeitig zu der Lesung ein, nachdem er den Ein-Uhr-Zug auf Long Island genommen hatte. Er war braungebrannt und erschöpft, doch er betrachtete es als seine Pflicht, dafür zu sorgen, daß solche Veranstaltungen reibungslos abliefen. Eigentlich war die Presseabtei-

lung für Lesungen verantwortlich, aber George nahm die Dinge lieber selbst in die Hand.
Im »GG« angelangt, zog er sein Jackett aus, krempelte die Ärmel hoch und half Gretchen dabei, die Klappstühle aufzustellen. Für sich selbst reservierte er einen in der hintersten Reihe. Er schenkte den Wein aus und legte die Bücher bereit, die Jonathan signieren würde, denn sobald die Bücher signiert waren, konnten sie nicht an den Verlag zurückgegeben werden. (Dies war ein kleiner Trick, den alle Autoren bald entdeckten.)
George trug die große schwarze Tafel nach draußen vor die Tür und schrieb mit verschiedenfarbiger Kreide darauf:

NUR HEUTE! 17 UHR
JONATHAN PETER EDWARD RICE
liest aus
CORROSIVE INTERSECTIONS,
seinem neuen Roman,
erschienen bei Hartfort & Coles

Er legte den Kopf schief und betrachtete kritisch Wortlaut und Schrift. Buchlesungen waren eine kniffelige Sache und für den Autor oft peinlich, vor allem wenn die einzigen Zuhörer Buchhändler und ein oder zwei Vertreter waren. Mit blauer Kreide fügte George hinzu:

Kostenloser Wein!!!

Er rieb sich den Kreidestaub von den Händen und nickte zufrieden. So konnte nichts schiefgehen, dachte er und trat wieder in den Laden.

Zehn Minuten später traf der Autor ein. Es war ein Mann in mittleren Jahren mit Schmerbauch, struppigem Bart, Halbglatze und einem dünnen, langen Pferdeschwanz. Er trug khakifarbene Hosen, ein blaues Hemd und einen Kaschmirschal um den hochgeschlagenen Kragen seines Kaschmirmantels. Dazu eine randlose Brille.

George begrüßte seinen Autor mit einem kräftigen Händedruck, und Rice klagte sogleich, daß er soeben drei Buchhandlungen in der Upper West Side, wo er wohnte, besucht und nirgendwo sein Buch vorgefunden habe. Keiner von den hirnlosen Verkäufern habe je von *Corrosive Intersections* gehört. Die meisten Autoren, vor allem die, die noch nicht lange publizierten, hatten die unangenehme Angewohnheit, durch die Buchhandlungen zu streifen und sich dann bei den Lektoren zu beschweren, die nur wenig oder gar keinen Einfluß darauf hatten, welche Bücher in welche Buchhandlungen kamen. Doch wie immer erkundigte sich George nach dem Namen der Läden und schrieb sie auf, um den Autor zu beschwichtigen. Später würde George die Notiz in den Papierkorb werfen, aber fürs erste war Rice beruhigt.

»Da vorne ist der Stapel mit Büchern, die ich Sie bitten möchte zu signieren«, sagte George und führte Jonathan zu dem Tisch.

Die ersten Zuhörer trafen ein, und als Jonathan mit seiner Lesung begann, waren fast alle Stühle besetzt. George war zufrieden mit der Besucherzahl, wobei er fairerweise zugeben mußte, daß die meisten Leute im Publikum für Hartford & Coles arbeiteten oder Verwandte des Autors waren. Der Rest der Zuhörerschaft

schien mehr an dem kostenlosen Wein als an dem Schriftsteller interessiert zu sein. Rice war mit dem bisherigen Ergebnis zufrieden. Sechs Exemplare des Buches waren bereits verkauft, und in der ersten Reihe glaubte er den Kritiker des Magazins *People* entdeckt zu haben. Jonathan nahm an dem Tisch vor dem Publikum Platz und griff nach einem Exemplar seines Buches. Schweigen breitete sich unter den Zuhörern aus.
Rice schlug das Buch auf, räusperte sich und begann zu lesen. Er las langsam und monoton, sprach jede Silbe überdeutlich aus und legte hinter jedem Absatz eine bedeutungsschwangere Pause ein. »Scheue Ranken heftigen Verlangens begannen ihre verbotene Reise ...« Er hielt inne, um einen Schluck Wein zu trinken.
Reglos saßen seine Zuhörer da. Entweder waren sie fasziniert von Jonathan Peter Edward Rice oder sie schliefen. George nippte an seinem Kaffee und unterdrückte ein Gähnen. Ein schlechtes Zeichen; es war siebzehn Uhr dreißig.
»Kapitel zwei: Am nächsten Morgen«, fuhr Jonathan fort.
Ein Telefon läutete, doch aus Achtung vor Rice nahm niemand Notiz davon.
»Sie stöhnte. Das Gewicht all der Jahre der Qualen und der Opfer, sich vermischend mit ätzender Flüssigkeit ...« Rice hielt erneut inne und griff zum Glas.
George hatte den Faden verloren. In diesem Teil ging es, wenn er es recht verstanden hatte, um eine Liebesnacht in einer chemischen Reinigung, wobei ihm plötzlich Zweifel kamen. Gab es in Schweden überhaupt chemische Reinigungen? Vielleicht war er bei der letzten Pas-

sage eingenickt. Und was war das für ein Klingeln? Warum ging Gretchen nicht ans Telefon?
Er drehte sich nach Gretchen um und stellte plötzlich fest, daß das gedämpfte Läuten aus seinem eigenen Rucksack kam, den er unter seinem Stuhl verstaut hatte. Erneutes Läuten. Insgeheim fand er es aufregend, daß sein Handy läutete, es hatte etwas von Hollywood, und er kam sich furchtbar wichtig vor. Gleichzeitig aber war es ihm peinlich, denn er wollte seinen Autor nicht kränken und war sich bewußt, daß seine Umgebung die Nase rümpfen würde.
Schließlich öffnete George seinen Rucksack und zog das Handy hervor. So diskret wie möglich klappte er es auf und flüsterte hinter vorgehaltener Hand ein hastiges Hallo.
In dem Brotlieferwagen, der den Dan Ryan Expressway hinunterdonnerte, schrie Julianne in ihr Handy, doch George vernahm anfangs nichts weiter als den Fahrtwind und Dionne Warwicks »I'll Never Fall in Love Again« aus dem außer Kontrolle geratenen Kassettenrecorder, den Julianne verzweifelt auszuschalten versuchte.
»Alles im Eimer, George!« brüllte Julianne, Dionnes Stimme übertönend. »Das kommt davon, wenn man die Wahrheit sagt – oder wenigstens teilweise.« Gerade noch rechtzeitig riß sie das Lenkrad herum und konnte einen Zusammenstoß mit einem zwanzig Meter langen Truck vermeiden.
In der Buchhandlung drehten sich mehrere Zuhörer nach George um, denn Juliannes Stimme war deutlich zu hören. Also erhob er sich und trat auf Zehenspitzen

hinter eins der Regale mit moderner Lyrik. Neben ihm auf Augenhöhe die Werke von Ezra Pound.
»Wo bist du denn?« fragte er.
»Auf dem Highway in einem geklauten Brotlieferwagen. Hinter Michael her. Ich glaub, ich hab ihn bald eingeholt. Oh, verdammt, jetzt hab ich ihn schon wieder aus den Augen verloren!«
George hörte eine Weile aufmerksam zu. »Hast du Dionne Warwick bei dir im Lieferwagen?«
Zwei Frauen, die gleich neben dem Wallace Stevens Regal saßen, drehten sich um, als sie den Namen der berühmten Sängerin hörten.
»Was?« rief Julianne perplex.
George summte den Refrain von »I'll Never Fall in Love Again«.
Die eine Frau stieß die andere an und flüsterte: »Er spricht mit Diane Warwitsch.«
»Ach, ich liebe Diane Warwitsch!« gab die andere zurück.
»Es ist alles nur deine Schuld, George!« brüllte Julianne in ihr Handy. »Ich habe ihm die Wahrheit gesagt! Ich hab ihm gesagt, daß ich ihn liebe! Jawohl, liebe! Und ich habe ihn geküßt. Und das hier ist das Ergebnis. Könntest du mir das bitte mal erklären, George?« rief sie in vorwurfsvollem Ton.
George machte den beiden Lauscherinnen ungeduldig ein Zeichen und verschwand hinter dem Regal mit den Werken von Emily Dickinson. »Eine Frage, Jules. Mag dir komisch vorkommen, ist aber wichtig. Als du Michael geküßt hast, hat er dich da zurückgeküßt?«
Die beiden Frauen spitzten jetzt erst recht die Ohren. In

dem verhältnismäßig kleinen Raum trug seine Stimme weiter, als er glaubte, und nach und nach interessierten sich die letzten beiden Reihen mehr für Georges Belange als für den Vortrag des Autors.

Julianne hatte davon natürlich keine Ahnung. Sie war bemüht, den Brotwagen nicht zu Schrott zu fahren, George zuzuhören und Michael nicht aus den Augen zu verlieren – und das alles gleichzeitig. Wie sehnte sie sich jetzt nach einer Zigarette! »Was soll die Frage: Hat er mich zurückgeküßt?« Sie wußte natürlich ganz genau, was damit gemeint war, wollte nur nicht darüber nachdenken. »Also, meine Lippen waren auf seinen Lippen und seine auf meinen.«

»Komm, Jules, jetzt stell dich nicht so dumm an. Du weißt genau, was ich meine. Gab es von seiner Seite irgendeine Reaktion bei diesem Kuß, was dich hoffen läßt, daß es bei der Verfolgungsjagd ein Happy-End gibt?« fragte George, der inzwischen die Aufmerksamkeit des halben Publikums, einschließlich der Mutter von Jonathan Edward Peter Rice, auf sich gelenkt hatte.

Julianne, die eben einen weißen Jeep überholte, überlegte kurz. »Kann ich nicht sagen – wir wurden unterbrochen!«

»Von wem?«

»Kimmy! Sie hat uns gesehen, ist in ihr Cabrio gesprungen, und Michael ist ihr nachgejagt, bevor er meinen Kuß erwidern konnte.«

»Michael jagt Kimmy nach?« fragte George, der Klarheit in die Geschichte bekommen wollte.

Mrs. Rice wandte sich an ihre Schwester, Jonathans Tante Gertie. »Wer ist Kimmy?« fragte sie.

»Scht!« entgegnete Tante Gertie.
»Ja, er jagt jetzt hinter ihr her«, erklärte Julianne aufgebracht, »ich weiß aber nicht, wohin. Und ich jage hinter ihm her.«
»Also wenn es so ist, dann hat Michael dir seine Antwort gegeben.«
Das war nicht das, was Julianne hören wollte. Sie drückte auf die Hupe, wechselte ohne zu blinken die Spur und raste bei Rot über eine Kreuzung. »Was zum Teufel sagst du da, George?«
»Daß du nicht ›diejenige welche‹ bist, Jules«, erwiderte George freundlich, aber bestimmt. »Eines Tages wirst du's sein, aber diesmal nicht. Also, jetzt kehr um, bring den Brotwagen zurück und komm nach New York, wo dich die beste psychiatrische Betreuung erwartet, die man sich nur vorstellen kann.« Er sah auf seine Uhr. »Die Trauung findet um sechs statt. Es bleibt dir noch eine winzige Chance, das Richtige zu tun.«
Jonathan Peter Edward Rice bemerkte, daß er sein Publikum verloren hatte. Er blickte mit großem Unwillen von seinem Buch auf, denn der Anblick seines gedruckten Namens oben auf den Buchseiten bereitete ihm immense Befriedigung. Und er mußte feststellen, daß sich alle seine Zuhörer umgedreht hatten! Wohin sahen sie nur? Er beugte sich weit über den Tisch
»Was ist los, Ma?« fragte er.
»Scht!« antworteten Mutter und Tante unisono.
Er reckte den Hals und sah im Hintergrund einen hochgewachsenen Mann, der in ein Handy sprach. Er sah aus wie sein Lektor George.
Im Raum herrschte Stille.

George blickte auf und bemerkte, daß alle Augen auf ihn gerichtet waren. Er grinste verlegen, hielt sein Handy hoch und zuckte die Achseln.
»Ich will jetzt nicht allein sein, George!« jammerte Julianne so laut, daß jeder im Raum es hören konnte. »Tu doch was!«
»Okay«, sagte er und klappte das Handy zu.
»George!« schrie Julianne, doch die Verbindung war unterbrochen.

10. Kapitel

Julianne schaltete ihr Handy aus und steckte es wieder in ihre Tasche. »Vielen Dank, George«, sagte sie wütend. »Du hast mir wirklich sehr geholfen.«
Sie blinzelte ins Sonnenlicht. Vier Autos weiter vorn sah sie Michaels Leihwagen rechts in den Parkplatz des Chicagoer Bahnhofs einbiegen.
Sie folgte ihm und riß das Lenkrad dabei so abrupt herum, daß sie um Haaresbreite eine Harley Davidson gerammt hätte. Der Fahrer bedachte sie mit einem obszönen Fluch.
»Sorry!« rief sie ihm beschwichtigend zu.
Michael fand eine Parklücke, und die Bremslichter gingen aus. Endlich hielt er an. Endlich konnte sie den verdammten Lieferwagen verlassen.
Julianne sah, wie Michael aus dem Auto sprang und in den Bahnhof eilte. Um Zeit zu gewinnen, stellte sie ihren Wagen auf einem Behindertenplatz ab. Sie hatte ein ziemlich schlechtes Gewissen. Ich bin halt emotional behindert, dachte sie zur Entschuldigung, riß den Schlüssel aus der Zündung und nahm Michaels Verfolgung auf.
Sie rannte durch die Drehtür in die Bahnhofshalle, hielt nach allen Seiten Ausschau, konnte Michael aber nirgendwo erblicken. Männer mit Bermudashorts und

Baseballkappen schleppten zentnerschwere Koffer und Reisetaschen, Frauen schoben Sportwagen vor sich her und versuchten, mit ihren größeren Kindern Schritt zu halten. Mehrere Leute hatten Strandliegen und riesige Sonnenschirme dabei. Zahlreiche Obdachlose schlurften umher, andere schliefen auf ihren wenigen Habseligkeiten.

All das sah Julianne, während sie sich ihren Weg durch die Menge bahnte, Passanten anrempelte, sich entschuldigte und dabei weiter nach Michael Ausschau hielt. Schließlich entdeckte sie eine Treppe, die auf eine Galerie führte, und rannte hinauf. Von dort oben erhoffte sie sich einen besseren Überblick über die Bahnhofshalle. Noch ganz außer Atem und mit wachsender Panik ließ sie den Blick über die Menge schweifen. Als sie gerade aufgeben wollte, entdeckte sie Michael, der auf einen Bahnsteig zusteuerte, wo soeben ein Zug eingefahren war. Es war das Gleis 29. Was hatte er dort zu suchen?

Ohne sich das Genick zu brechen oder auch nur einen Knöchel zu verstauchen, was einem Wunder gleichkam, rannte Julianne, drei Stufen auf einmal nehmend, die Treppe wieder hinunter. Nicht daß es ihr bewußt gewesen wäre. Sie lief gleichsam um ihr Leben, und ihr Körper wußte es.

Julianne rannte an einer Nonne vorbei, die um Spenden für einen wohltätigen Zweck bat, vorbei an einem Hotdog-Stand und einem Zeitungskiosk. Sie erreichte den Bahnsteig und sah Michael zu dem Zug sprinten, der jeden Augenblick abfahren würde.

»MICHAEL!« schrie sie, wild mit den Händen in der

Luft gestikulierend, aber er konnte sie bei dem allgemeinen Lärm nicht hören.
Sie wußte, sie hatte kaum eine Chance, ihn noch einzuholen. Würde sie ihn für immer verlieren?
»NEEEIIIN!« schrie sie.
In ihrer Verzweiflung stieß sie verschiedene Passanten zur Seite, stolperte über ein herumstehendes Gepäckstück und fiel der Länge nach auf den Bahnsteig. Obwohl sie sich nicht verletzt hatte, brauchte sie eine Weile, um sich von dem Sturz zu erholen.
Hände streckten sich ihr entgegen und halfen ihr auf. Ihr T-Shirt war ölverschmiert. Eine ältere Dame entschuldigte sich, daß sie ihre Reisetasche mitten auf dem Bahnsteig abgestellt hatte. Eine schwangere Frau schlug vor, die Ambulanz zu holen.
Julianne sagte danke, nein danke, und man solle sie bitte in Ruhe lassen. Sie rieb sich die Hände an ihren Jeans sauber, lief weiter und hoffte, die Leute nicht allzusehr brüskiert zu haben. Sie reckte den Hals und sah, daß der Zug eben losfuhr. Jetzt war alle Hoffnung dahin. »Oh, Michael!« flüsterte sie verzweifelt.
Langsam glitt der Zug aus dem Bahnhof, und als er fast verschwunden war, entdeckte sie Michael auf dem Bahnsteig. Er war nicht eingestiegen! Er stand nur da, Julianne den Rücken zugekehrt, und blickte dem davonfahrenden Zug nach.
Julianne atmete erleichtert auf. Sie hatte ihn nicht verloren. Sie wollte zu ihm rennen, doch ihre Knie waren ganz weich, und sie konnte sich nur stolpernd vorwärtsbewegen. Schließlich erreichte sie ihn, erschöpft, schmutzig, ein halbirres Grinsen auf den Lippen.

Michael stand noch immer da und starrte unverwandt dem Zug nach.

Julianne öffnete den Mund und wollte etwas sagen, doch sie brachte keinen Ton heraus. Sie hatte einfach keinen Atem mehr. Sie beugte sich vor, legte die Hände auf die Knie und japste nach Luft wie ein alter Hund an einem heißen Augusttag. In Zukunft durfte sie nicht nur einmal im Monat joggen.

Schließlich drehte sich Michael um und zuckte erschrocken zusammen, als er sie erblickte. Er hatte keine Ahnung gehabt, daß sie ihm gefolgt war.

»Was in aller Welt ...«, begann er, doch sie ließ ihn nicht ausreden.

»Hör auf!« krächzte sie, immer noch nach Luft schnappend.

Michael nickte. Ihm blieb auch nichts anderes übrig.

»Ich muß dir ein Geständnis machen«, fuhr sie keuchend fort. »Ich meine, ein weiteres Geständnis. Neben meiner Liebeserklärung. Das zweite ist übrigens noch schlimmer.«

Er wartete ergeben, was sie ihm diesmal gestehen wollte. Sie hatte ihn bereits mehr schockiert, als er es jemals für möglich gehalten hätte. Schlimmer konnte es eigentlich nicht werden.

Julianne brauchte noch eine Weile, bis sie wieder halbwegs zu Atem gekommen war. »Weißt du noch – die E-Mail? Du hast geglaubt, Walter hätte sie deinem Boß geschickt. Ich habe sie geschrieben.« Sie deutete auf sich und nickte schuldbewußt.

Sie hatte recht; dies war schlimmer, weit schlimmer als alles Bisherige, einschließlich des Abends, an dem sie ihm den Laufpaß gegeben hatte. Er hatte Jahre gebraucht, um sich von diesem Schmerz zu erholen.

Zunächst war er so vor den Kopf geschlagen, daß er gar nicht die Tragweite ihrer Worte begriff. Vielleicht hatte er sich ja nur verhört. »Du willst doch wohl nicht sagen, daß du wirklich ... daß du das warst ...«, stammelte er. Er wollte ihr Geständnis einfach nicht wahrhaben.

Von Reue übermannt, ließ sie den Kopf hängen. Wie hatte sie so blind sein können, daß sie nicht sah, wohin das alles führen würde? »Doch, ich war der Schuft. Ich habe es geschrieben.«

»Bist du total verrückt geworden?«

Sie nickte.

»Hast du den Verstand verloren?«

Wieder nickte sie.

»Hast du Drogen genommen?«

Sie schüttelte den Kopf. Wenigstens in diesem Punkt hatte sie sich nichts vorzuwerfen. Trotzdem stand sie jetzt vor ihm wie ein schuldbewußtes Kind.

»Ist dir eigentlich klar, was du da angerichtet hast?« fragte Michael. »Natürlich ist es dir klar, sonst hättest du's ja nicht gebeichtet. Aber warum, zum Teufel? Wie konntest du so was tun?«

»Ich wußte nicht, daß die E-Mail gesendet würde. Ich wollte doch nur, daß du sie auf dem Bildschirm siehst ... und sauer auf Kimmy wirst ... und ...« Sie suchte nach den richtigen Worten. »Michael, die Wahrheit ist, daß ich, seit ich aus dem Flugzeug gestiegen bin, nichts als gemeine, hinterhältige, abscheuliche und nicht mal besonders einfallsreiche Dinge getan habe.«

Sie sah ihn eindringlich an. »Ich habe doch nur versucht, dich zurückzugewinnen.« Tränen stiegen ihr in die Augen. »Meine einzige Entschuldigung – wenn es überhaupt eine geben kann – ist, daß ich blind war vor Liebe. Ich weiß, das ist keine Rechtfertigung.« Sie rieb sich die Augen. »Ich bin der letzte Abschaum, der auf einem dreckigen Tümpel schwimmt. Nein, tiefer noch. Ich bin der schleimige Bodensatz des dreckigen Tümpels.«

»Tiefer noch«, sagte er und lächelte dabei, denn plötzlich begriff er, wie verzweifelt sie gewesen sein mußte, um so tief zu sinken. Sie mußte ihn wirklich gewollt haben. »Auf der anderen Seite«, fügte er sanft hinzu, »muß ich dir danken, daß du mich so sehr liebst.« Er hob die Schultern. »Es ist immerhin schmeichelhaft.« Zärtlich legte er ihr den Arm um die Schulter, und ihm wurde bewußt, daß er sie besser verstand als sie sich selbst. Er erinnerte sich an die Zeit, als er sie so sehr liebte, daß er alles, wirklich *alles* angestellt hätte, um sie zurückzuerobern. Er hatte wochenlang im Bett gelegen und sich den Kopf zermartert, wie er ihre Liebe zurückgewinnen konnte, aber natürlich hatte es nichts geholfen. Und weil er sich an die Qualen dieser Verzweiflung so gut erinnerte, war er auch bereit, ihr zu vergeben. Und durch seine Vergebung würde sie sich vielleicht selbst vergeben können.

Seite an Seite gingen sie den Bahnsteig hinunter auf den Ausgang zu. »Nun mußt du also Kimmy heiraten, denn sie kann dich wirklich glücklich machen. Ich dagegen bin eine oberflächliche neurotische Psychopathin, die dir nur wenig zu bieten hätte.«

Sie hoffte, er würde widersprechen, doch er schwieg.

»Kim?« sagte sie. »Nun nick doch. Tu, was ich dir sage.«
Er nickte, noch immer lächelnd, doch dieses Lächeln bezog sich nicht auf ihre Worte.
Und plötzlich brach sie in Tränen aus, sie, Julianne Potter, die nie echte Tränen vergoß. Nun, jetzt weinte sie richtig. »Versprich mir nur noch, mir niemals zu sagen, wen du gewählt hättest, wenn ich nicht gebeichtet hätte.«
Sie rieb sich die Augen und verschmierte ihre Wimperntusche. »Denn wenn du mich genommen hättest, dann hätte ich auf mein jetziges angenehmes Leben verzichtet, um ein ehrbarer Mensch zu werden, was ein fragwürdiger Handel gewesen wäre, vor allem in der heutigen Zeit, meinst du nicht auch?«
Michael nickte langsam, weil er wußte, daß sie es von ihm erwartete. Er hatte sie noch nie weinen sehen, und das war, wie er zugeben mußte, kein schöner Anblick. Er befeuchtete seinen Daumen und versuchte ihr das Gemisch aus Tränen und Wimperntusche von den Wangen zu wischen.
Wie ein folgsames Kind stand sie vor ihm. »Denn wenn du statt meiner eine zwanzigjährige Göre gewählt hättest, so hätte ich mich umbringen müssen.« Mit dem Handrücken rieb sie sich die Nase. »So oder so wäre es schlimm für mich gewesen; darum ist es besser, wenn ich es nicht erfahre.«
Er drückte ihr einen Kuß auf die Stirn. »Ich nehme es mit ins Grab«, flüsterte er ihr ins Ohr.
Sie schluckte mehrmals und holte, um Haltung ringend, tief Luft. Jetzt ging es ihr schon sehr viel besser, sie fühl-

te sich befreit und war dankbar, daß er noch ein Teil ihres Lebens war. »Ich bin so froh, daß du nicht in diesen Zug gesprungen bist«, sagte sie.

»Ich bin nicht hergekommen, um den Zug zu nehmen«, entgegnete er, »sondern um Kimmy zu finden.«

Sie blickte ihn verständnislos an. »Hier? Warum sollte sie denn gerade hierher kommen?«

»Weil ich ihr hier meinen Antrag gemacht habe«, sagte er mit einem zärtlichen Lächeln. Er konnte und wollte es ihr nicht verschweigen, denn sie mußte die Wahrheit erfahren. »Ich sollte über ein Spiel in Milwaukee berichten, und Kim brachte mich zum Bahnhof. Als der Zug anfuhr, kurbelte ich das Fenster herunter und rief plötzlich zu meinem eigenen Erstaunen: ›Heirate mich.‹ Er schien den Augenblick noch einmal zu durchleben und lächelte verklärt. Der beglückte Ausdruck auf seinem Gesicht war unübersehbar, auch für Julianne, die sich sehnlichst wünschte, es wäre keine so bewegende Erinnerung.

Sie fühlte einen Kloß im Hals und war seltsam, aber tief berührt.

»Sie rang nach Luft«, fuhr er fort, »und hielt die Hand vor den Mund. Der Zug rollte langsam aus der Halle, und plötzlich schrie sie »JA!« und hauchte mir eine Kußhand zu.« Er blickte zur Seite. »Diesen Kuß werde ich nie vergessen.«

Julianne sah die Szene deutlich vor sich – der Bahnsteig, der davonrollende Zug, der Kuß. Es war wie im Film. »Wie romantisch«, sagte sie nur und faltete die Hände unter dem Kinn.

»Ja«, erwiderte er und blickte sie nachdenklich an. »Ich

frage mich nur, ob du weißt, warum.« Er nahm ihre Hände in die seinen.
Sie glaubte es sehr wohl zu wissen, wartete aber trotzdem auf seine Erklärung.
Er drückte ihre Hände. »Weil Romantik nichts Geheimnisvolles ist mit Tricks und Zweifeln und unausgesprochenen Gedanken. Das ist nur im Film so, nicht bei *wirklicher* Romantik.«
Jetzt sah sie, wie Tränen in *seine* Augen stiegen.
»Wirkliche Romantik bedeutet ›Ja‹ zu sagen«, flüsterte er.
Und plötzlich verstand sie genau, was er meinte, und ihr wurde bewußt, daß sie in ihrem ganzen Leben nie ›Ja‹ gesagt hatte. Ihr Leben war ein einziges Davonlaufen gewesen – vor der Liebe, vor der Verpflichtung, vor dem Unbekannten, vor der Wahrheit. Und die Wahrheit war einfach, genau, wie George ihr erst kürzlich gesagt hatte: Sie hatte Angst davor, zu lieben, einen Menschen zu brauchen.
Aber vielleicht konnte sich das noch ändern. Sie hatte es bei Michael versucht, sie hatte ihm ihre Liebe gestanden. Sie hatte es wenigstens *versucht.* Vielleicht war es nie falsch, jemandem seine Liebe zu gestehen, ganz gleich, welche Folgen sich daraus ergaben.
Er sah auf die Uhr. »Es wäre eine herrliche Hochzeit gewesen«, sagte er mit einem Seufzer.
Diese Worte brachten Julianne in die Wirklichkeit zurück. Was war jetzt mit Michael und Kimmy? »Nein«, sagte sie entschieden und griff seinen Arm. »Du darfst nicht glauben, du hättest sie verloren.« Der Gedanke war zu entsetzlich, zumal es allein ihre Schuld gewesen

wäre. »Früher oder später wirst du sie finden, wirst ihr in die Augen sehen und all die Liebe darin entdecken ...«

Sie blickte hinauf zu der großen Bahnhofsuhr. »Wenn es allerdings eher später als früher ist, dann möchte ich um sechs Uhr nicht in deiner Haut stecken.« Sie stellte sich vor, wie Michael in seinem Smoking mutterseelenallein vor dem Altar stand. »Du hast 'ne Menge zu erklären«, sagte sie, als wüßte er das nicht selbst. »Und wenig Zeit dazu.«

Hilflos und verloren stand er da. Die Idee mit dem Bahnhof war seine letzte Hoffnung gewesen.

Aber warum zögerte sie noch? Dies war eine Notsituation, und mit solchen Situationen wußten Frauen immer besser umzugehen als Männer. Es war höchste Zeit, daß sie die Dinge in die Hand nahm und aktiv wurde als diejenige, die sie war – seine beste Freundin. Er brauchte sie jetzt wie nie zuvor. Und sie mußte wiedergutmachen, was sie angerichtet hatte.

Als erstes mußte sie Kimmy finden. Ohne Braut keine Hochzeit. Aber wo mochte sie sein?

»Also los, wir machen Arbeitsteilung«, beschloß sie. »Du suchst all die romantischen Plätze auf, wo ihr beiden euch getroffen habt, und ich, ich gehe ... hm ... Wohin? Dahin, wo sie am ehesten zu finden ist.«

Hoffnung flackerte in Michaels Augen auf. »Wenn du sie als erste findest«, sagte er mit etwas zitternder Stimme. »Dieser Kuß. Es wird wohl schwer für dich sein, die Sache mit dem Kuß zu erklären, denn das einzige, was sie wirklich fürchtete, war ...«

»... ich«, unterbrach ihn Julianne. »Und sie schwärmt

für Tommy Lasorda. Ich weiß. Und damit wäre der Fall abgeschlossen.«

»Aber wenn du sie als erste findest, dann darfst du ihr etwas sagen.« Er beugte sich vor und flüsterte ihr ein paar Worte ins Ohr.

Vor dem Parkplatz trennten sie sich. Michael beschloß, es zuerst im ›Starbucks‹, dem Café in Bahnhofsnähe, zu versuchen, wo sie bei einem Espresso Pläne für ihre Hochzeit geschmiedet hatten. Er hatte vorgeschlagen, einfach durchzubrennen und an irgendeinem exotischen Ort wie Pittsburgh oder Cleveland zu heiraten. In einer Stadt, die Kimmy noch nicht kannte. Und vom dortigen Standesamt aus ihre Eltern anzurufen. Kimmy hatte zuerst lachend zugestimmt, aber später, als sie sich in einem Hotelzimmer in der Nähe geliebt hatten, hatte sie ihm von ihrem Traum erzählt: Daß sie in Weiß heiraten würde, in dem Kleid, das vor ihr schon ihre Mutter und ihre Großmutter bei ihrer Hochzeit getragen hatten. Und die Trauung sollte in der Kapelle stattfinden, in der sie getauft worden war, und zwar mit dem Priester, der damals die Messe gelesen hatte. Zugegeben, das sei etwas sentimental und kitschig, aber der Traum hätte sie ihre ganze Kindheit und Jugend hindurch begleitet. Michael wurde klar, daß er ihr diesen Traum erfüllen mußte, und so willigte er ein von A bis Z. Ach, und wie sie geweint hatte, als er ihr sagte, sie solle ihre Traumhochzeit haben mit allem Drum und Dran bis hin zur Hochzeitstorte mit Braut und Bräutigam obendrauf und den weißen Kerzen am Altar.

Aber sie war nicht im ›Starbucks‹. Michael beschloß, es

in dem kleinen Hotel nebenan zu versuchen, im Zimmer 312, wo sie die Nacht verbracht hatten. Er war sicher, sie konnte sich nur an einem Ort aufhalten, der mit dem Abend zusammenhing, an dem sie beschlossen hatten zu heiraten. Für Michael war es die romantischste Nacht seines Lebens, und er hoffte inständig, es würde nicht die letzte schöne Erinnerung an Kimberly Wallace sein.

Julianne indessen wußte nicht recht, wo sie mit ihrer Suche nach Kimmy beginnen sollte. Als erstes mußte sie wohl wieder in ihren guten alten Brotwagen steigen und losfahren. Michael würde sich die Gegend um den Bahnhof vornehmen, das war sicher.

Sie ging zum Parkplatz, doch ihr Wagen stand nicht mehr auf dem Behindertenparkplatz. Ein paar Rosinenbrötchen lagen noch an der Stelle, wo sie ihn abgestellt hatte. Sie blickte sich suchend um, und sah, wie er, vom städtischen Abschleppdienst gezogen, um die nächste Ecke verschwand. Ein Glück, daß ihr der Wagen nicht gehörte!

Mit einem tiefen Seufzer ließ sie sich auf dem Bordstein nieder, zog ihr Handy aus der Tasche und rief im Haus der Wallaces an. Warum nicht beim Nächstliegenden beginnen? Vielleicht war Kimmy ja längst wieder zu Hause!

Beim ersten Klingeln wurde abgehoben. »Bei Wallace, Mandy am Apparat.«

Julianne wußte eine ganze Menge Leute, mit denen sie lieber gesprochen hätte. »Hier ist Jules«, sagte sie so sachlich wie möglich. »Habt ihr vielleicht Kimmy gesehen?«

»Ach, die kleine Schlawinerin hat sich bei dem großen Tumult aus dem Staub gemacht.« Mandy lachte, dieses laute, heisere Lachen, für das Mandys zukünftige Kinder sich eines Tages schämen würden.
Zuerst dachte Julianne natürlich, Mandy meine das kleine Problem zwischen ihr, Julianne, Michael und der zukünftigen Braut. Aber dann vernahm sie im Hintergrund Geräusche, die sich wirklich nach einem Tumult anhörten. Mindestens ein Dutzend Stimmen redeten durcheinander. »Tumult?« fragte sie.
»Ja, stell dir vor, meine Schwester hat an einer Eisskulptur geleckt, und ihre Zunge ist dran festgefroren.«
»Und das hat den Tumult ausgelöst?«
»Es ist eine Skulptur des David von Michelangelo.«
Julianne brauchte eine Weile, um diese Nachricht zu verdauen, entschied dann aber, daß sie keine weiteren Einzelheiten über das Wie und das Wo dieses Zwischenfalls hören wollte. »Ja, und Kimmy?« fragte sie in der Hoffnung, vielleicht doch noch auf eine heiße Spur zu kommen.
»Ach, die treibt es sicher gerade mit Michael«, sagte Mandy. »Das würde *ich* jedenfalls an ihrer Stelle tun«, fügte sie kichernd hinzu. »Vielleicht heult sie aber auch auf ihre *Chips* im Comisky Park.«
Was hatte das nun wieder zu bedeuten? »Wie bitte?«
»Na ja, ich hatte gerade so einen saublöden Anruf von einem Typen, der behauptet, sie gesehen zu haben. Ich meinte, na schön, aber warum soll eine Braut an ihrem Hochzeitstag in der Privatloge eines Baseballstadions hocken? In ihrem Wohnzimmer sitzen dreihundert Gäste bei Lachs und Kaviar, und die Braut frißt Chips ...«

»Du hast ja so recht, Mandy«, fiel ihr Julianne ins Wort. »Der Typ hat vielleicht nicht alle Tassen im Schrank. Aber jetzt hör mal zu, Mandy, würdest du mir bitte einen Gefallen tun? Mein Kleid ist oben in Kimmys Zimmer, würdest du's mir bitte mit in die Kirche bringen?« Sie stand auf und winkte ein Taxi herbei.

»Warum kannst du's nicht selbst abholen?« maulte Mandy. Sie hatte keine Lust, sich auch noch um Juliannes Kleid zu kümmern. Schließlich hatte sie noch so viel zu tun, mußte ihr Haar richten, sich schminken.

»Mandy, bitte tu mir diesen einen Gefallen, okay? Ich muß noch eine Kleinigkeit für die Zeremonie besorgen.«

Erst nachdem Julianne ihr versprochen hatte, sie x verschiedenen Männern vorzustellen, willigte Mandy ein. Julianne steckte das Handy in die Tasche, sprang ins Taxi und versprach dem Fahrer zwanzig Dollar Trinkgeld, wenn er sie in fünfzehn Minuten zum Comisky-Park-Stadion bringen würde.

Das Spiel war fast zu Ende, als das Taxi auf dem Parkplatz des Clubs vorfuhr. Viele White-Sox-Fans verließen bereits das Stadion. Julianne war die einzige, die erst zu dieser späten Stunde eintraf. Sie eilte sofort zum Eingang und teilte dem Pförtner mit, sie sei eine Verwandte der Wallace-Familie und mit Mr. Wallace' Tochter in seiner Privatloge verabredet. Der Pförtner fuhr sie mit dem Lift zum oberen Stockwerk.

Vor der Tür zur Loge stand ein weiterer Aufseher. Julianne fragte, ob er es gewesen sei, der bei den Wallace angerufen hätte, und er nickte. »Ich hab mir Sorgen um die junge Dame gemacht. Sie wirkte völlig aufgelöst;

darum hab ich angerufen. Ich wollte natürlich nicht aufdringlich sein und war froh, daß ich eine ihrer Cousinen erwischt habe.«

Julianne dankte ihm; sicher würde Mr. Wallace das zu würdigen wissen. Sie würde ihm persönlich sagen, was für eine Hilfe er gewesen sei.

Der Pförtner strahlte, als er ihr die Tür mit einem Schlüssel von seinem riesigen Bund öffnete. Drinnen aber war niemand zu sehen. Auf der Armlehne eines Sessels stand noch eine leere Schachtel mit Chips. Am Boden lagen mehrere Papierhandtücher.

»Sie hat so furchtbar geweint, daß ich ihr ein paar Tücher gebracht habe«, erklärte der Mann.

»Und wo ist sie jetzt?« wollte Julianne wissen.

»Auf dem stillen Örtchen, hat sie gesagt.« Der Pförtner deutete mit dem Daumen zur Damentoilette am Ende des Ganges. »Das war so vor etwa zehn Minuten.«

Julianne eilte den Korridor hinunter. In der Damentoilette blickte sie sich suchend um.

Frauen aller Altersgruppen drängten sich in dem Raum. Zwei Punkmädchen kämmten ihre extravaganten Haargebilde vor dem Spiegel. Eine Schwangere wischte sich den Mund mit einem feuchten Papierhandtuch ab. Eine grauhaarige alte Frau mit einer gestrickten White-Sox-Kappe schlurfte, in Selbstgespräche vertieft, vor den Kabinen auf und ab. Es roch nach abgestandenem Zigarettenrauch und Urin.

»Kimmy?« rief Julianne.

»Kimmy?« echote die verrückte Alte.

Julianne achtete nicht auf sie und rüttelte an der Tür der ersten Kabine. »Kimmy?«

»Kimmy?« echote die Verrückte erneut.
Julianne versuchte es an der nächsten und übernächsten Tür, wobei sie immer wieder nach Kimmy rief. Und jedesmal kam das Echo von der Verrückten.
Die anderen Frauen beobachteten Julianne mißtrauisch im Spiegel.
»Los, Komm raus, Kimmy, ich weiß, daß du da bist!« schrie Julianne. »Der Pförtner hat dich reingehen sehen.«
»Hier, du Miststück!« ertönte Kimmys Stimme aus einer der hinteren Kabinen.
Julianne wußte nicht, aus welcher Kabine die Stimme gekommen war, aber sie war froh, Kimmy gefunden zu haben.
Die Verrückte deutete auf die Tür zu ihrer Rechten.
Bevor Julianne an die Tür klopfen konnte, wurde sie aufgerissen, und Kimmy stand vor ihr. Ihre Augen waren gerötet, ihre Lippen geschwollen.
Kimmy stieß einen schrillen Schrei aus, packte Julianne am Arm und schleuderte sie gegen die Metalltür. »FÜR WEN HÄLTST DU DICH EIGENTLICH?« kreischte sie in einer Lautstärke, die Julianne ihr gar nicht zugetraut hätte.
»O mein Gott«, murmelte die Schwangere. Ob die aggressiven Schallwellen ihrem ungeborenen Kind schaden konnten? Sie schlug die Hände vors Gesicht und verließ eilig den Raum. Sollte sie von der Polizei verhört werden, konnte sie sagen, sie hätte nichts gesehen.
Das Punkmädchen mit der Schlangentätowierung am Hals stand mit leuchtenden Augen da. Endlich kam Leben in die Bude! Das Spiel war zum Gähnen langweilig

gewesen. »Ringkampf auf dem Klo!« rief sie. Ihre Freundin nickte zustimmend.
Wie betäubt lehnte Julianne an der Kabinentür und brachte zunächst kein Wort hervor.
»Du hast die ganze Zeit so getan, als wärst du meine Freundin!« schrie Kimmy, und ihre Stimme überschlug sich. »Ich hab dich sogar zu meiner Trauzeugin gemacht!«
Bei dieser Bemerkung spitzten alle im Raum die Ohren. Eine Frau im Sari trat aus einer der Kabinen. Alle Augen richteten sich auf Julianne.
»Wer hat dich denn darum gebeten?« Julianne sah in die Gesichter, die sie im Spiegel anstarrten. »Wie lange hast du mich gekannt? Acht Minuten vielleicht? Und sofort hast du so getan, als wären wir die dicksten Freundinnen.«
Alle Blicke wanderten jetzt zu Kimmy. »Ich hab dir vertraut, weil Michael dir vertraut hat.«
»Quatsch! Du hast es getan, um mich in der Nähe zu haben!«
Kimmy schluckte und blickte kleinlaut auf ihre Fußspitzen.
Julianne nutzte die Gelegenheit und holte zu einem weiteren Schlag aus. »Du hattest gleich von Anfang an Angst vor mir. Gib's doch zu! Du hast mir nicht einen Augenblick getraut!«
»Und wie recht ich hatte!« schrie Kimmy, die wieder Boden unter den Füßen gewann.
»Natürlich hattest du recht«, brüllte Julianne zurück. »Aber das ist nicht meine Schuld!«
»Du hast ihn geküßt!« Kimmy deutete anklagend auf Ju-

lianne. »Er ist mein Bräutigam, und du hast ihn geküßt.«
Mißbilligendes Gemurmel erhob sich. Die Frau im Sari schüttelte empört den Kopf. Am liebsten hätte sie gesagt, daß man die Rothaarige in ihrem Land öffentlich steinigen würde, aber ihr Mann hatte ihr eingeschärft, daß sie nicht zu Fremden sprechen durfte.
»Und dazu noch in meinem Elternhaus«, ergänzte Kimmy, um weitere Unterstützung heischend.
Strafende Blicke richteten sich auf Julianne.
»Echt ätzend«, kommentierte das Punkmädchen mit der Schlangentätowierung.
»An meinem Hochzeitstag!« fügte Kimmy hinzu.
Julianne spürte, daß die Situation ganz schön ungemütlich für sie werden könnte. Mehrere Frauen rückten bedrohlich näher.
»Miststück!« rief ein Mädchen in einem Michael-Jackson-T-Shirt.
»Flittchen!« tönte es aus einer Ecke.
»Kimmy!« rief die Verrückte.
Julianne wollte etwas sagen, doch Kimmy ließ sie gar nicht erst zu Wort kommen.
»Ruhe allerseits!« rief Kimmy. »Ich liebe diesen Mann und gebe ihn nicht auf, schon gar nicht wegen einer falschon, dickhaarigen …« Sie suchte nach einem wirklich beleidigenden Schimpfwort für Julianne, fand aber keines, da sie Julianne im Grunde immer noch bewunderte. »Fraßkritikerin!« stieß sie schließlich hervor.
Alle Frauen ringsum klatschten Beifall. Das war spannender als jede Schlammschlacht im Fernsehen – und dazu noch live!

Kimmy packte Julianne an den Schultern. »Und jetzt verschwinde aus meinem Leben!« befahl sie und versuchte, Julianne aus dem Raum zu schieben. Die aber wirbelte herum und schleuderte Kimmy nun ihrerseits gegen die Toilettentür. Dann sah sie ihr in die Augen. »Mein Haar ist gar nicht so dick«, sagte sie und ließ sie los.

Kampfbereit stand Kimmy da. Sie wußte alle anderen Frauen hinter sich. Sie hatte ganz eindeutig Heimvorteil.

»Es gibt jetzt zwei Möglichkeiten«, verkündete Julianne, an Kimmy und die restlichen Frauen gewandt. »Möglichkeit Nummer 1: Wir beide kämpfen um ihn, und da habe ich vielleicht die besseren Chancen. Nummer 2: Du hörst dir an, was ich dir sagen wollte.« Sie holte tief Luft.

»Geben Sie ihr eine Chance«, riet die Frau im Sari, die Ermahnungen ihres Mannes in den Wind schlagend.

Kimmy nickte.

»Er liebt nicht mich«, begann Julianne. »Er liebt dich.«

Das verblüffte alle, sogar die Verrückte.

»Es stimmt, ich habe ihn geküßt«, räumte Julianne ein. »Ich habe versucht, ihn dir auszuspannen, aber es ist mir nicht gelungen.« Sie biß sich auf die Lippen. »Weißt du, wie es ist, der Verlierer zu sein? Ein mieser, beschissener Verlierer. Und es zu wissen?«

Kimmy dachte kurz nach. »Nein.«

Julianne ließ den Blick durch die Menge schweifen. »Kimmy«, sagte sie schließlich in flehentlichem Ton. Sie sah Tränen in Kimmys Augen aufsteigen und stellte fest, daß es funktionierte. Die Kleine wurde weich.

»Kimmy«, wiederholte die Verrückte.
»Ich habe in den letzten drei Tagen nichts getan, worauf ich stolz sein könnte.« Julianne trat in eine der Kabinen, riß ein paar Blatt Toilettenpapier von der Rolle und reichte sie Kimmy. »Ich möchte dich zur Kirche bringen, damit du den Mann deiner Träume heiraten kannst.«
Kimmy trocknete sich die Augen mit dem Toilettenpapier.
»Denn er will dich noch immer heiraten«, sagte Julianne. »Das hat er mir vor nicht mal zwanzig Minuten wortwörtlich gesagt. Übrigens sucht er gerade all eure romantischen Orte nach dir ab. Ich habe ihn am Bahnhof zurückgelassen, und du weißt ja, was es mit diesem Bahnhof auf sich hat.«
Kimmy brach in Tränen aus, und kurz darauf schluchzten auch das Punkmädchen und die Frau im Sari.
Selbst die Verrückte bekam feuchte Augen.
Kimmy fiel Julianne in die Arme, und sie hielten sich eine Weile eng umschlungen.
Dann bemerkte Kimmy, wie spät es schon war. Sie deutete auf ihre Uhr.
»Mist!« rief Julianne.
Die Trauung sollte in knapp einer Stunde stattfinden
Die Braut würde niemals rechtzeitig dasein.

11. Kapitel

Zum zweiten Mal an diesem Nachmittag sah sich Julianne genötigt, die Dinge selbst in die Hand zu nehmen. Sie mußte dafür sorgen, daß Kimmy in weniger als siebenundfünfzig Minuten in ihrem Brautkleid das Kirchenschiff hinunter zum Altar schreiten konnte.

Sie holte tief Luft, nahm Kimmy bei der Hand und zog sie zum Ausgang der Damentoilette.

»Viel Glück, Kimmy!« rief eines der Punkmädchen.

»Sei ihm eine gute Frau!« lächelte die Dame im Sari.

Auch die anderen Frauen wollten Kimmy alles Gute wünschen und ihr gratulieren, aber dazu reichte die Zeit nicht.

Julianne und Kimmy stürzten zur Tür hinaus und hätten beinahe den Pförtner umgerannt.

Der hatte draußen gestanden und versucht, dem erregten Wortwechsel zu folgen. Als mehrmals das Wort ›Miststück‹ fiel, hatte er sich ernsthaft Sorgen gemacht. Die Pistole im Halfter, stand er da, bereit, ins Kampfgeschehen einzugreifen, vor allem zugunsten dieser hübschen Tochter von Mr. Wallace.

»Zur Seite!« schrie Julianne, als sie den Gang hinunterrannten. Der Pförtner lief neben ihnen her und half, die Umherstehenden auseinanderzutreiben.

Als sie den Parkplatz erreichten, hielt ihnen der Pförtner den Weg zum Ausgang frei.

Die beiden Frauen sprangen in den Wagen und legten die Sicherheitsgurte an. »Okay, Kimmy«, sagte Julianne. »Wenn du Michael wirklich heiraten willst, dann zeig jetzt, was du kannst.«
Kimmy lenkte den Wagen geschickt aus der Parklücke. Julianne stützte sich mit der Hand auf dem Armaturenbrett ab und trat während der ganzen Fahrt immer wieder mit dem rechten Fuß auf ein imaginäres Bremspedal.
Kimmy fuhr wie eine Irre, noch viel aggressiver als sonst. Wie durch ein Wunder – vielleicht auch dank der Stoßgebete, die Julianne zum Himmel sandte – kam es weder zu einem Zusammenstoß noch zu einer Begegnung mit der Polizei.
In Rekordzeit erreichten sie die Kapelle und sprangen aus dem Wagen.
Neuesten Gerüchten zufolge waren weder Braut *noch* Bräutigam anwesend. Ob die Hochzeit im letzten Augenblick abgesagt würde? Freunde und Verwandte spekulierten über die möglichen Gründe und fanden, das Paar passe eigentlich nicht zusammen, obwohl die meisten den Bräutigam nur oberflächlich kannten.
Julianne schaute sich um und sah, wie die Zwillinge aufgeregt herbeieilten. Sie trugen die gleichen ultrakurzen grün, orange und zitronengelb geblümten Kleider und dazu um so längere Schleppen.
»Was ist hier eigentlich los?« fragte Sammy. »Wir waren schon ganz beunruhigt ...«
Julianne hob die Hand und schnitt ihr das Wort ab. »Tut uns leid, wir haben uns hoffnungslos verfahren«, erklärte sie knapp. »So, und damit ist dieses Thema abgehakt,

denn wir müssen uns beeilen.« Sie wandte sich an Sammy. »Na, wie geht's deiner Zunge?«
Sammy errötete und blickte kleinlaut zur Seite.
Sie betraten die Kirche durch den Hintereingang, wo Isabelle und die Zwillinge einen provisorischen Ankleideraum arrangiert hatten. Fernando, Isabelles Coiffeur, stand schon bereit, um bei den Frisuren und dem Make-up behilflich zu sein.
Kimmy und Julianne waren in fünfzehn Minuten fertig. Das Talent, sich in Windeseile anzuziehen, war ihnen beiden eigen. Die Zwillinge trauten ihren Augen nicht; sie hätten mindestens fünfmal so lange gebraucht.
Kimmys Kleid wirkte wie ein Gebilde aus Zuckerwatte, ein rückenfreies, enganliegendes Oberteil und ein unendlich weit gebauschter Rock. Obwohl es schon seit zwei Generationen in Gebrauch war, hatte Kimmy Carlotta einige bedeutende Änderungen vornehmen lassen. Die Braut trug dazu kurze weiße Handschuhe und eine Halskette mit einem Diamantanhänger. Sie war eine Augenweide, die schönste Braut, die alle Anwesenden je gesehen hatten.
Auf dem Ankleidetisch lag ein schulterlanger Schleier, den Julianne ergriff und Kimmy vorsichtig auf den Kopf setzte.
Ihre Blicke begegneten sich im Spiegel. Kimmys Augen waren voller Fragen.
Julianne legte ihr beruhigend die Hand auf die Schulter. »Keine Angst«, flüsterte sie ihr ins Ohr. »Wenn er dich anschaut, wird es sein, als hätte er nie zuvor eine Frau gesehen.«
Tränen füllten Kimmys Augen. Das also war der große

Moment, von dem sie wohl schon hundertmal geträumt hatte. Und obwohl der Augenblick nun da war, kam ihr alles so unwirklich vor. Ihr war, als würde sie die Ereignisse von außen betrachten. Tausend Gedanken schwirrten ihr durch den Kopf, und die wichtigste Frage war: Würde Michael rechtzeitig da sein?
Sie verscheuchte den Gedanken rasch und wandte sich ihrem Vater zu, der in Smoking und schwarzem Stetson vor ihr stand. Kimmy war stets stolz auf ihren gutaussehenden Vater gewesen. Die beiden standen sich sehr nahe; er hatte sie so viele Dinge gelehrt: Reiten, Baseball, Autofahren, Musik ... Vor allem aber hatte sie durch sein Vorbild gelernt, bedingungslos und frei von Vorurteilen und Erwartungen zu lieben. Kimmy vergötterte ihn und glaubte, die Zeremonie ohne ihn nicht durchzustehen.
Sie waren in der Eingangshalle der Kirche. Er beugte sich zu ihr herab und küßte sie auf beide Wangen, sagte ihr, wie sehr er sie liebe und wie stolz er auf sie sei, und wischte ihr dann ein Träne aus dem Augenwinkel.
»Nun, Prinzessin, bist du bereit, deinen Märchenprinzen zu heiraten?« fragte er.
Sie nickte.
»Wunderbar«, sagte er, »denn alle warten schon auf uns.«
»Michael auch?«
Er schaute sie verwundert an.
»Natürlich auch Michael. Eine Hochzeit ohne Bräutigam wäre doch wohl sinnlos, oder?«
Er hatte sich schon mehrmals gefragt, warum sich Kimmy den ganzen Tag so merkwürdig benahm. Isabelle

und er waren schließlich zu dem Ergebnis gekommen, daß das nur der Streß vor der Hochzeit sein könne, und hatten sich daran erinnert, daß Isabelle vor ihrer Trauung volle zwei Stunden im Badezimmer geheult hatte. Um sie zu beruhigen, bot er ihr ein Glas Wasser an. Oder wollte sie lieber einen Schluck Whisky?

Nein, nein, sie schüttelte den Kopf.

»Gut denn«, sagte er. »Aber fall mir nicht in Ohnmacht. Ich bin zu alt und zu schwach, um dich durchs Kirchenschiff zu tragen.«

Sie brachte nicht einmal ein Lächeln zustande.

Und obwohl sie großartig, im wahrsten Sinne des Wortes »strahlend« aussah, war doch zu erkennen, daß sie außer sich vor Angst war. Ihre Hände zitterten, ihr Gesicht war starr. Was war nur mit seiner sonst so kessen, unerschütterlichen Kimmy geschehen?

In diesem Augenblick ertönte die Orgel.

Mandy und Sammy wandten sich um und schritten langsam, Seite an Seite, das Kirchenschiff hinunter.

Sie wurden gefolgt von sechs kleinen Blumenmädchen, den Töchtern verschiedener White-Sox-Spieler. Dann war die Reihe an Julianne.

Kimmy sah in wachsender Panik zu. Bald war sie dran, und sie wußte nicht, ob sie's bis zum Altar schaffen würde, so sehr zitterten ihr die Knie unter dem Tüllrock.

Seit langen Jahren träumte sie von diesem Augenblick, aber selbst in ihren verrücktesten Phantasien hätte sie sich nicht ausmalen können, daß ihr Hochzeitstag so verlaufen würde.

Es gab noch so viele offene Fragen, und sie hatte das Ge-

fühl, daß es nicht ging, nicht jetzt, nicht auf diese Art. Michael und sie mußten alles reiflich durchdenken, bevor sie diesen entscheidenden Schritt unternahmen. Was, wenn sie im Begriff war, den größten Fehler ihres Lebens zu begehen? Was, wenn es für eine Ehe nicht genügte, jemanden zu lieben?
Ihr schwindelte.
Plötzlich hörte die Orgel auf zu spielen, und Stille breitete sich in der Kapelle aus. Ein leises Rascheln entstand, als sich alle Gäste erwartungsvoll auf ihren Stühlen zur ihr umdrehten.
Die Orgel stimmte den Hochzeitsmarsch aus Wagners »Lohengrin« an.
Bräutlich geschmückt …
Panik ergriff Kimmy, und das Herz klopfte ihr bis zum Hals. Was hatte sie jetzt zu tun? Hilfesuchend blickte sie zu ihrem Vater auf.
»Linker Fuß«, flüsterte er und tätschelte ihre eiskalte Hand.
Kimmy streckte die Spitze ihres Manolo-Blahnik-Satinschuhs vor und tat zögernd den ersten Schritt. Zu ihrer eigenen Überraschung stolperte sie nicht. Jetzt den rechten Fuß, befahl sie sich selbst.
Und dann, wie durch ein Wunder, ging sie ruhig vorwärts, Schritt für Schritt, fest an den Arm ihres Vaters geklammert. Ohne ihn wäre sie sicher wie eine große weiße Wolke aus Tüll und Nerven zu Boden gesunken.
Ob allen Bräuten wie ihr zumute war, fragte sie sich.
Jeder Stuhl in der Kirche war besetzt, und alle Augen ruhten auf ihr. Sie selbst nahm nur wenige Gesichter bewußt wahr. Sie erkannte die beste Freundin ihrer Mut-

ter aus Collegetagen, die Sekretärin und den Golfpartner ihres Vaters, die Frau, die den Hund hütete, wenn die Familie in Urlaub war, den dritten Malhüter aus Philadelphia. Sie sah ihre beste Campusfreundin aus Detroit und Alexandra vom College. Wie sonderbar, all diese Menschen aus verschiedenen Bereichen ihres Lebens an ein und demselben Ort zu sehen. Und dann wurde ihr bewußt, daß sie viele Gäste überhaupt nicht kannte, und das kam ihr noch befremdlicher vor.

Sie blickte starr geradeaus, und plötzlich gewahrte sie weit hinten am Ende des weißen Satinteppichs – Michael.

Ihre Augen begegneten sich. Vergebens versuchte er zu lächeln; auch er war sichtlich aufgeregt. Das war keine Ermutigung für die Braut.

Sie schaute zu ihrer Mutter hinüber, die ihre Augenwinkel mit einem Spitzentüchlein betupfte, dann zu Scott, der sich äußerst unwohl in seinem Anzug zu fühlen schien und nervös an seiner Fliege zupfte. Schließlich fiel ihr Blick auf Julianne, die groß, schlank und schön in ihrem lavendelfarbenen Kleid dastand. Sie hatte ihr Haar zu einem lockeren Knoten gewunden, was zugleich verspielt und elegant wirkte. In der Hand hielt sie einen großen Fliederstrauß. Sie zwinkerte Kimmy zu, was heißen sollte: Nur Mut, du schaffst es schon.

Und Kimmy schritt weiter vorwärts, und es kam ihr vor wie ein Spießrutenlauf. Sie fühlte sich verzweifelt, heiter, jung, unschuldig, steinalt, glücklich und traurig – alles zur gleichen Zeit.

Für alle Gäste in der Kirche aber war sie schöner als jemals zuvor. Bei aller Nervosität gelang es ihr, die Anwesenden zu bezaubern und Haltung zu bewahren. Es war die größte Heldentat in ihrem Leben.

Und dann stand sie neben Michael. Die Orgel verstummte, und Stille breitete sich aus. Der Geistliche schritt auf das Paar zu, öffnete ein kleines Buch und räusperte sich.

Kimmy sah hilfesuchend zu Julianne hinüber.

Mit ernster, feierlicher Miene ließ Julianne den Blick vom Priester zu Kimmy schweifen. Dann schnitt sie eine Grimasse, streckte die Zunge heraus und bedeutete Kimmy mit einem Achselzucken, daß in einem solchen Augenblick durchaus ein bißchen Spaß erlaubt sei.

Kimmy lachte auf. Zum ersten Mal, seit sie das Kirchenschiff betreten hatte, atmete sie richtig durch. Michael lächelte ihr zu und ergriff ihre Hand.

Sie blickte zu dem Geistlichen hoch, und seine Gegenwart beruhigte sie. Sie war dankbar, jemanden in der Nähe zu wissen, der sich mit solchen Zeremonien auskannte. Michael und sie hatten dem Geistlichen zwar genaue Anweisungen gegeben, wie alles abzulaufen habe, aber sie konnte sich beim besten Willen an nichts mehr erinnern.

Der Geistliche blätterte in seinem Buch und blickte dann die Festgäste an. »Michael und Kimmy haben ein paar Zeilen zu Papier gebracht. Kimmy bat mich, Ihnen mitzuteilen, daß die meisten aus der Feder von Michael stammen.«

Ein leises Lachen ging durch den Kirchenraum, dann lehnten sich alle wieder in ihre Stühle zurück.

»Er wird sie Ihnen selbst vortragen«, fügte der Geistliche hinzu und deutete auf Michael.

Michael wandte sich zur Festgemeinde. Das war äußerst ungewöhnlich, und niemand wußte so recht, was er davon halten sollte. Mehrere Gäste rümpften die Nase über die Art, wie sich die jungen Leute heutzutage über Traditionen hinwegsetzten, aber die meisten waren der Ansicht, man solle dem Bräutigam, dem Fremden in ihrer Mitte, die Chance geben, sich zu bewähren. Erwartungsvoll sahen sie ihn an.

»Warum«, fragte Michael, »wird heute überhaupt noch geheiratet?«

Julianne war höchst verwundert über die ungewohnte Offenheit seiner Einführungsworte. Worauf wollte er hinaus?

»Warum lebt man nicht einfach zusammen, ganz ohne Verpflichtungen dem anderen gegenüber?«

Die jungen Männer in der Hochzeitsgesellschaft, aber auch mehrere ältere, die leicht ihre Väter hätten sein können, nickten zustimmend.

Wie alle anderen in der Kapelle hörte Julianne aufmerksam zu. Nur Scott zupfte am Ärmel seines Jacketts herum und fragte sich, warum man bei so einem Anlaß eine derart unbequeme Kleidung zu tragen hatte.

»Warum beschließt man nicht einfach, so lange zusammenzubleiben, bis einem etwas Besseres über den Weg läuft? Bis man den Drang verspürt, weiterzuziehen und etwas Neues auszuprobieren? Keine Schuld, keine Schande, kein Wortbruch!«

Papa Joe nickte.

»In der Ehe muß man auf vieles verzichten. Wir alle kennen die hohe Prozentzahl der Scheidungen. Und doch wird immer noch geheiratet. Warum? Darüber

habe ich in den vergangenen Tagen viel nachgedacht, und ich kann nur vermuten, daß im menschlichen Herzen irgendein tiefes Bedürfnis besteht, sich zu binden.«
Julianne fühlte, wie ihr Tränen in die Augen stiegen. Ihr war, als spreche Michael allein zu ihr, obwohl sie bemerkte, daß alle Zuhörer, vor allem seine Braut, tief bewegt waren.
Er wandte sich jetzt an Kimmy. »In uns beiden muß ein Verlangen sein, uns anzugehören, ein Verlangen, das sich gegen die Vorstellung auflehnt, daß nichts von Dauer sei.«
Julianne und die meisten anderen Frauen schluchzten jetzt hemmungslos. Sogar die Männer, Scott eingeschlossen, fühlten einen Kloß im Hals.
»Und deshalb heiraten wir«, fuhr Michael fort. »Wir sind nur Toren, aber wir danken dem Allmächtigen für solche Torheit. William Shakespeare, der für schwierige Situationen stets die treffenden Worte fand, schrieb einst: ›Wer seine Liebe nicht zeigt, der liebt nicht wahrhaft.‹« Er streichelte Kimmys Wange. »Darum erklären wir heute vor den Menschen, die wir am meisten schätzen, daß wir einander lieben, uns verpflichten, miteinander zu leben, und daß wir glauben, daß unsere Liebe stärker ist und länger währt als das Leben selbst.«
Und Kimmy lächelte ihn mit unendlicher Liebe an und ergriff seine Hände.
Michaels Worte legten sich wie ein Zauber über die Zuhörer, die einander näherzurücken schienen. Die Paare reichten sich die Hände, und alle waren eingehüllt in das warme Licht, das durch die bunten Glasfenster strömte und von den flackernden Kerzen ausging.

Plötzlich wurde die Stille durch ein Händeklatschen unterbrochen. Von heftigen Gefühlen übermannt, war Isabelle aufgestanden und spendete begeistert Beifall. Als sie merkte, daß niemand sonst ihrem Beispiel folgte, zögerte sie und blickte sich verlegen um.
Dann aber kam ihr Papa Joe zu Hilfe. Auch er erhob sich und klatschte eifrig in seine starken Hände. Isabelle warf ihm einen dankbaren Blick zu.
Jetzt stand auch Walter auf und applaudierte laut. Und seine Sekretärin, Isabelles beste Freundin aus Collegezeiten und die Frau, die ihren Hund hütete, folgten seinem Beispiel. Der Geistliche klatschte ins Mikrophon, und bald stand die ganze Hochzeitsgesellschaft da und spendete heftigen Beifall, was wiederum die Kinder veranlaßte, vor Freude zu hüpfen.
Der allgemeine Jubel wollte kein Ende nehmen, aber schließlich nahm ein jeder wieder Platz, und Ruhe kehrte ein.
Der Geistliche hielt ein maschinengeschriebenes Blatt Papier hoch, auf dem mehrere Passagen mit roter Tinte durchgestrichen waren.
»Michael und Kim haben auch bestimmt, was ich sagen soll …«
Gelächter erhob sich.
»Wie sie mir erklärt haben, soll das die einzige Hochzeit ihres Lebens bleiben, an die sie sich für immer erinnern wollen. Deshalb habe ich die Anweisung, mich auf das Positive zu beschränken.« Er schielte auf seinen Text. »Sie dürfen die Braut nun küssen.«
Die Hochzeitsgesellschaft lachte noch lauter.
Julianne war begeistert: ein Geistlicher, an dem ein Ko-

miker verlorengegangen war! Nur Michael hatte die Zeremonie so locker gestalten können!
»Trotzdem erlaube ich mir, eine Passage aus der Bibel zu Gehör zu bringen«, fuhr der Geistliche fort, »und zwar aus dem 1. Korinther 13, 4 und ...« Er hob die Hand. »... keine Sorge, Michael, Sie werden feststellen, daß es sehr passende Worte sind. Ich habe sie ausgewählt, nachdem ich Sie kennengelernt und die letzte Woche viel Zeit in Ihrer Gesellschaft verbracht habe.« Er ließ den Blick über die Hochzeitsgesellschaft schweifen. Dann hielt er die Bibel hoch und begann zu lesen:

Die Liebe übt Nachsicht;
in Güte handelt die Liebe.
Sie eifert nicht;
die Liebe macht sich nicht groß,
sie bläht sich nicht auf ...

Michael und Kimmy blickten zu Julianne hinüber, und sie zuckte zusammen. Was wußte dieser Geistliche, fragte sie sich.

Sie benimmt sich nicht ungehörig;
sie sucht nicht das Ihre;
sie läßt sich nicht erbittern;
sie rechnet das Böse nicht an.
Sie hat nicht Freude am Unrecht,
freut sich jedoch an der Wahrheit.
Sie erträgt alles, sie glaubt alles,
sie hofft alles, sie duldet alles.

Damit schloß der Geistliche das Buch und lächelte dem Brautpaar zu. Michael erwiderte das Lächeln, um dem Pfarrer zu bedeuten, daß er mit der Wahl der Passage zufrieden war.
Nun wandte sich der Geistliche Scott zu und gab ihm zu verstehen, daß jetzt der Ring an den Finger mußte. Wo war der Trauring? Hektisch wühlte Scott in seiner Tasche und förderte schließlich das kostbare diamantenbesetzte Kleinod zutage. Aber wem mußte er es überreichen? Der Geistliche deutete auf Michael.
In Gedanken verloren, rieb sich Julianne ihren immer noch geschwollenen Finger, als Mandy ihr auf die Schulter tippte und ihr Michaels Ring aushändigte. Julianne trat auf das Brautpaar zu und legte den Ring behutsam in Kimmys geöffnete Hand. Ihre Blicke begegneten sich.
»Wenn jemand unter den Anwesenden einen Grund kennt«, fuhr der Geistliche fort, »weshalb dieser Mann und diese Frau nicht getraut werden sollten, so möge er jetzt sprechen.«
Julianne räusperte sich so laut, daß Kimmy schon zusammenzuckte und das Schlimmste befürchtete. Julianne aber lächelte; sie hatte ihr nur einen Schreck einjagen wollen.
Michael ergriff zärtlich Kimmys Hand, steckte ihr den Ring an den Finger und hielt ihre Hand in der seinen. »Kimberly, ich gelobe, dich zu lieben, zu achten und dir stets beizustehen. Deiner Stimme und deinem Herzen zu lauschen, bis daß der Tod uns scheidet.«
Kimmy reichte Julianne ihren Blumenstrauß und hatte einige Mühe, Michael seinen Ring auf den Finger zu

schieben. »Michael, ich gelobe hiermit, dich zu lieben, zu achten und dir stets beizustehen. Deiner Stimme und deinem Herzen zu lauschen, bis daß der Tod uns scheidet.«

Beide blickten sich in die tränenfeuchten Augen.

»Ihr wollt einander also heiraten«, flüsterte der Geistliche.

»Ja, ich will!« sagte Kimmy rasch.

»Ja, ich will!« sagte Michael.

Der Geistliche hob die Hände segnend über ihre Köpfe. »In diesem feierlichen Augenblick bitten wir dich, o Gott, um deinen Segen für diese deine Kinder. Gewähre ihnen die Erfüllung ihrer Liebe, auf daß ihre Liebe auch in den Dienst ihrer Mitmenschen gestellt werden möge. Amen.

Nunmehr erkläre ich Kimberly und Michael im Namen des Vaters, des Sohnes und des Heiligen Geistes als Mann und Frau. Was Gott gebunden hat, soll der Mensch nicht entzweien. Nun, Michael, küssen Sie Ihre Braut.«

Michael hob Kimmys Schleier und beugte sich zu ihr herab. Sie küßten sich, und in der Kirche erhob sich spontaner Beifall, gefolgt von Lachen, Pfiffen und Rufen.

Niemand klatschte lauter und begeisterter als Julianne, die zugleich lachte und weinte.

Die Orgel begann erneut zu spielen, und Musik erfüllte den Raum. Die ganze Gesellschaft erhob sich, als Michael und Kimmy, gefolgt von Julianne und Scott, das Kirchenschiff hinabschritten.

Einen Augenblick waren sie allein im Vorraum – Michael, Kimmy, Julianne und Scott. Julianne küßte Braut und Bräutigam, aber bevor sie etwas sagen konnte, waren sie von den übrigen Hochzeitsgästen umringt, und in all dem Trubel verlor Julianne das Paar aus den Augen.

Der Fotograf bat alle Gäste, sich zum Gruppenfoto auf der Kirchentreppe einzufinden. Die Sonne ging eben unter, der Himmel loderte feuerrot, und Kimmys Schleier flatterte im Wind.

Das Paar wurde mit Glückwünschen und Rosenblättern überschüttet, während es auf die wartende Limousine zuschritt.

Schließlich erreichten sie den Wagen. Isabelle hielt Kimmys Schleppe, als sie, gefolgt von ihrem Ehemann, einstieg.

Ihr *Ehemann,* dachte Julianne und erschauerte unwillkürlich. Er war nicht länger *ihr* Michael, er war jetzt Kimmys Ehemann.

Das Brautpaar winkte, als die Limousine langsam anfuhr.

Julianne seufzte und betrachtete den dramatischen Abendhimmel. »Kommen Sie, Jules, fahren Sie mit uns«, sagte Papa Joe, ergriff ihren Arm und führte sie zum Parkplatz. »Nicht wahr, er sah glücklich aus, mein Sohn?«

»Ja, Papa Joe, wirklich glücklich«, erwiderte Julianne. »Er ist ein Glückspilz.«

Die Wagen bildeten eine Kolonne und folgten der Limousine zum Hause der Wallaces, wo im Garten Tische, Stühle und Lampen, das Podium für die Band und ein Tanzboden aufgestellt worden waren.

Beim Einzug der Hochzeitsgesellschaft spielte die Band Stings *The Shape of My Heart,* einen von Michaels Lieblingssongs.
Ein Heer von befrackten Kellnern empfing die Gäste mit Tabletts voll Champagnergläsern. An sechs weiteren Bars, die überall im Garten verstreut waren, gab es alle denkbaren Cocktails. Trinkend und lachend schlenderten die Gäste umher und naschten von den köstlichen Vorspeisen an den Buffets. Einige kleine Mädchen hüpften in Strümpfen über die Tanzfläche, doch den Erwachsenen war noch nicht nach Tanzen zumute.
Der Bandleader klopfte aufs Mikro und bat den männlichen Trauzeugen aufs Podium, um den ersten Trinkspruch des Abends zum besten zu geben. Alle hielten nach Scott Ausschau, aber der war nirgendwo zu sehen.
»Da ist er!« schrie Mandy und deutete auf das Badehäuschen beim Pool. Die Hand an der Fliege trat Scott eben aus dem Häuschen. Als er bemerkte, daß aller Augen auf ihn gerichtet waren, wurde er feuerrot.
»Kommen Sie, Scott«, rief der Bandleader lachend, »der Trauzeuge ist gefragt.«
Scott eilte an seinen Tisch, griff sein Glas Champagner und hob es in die Luft. »Meine Damen und Herren, heben Sie Ihre Gläser und wünschen Sie Mike und Kim alles Glück auf Erden, auf daß ihr gemeinsames Leben mit ... hm ... Glück erfüllt sei.« Die Umstehenden lachten, und Scott fiel in ihr Gelächter ein. »Okay, ich bin nicht gerade der größte aller Redner«, gab er zu. »Aber ich liebe dich, ey.« Er deutete auf seinen Bruder. »Und meine neue Schwägerin. Ich glaub, mehr fällt mir nicht ein. Also ist jetzt die Trauzeugin an der Reihe, die hüb-

sche Julianne.« Er winkte in die Menge, weil er nicht genau wußte, wo Julianne war.
Julianne stand von ihrem Tisch auf und hielt ihr Glas umklammert. Sie versuchte ihre Gefühle zu verbergen. Sämtliche Blicke ruhten jetzt auf ihr, und sie wurde mit fröhlichem Applaus von all denen bedacht, die nicht ahnen konnten, was sie durchmachte und was diese Hochzeit für sie bedeutete.
Kimmy und Michael jedoch wußten genau, wie schwer diese Stunden für sie sein mußten. Und an die beiden wandte sich Julianne jetzt.
»Ich sollte tief beschämt sein«, begann sie. Die Umstehenden verstummten nach diesen einführenden Worten.
Sammy stieß ihre Schwester an.
»Du hast mich zu deiner Hochzeit eingeladen, und ich habe nicht mal ein Geschenk für dich«, sagte sie mit einem leichten Kopfschütteln.
»Aber ich hätte euch nichts schenken können, was besser gewesen wäre als das, was ihr schon habt.«
Sie fühlte sich plötzlich etwas benommen und stützte sich mit einer Hand auf den Tisch.
»Ich muß zugeben«, fuhr sie fort und ließ den Finger auf ihrem Glas kreisen, »daß ich erst daran geglaubt habe, als ich euch beide sah.« Ihr Blick schweifte von Michael zu Kimmy. »Deshalb möchte ich euch für dieses Geschenk danken. Denn jetzt weiß ich, wie es ist und daß ich mir dasselbe wünsche.« Sie öffnete die Arme und wandte sich an die ganze Hochzeitsgesellschaft. »Was wir alle wollen.« Sie deutete auf die Frischvermählten. »Liebe, die selbstlos ist. Liebe, die die Angst überwin-

det.« Sie blickte Michael an. »So daß man den Mut hat, ›ja‹ zu sagen. Denn das habe ich an diesem Wochenende gelernt: Es geht nicht darum, was man bekommt, sondern was man bereit ist zu geben.« Mehrere Gäste nickten zustimmend.

»Also stelle ich euch statt eines Hochzeitsgeschenks dieses Lied leihweise zur Verfügung, bis ihr euer eigenes gefunden habt.«

Sie machte dem Bandleader ein Zeichen, das vereinbarte Lied zu spielen: *The Way You Look Tonight.*

Beim Klang der ersten Noten lächelte Michael, sichtlich bewegt über diese Geste. Julianne bedeutete ihm, zum Tanzboden zu gehen.

Michael erhob sich, nahm seine Braut bei der Hand und führte sie zur Tanzfläche.

Die Zwillinge sprangen auf die Tribüne der Band, was ebenfalls vorher vereinbart worden war.

Die Gäste applaudierten zu dieser scheinbar improvisierten Darbietung. Die Zwillinge hatten erstaunlich schöne Stimmen und sangen ein harmonisches Duett, was Julianne schwer verblüffte.

Braut und Bräutigam glitten über die Tanzfläche, und Kimmys Kleid schleifte über den Boden, während Michael sie herumwirbelte. Julianne weinte, so wie übrigens die meisten Frauen und nicht wenige Männer.

Julianne stieg auf die Tribüne, um die letzte Strophe des bewegenden Liebeslieds mitzusingen.

Die Band spielte weiter, als die Sänger längst die Tribüne verlassen hatten. Michael und Kimmy tanzten noch lange, versunken in den Armen des anderen, die Welt ringsum vergessend.

12. Kapitel

Michael und Kimmy beschlossen, sich vor Mitternacht aus dem Staub zu machen. Das Fest war noch in vollem Gange, aber sie hatten beide das Bedürfnis, allein zu sein – es gab noch so viel zu besprechen. Es war ein langer Tag gewesen, besonders für Michael, der so viele neue Leute kennengelernt hatte. Seine rechte Hand war vom Händeschütteln fast geschwollen, und Kimmy taten vom ewigen Lächeln die Gesichtsmuskeln weh.
»Wir treffen uns oben in meinem Zimmer«, flüsterte Kimmy Michael ins Ohr.
»Okay, Mrs. O'Neal«, antwortete er.
Sie blickte sich um, als hätte er zu jemand anderem gesprochen, bis sie merkte, daß sie, Kimmy, gemeint war. Sie war jetzt Mrs. O'Neal. Sie sprach den Namen mehrmals genußvoll aus.
Dann lief sie über die Hintertreppe nach oben in ihr Zimmer. Nachdem sie die Tür geschlossen hatte, lehnte sie sich einen Augenblick an die Wand und stieß einen Seufzer der Erleichterung aus. Es tat gut, sich endlich etwas gehen zu lassen und die Gesichtsmuskeln zu entspannen. Sie rollte den Kopf und rieb ihre Wangen. Dann trat sie vor den Spiegel ihres Frisiertisches und betrachtete sich. Sie sah entschieden älter und reifer aus, fand sie – eben verheiratet. Ach was! Kimmy grinste ihrem Spiegelbild zu und lachte laut.

Sie streifte ihre Handschuhe ab und knöpfte das Oberteil ihres Kleides auf. Langsam glitt es zu Boden. Sie hob es auf, legte es sorgfältig über den Chintz-Sessel und streifte den Rock glatt. Dann trat sie ein paar Schritte zurück, um es ein letztes Mal zu betrachten. Es war ein wunderschönes Kleid, angenehm zu tragen und perfekt zum Tanzen. Eines Tages, so hoffte sie, würde sie ihre eigene Tochter darin sehen.

Im Badezimmer schminkte sie sich ab und warf ihr Schminkzeug in ihr Reisenecessaire. Dabei fiel ihr plötzlich ein, daß sie keine Ahnung hatte, wo sie ihre Flitterwochen verbringen würden – aber das war ihr gleichgültig. Ihr einziger Wunsch war, mit Michael zu sein.

Sie warf ein paar Kleidungsstücke in eine Reisetasche. Alle Zweifel und Bedenken, die sie vor der Trauungszeremonie noch gequält hatten, waren wie weggeblasen. Sie war überzeugt, daß Michael und sie das Richtige getan hatten. Allein schon unter den funkelnden Sternen mit ihm zu tanzen hatte genügt, um ihr die Gewißheit zu geben, daß sie sich liebten und daß sie zueinander gehörten. Das war genug, mehr als genug für sie. Auf dieses Fundament würden sie ihr gemeinsames Leben aufbauen. Und Liebe und Vertrauen würden ihnen dabei helfen.

Ein leichtes Klopfen an der Tür – Michael trat ein und schloß die Tür hinter sich. Sie warf sich in seine Arme, und er hielt sie fest umschlungen. Er küßte sie, es war ihr erster Kuß als Ehefrau. Sie schmolz dahin; nie im Leben war ihr so wunderbar zumute gewesen.

Er hob sie hoch und trug sie zum Bett. Sie schlang die

Beine um seine Hüften, die Lippen noch immer mit seinen vereint. Behutsam legte er sie aufs Bett nieder, und dann war er über ihr, und sie spürte sein ganzes Gewicht auf ihrem Körper.
Kimmy löste seine Fliege und warf sie im hohen Bogen durchs Zimmer. Michael wand sich aus seiner Smokingjacke, während sie sich an seinem Gürtel zu schaffen machte. Er rollte sich zur Seite, so daß sie jetzt nebeneinander lagen, und schleuderte seine Schuhe weg. Seine Hand glitt ihren Körper hinab und verweilte auf ihrem Schenkel. Ihre Haut war zart und kühl. Er atmete den Duft ihres Haars ein.
Sie zog sein Hemd aus der Hose, begann es aufzuknöpfen und vergrub das Gesicht an seiner Brust.
Seine Finger waren in ihrem Haar, und er hob ihren Kopf zu seinem Mund. Er küßte ihren Hals, ihr Kinn, ihre Ohren. Er bedeckte ihre Augen, ihre Nase mit tausend winzigen Küssen.
Plötzlich wurden sie durch eindringliches Klopfen gestört. Sie fuhren hoch. »Hast du die Tür abgeschlossen?« flüsterte Kimmy. Nach kurzem Überlegen schüttelte er den Kopf.
»He, ihr da drinnen, ihr könnt euch nicht einfach so verdrücken«, rief Sammy und klopfte noch heftiger.
»Wir haben euch nach oben schleichen sehen. Du mußt noch den Strauß werfen«, sagte Mandy. »Zum Bumsen habt ihr noch genug Zeit.« Sie platzten fast vor Lachen.
Michael und Kimmy sahen sich an. Sie waren fast nackt, und der Brautstrauß war wirklich das letzte, was sie im Augenblick interessierte. Und von der Hochzeitsfeier hatten sie inzwischen auch genug.

»Ich glaube, wir müssen«, flüsterte Michael.

»Okay, ihr da draußen«, rief Kimmy. »Ich komme gleich.«

Sie sprangen aus dem Bett und zogen sich in Windeseile an. Die Zwillinge rannten die Treppe hinab. »Die Braut wirft den Strauß!« riefen sie. Für sie war dies der Höhepunkt einer jeden Hochzeit.

Alle unverheirateten Frauen versammelten sich in der Eingangshalle. Isabelle ergriff Juliannes Hand und zog sie mit ins Foyer. Julianne ließ es geschehen, obwohl ihr das ganze Ritual mit dem Brautstrauß immer schon peinlich gewesen war. Aber sie wollte Michael unbedingt noch einmal sehen, bevor sie abreiste. Seit der Begegnung am Bahnhof heute nachmittag hatten sie kein Wort mehr gewechselt.

Oben auf der Treppe erschien das Brautpaar, jetzt in Jeans und Pullover gekleidet. Michael hatte einen kleinen Koffer dabei. Lauthals feuerte die Hochzeitsgesellschaft Kimmy an, den Strauß zu werfen.

Kimmy hielt den Strauß mit weißen Kallas in der Hand und versuchte Julianne ausfindig zu machen. Sie entdeckte sie neben dem großen Ficus Benjamin und warf die Blumen in ihre Richtung.

Julianne sah den Strauß auf sich zufliegen, streckte die Hände aus und dachte, na ja, es kann ja nichts schaden. Vielleicht brachte es ja wirklich Glück.

Doch sie hatte keine Chance. Die Zwillinge stürzten sich auf sie, Mandy entriß ihr die Blumen, wobei sich das Band löste, und Sammy entriß ihrer Schwester, was vom Strauß übriggeblieben war. Blütenblätter wirbelten umher.

Michael und Kimmy nutzten den Tumult und eilten die Treppe hinunter, der Freiheit und, weit wichtiger noch, Michaels Hotelsuite entgegen. Denn dort hing ein Bitte-nicht-stören-Schild an der Tür.
Julianne, die gegen den Pflanzenkübel gestoßen wurde, verlor das Paar aus den Augen. Bei dem Gedanken, daß sie Michael nie wiedersehen würde, geriet sie in Panik. Sie machte sich von den kämpfenden Frauen los und blickte sich nach allen Seiten um.
Und plötzlich stand er vor ihr. Er schloß sie in die Arme und drückte sie an sich. Seine Umarmung war so zärtlich und innig, daß sie erneut in Tränen ausbrach. Soviel wie an diesem Wochenende hatte sie in den letzten zwei Jahren nicht geweint.
»Wo immer ich bin, da wirst auch du sein«, flüsterte er.
Sie nickte, denn sie wußte, daß er die Wahrheit sprach. Das Band der Freundschaft, das sie einte, war erprobt und echt und würde ewig halten. Auch sie drückte ihn fest an sich und wollte ihn nicht gehen lassen. Schließlich aber löste er sich aus der Umarmung, tätschelte ihre Wange, und nach einem letzten Lächeln wandte er sich ab und ging.
Er zog Kimmy von ihrer Mutter fort und lief mit ihr zur Eingangstür.
Die Gäste folgten ihnen nach draußen und warfen mit Reis und Blütenblättern, als das Paar in Kimmys Wagen stieg. Mit Lippenstift hatte jemand »Frisch vermählt« auf den Kofferraum geschrieben.
Kimmy saß am Steuer, und der Bräutigam winkte der Gästeschar zu, die ihnen Glückwünsche hinterherrief. Mehrere junge Männer rannten dem Wagen noch ein

Stück nach. Dann aber beschleunigte er das Tempo und war bald außer Sichtweite.

»Champagner!« rief Sammy, und mehrere Gäste klatschten Beifall. Man kehrte gemeinsam in den Garten zurück, die jungen Paare hielten sich an den Händen, noch ganz im Banne des romantischen Abends.

Julianne starrte vom oberen Treppenabsatz noch eine Weile auf die Straße. Niemand in der ganzen Hochzeitsgesellschaft – außer vielleicht Isabelle – litt so sehr wie sie nach der Abreise des jungen Paars. Langsam kehrte sie zu ihrem Tisch im Garten zurück. Das Herz war ihr schwer, und tausend widersprüchliche Gedanken gingen ihr im Kopf umher. Sie starrte auf die Fliederbüsche, als plötzlich ein Telefon läutete. Es war ein gedämpftes Läuten, das von weit her zu kommen schien, vielleicht aus dem Inneren des Hauses. Sie nahm keine Notiz davon und überließ sich weiter ihren trüben Gedanken.

Das Telefon läutete immer noch, und plötzlich wurde ihr klar, daß das Klingeln aus ihrer Handtasche kam. Überrascht schaute sie auf ihre Armbanduhr. Es war fast eins.

Sie öffnete ihre Tasche, zog das Handy hervor und schaltete es an.

»Hallo, George«, rief sie, überzeugt, daß nur er der Anrufer sein konnte.

»Hallo, Liebes«, sagte er. »Na, amüsierst du dich?«

Für einen Augenblick vergaß sie ihren Kummer. Es tat ihr gut, seine Stimme zu hören. »Na ja, sagen wir mal, ich habe das getan, wozu ich hergekommen bin.«

»Du hast die beiden entzweit?«

»Nein, ich habe mich verabschiedet«, antwortete sie mit erstickter Stimme.
»Ich bin stolz auf dich«, sagte er. »Aber noch stolzer wäre ich, wenn du jetzt tanzen würdest.«
»Oh, zum Tanzen habe ich noch genug Zeit«, gab sie zurück und trommelte mit den Fingern auf die Tischplatte. »Noch mindestens dreißig Jahre. Oder fünfunddreißig.«
»Ach, das wäre aber eine kleine Tragödie. Bei diesem Talent!« rief George.
Sie lächelte.
»Ich kann mir genau vorstellen, wie du in deinem fliederfarbenen Kleid am Tisch sitzt«, sagte er.
Julianne blickte verdutzt drein. Woher kannte er die Farbe ihres Kleides? Sie konnte sich nicht erinnern, ihm von ihrem neuen Kleid erzählt zu haben.
»Mit deinem locker hochgesteckten Haar«, fuhr er verträumt fort. »Aber du hast immer noch nicht von deinem Kuchen probiert, obwohl er köstlich aussieht.«
Sie griff an ihren Haarknoten und starrte auf ihren Teller mit dem Stück von der weißen Hochzeitstorte darauf. Sie hatte ihn noch gar nicht bemerkt – man mußte ihn serviert haben, als die Gäste das Paar verabschiedet hatten. Sie trommelte erneut mit den Fingern auf dem Tisch.
»Sicher trommelst du gerade wieder mit den Fingern auf dem Tisch«, fuhr George fort, »wie immer, wenn du wirklich down bist.«
Sie wurde stutzig. Kannte er sie tatsächlich so gut?
»George, ich habe dir nie erzählt, daß mein Kleid fliederfarben ist.«

Die Band begann das Lied ›I Say a Little Prayer‹ zu spielen.
»Und jetzt«, sagte George, »spielt die Band einen sehr vertrauten Song.«
Irgendwas stimmte hier nicht. Sie stand auf und sah sich nach allen Seiten um.
»Und jetzt stehst du auf und blickst suchend um dich. Hat Gott dein kleines Gebet erhört? Wirst du wieder lächeln?«
Ihre Augen suchten die Schar der Gäste ab.
»Und plötzlich teilt sich die Menge«, sagte er – und die Menge teilte sich tatsächlich. »Und nun erscheint er.«
Sie sah ihn. Es war George, der, sein Handy am Ohr, an einem der Tische beim Podium lehnte. Lässig und charmant wie ein James-Bond-Typ.
»Drahtig, schick, sprühend vor Charisma! Und phantastisch am Telefon, aber das bist du ja auch!«
»Und dann schreitet er durch die Menge auf dich zu mit dem geschmeidigen Gang eines Leoparden.« Er sprach weiter, während er auf sie zukam. »Und obwohl du genau weißt, daß er …« – er machte eine bedeutungsvolle Pause – »… daß er schwul ist wie die meisten umwerfend attraktiven Männer seines Alters …«
Sie mußte lachen. Richtig lachen, und all ihr Kummer war vergessen.
»… denkst du, was soll's? Das Leben geht weiter.«
Beide schalteten ihre Handys aus und legten sie auf den Tisch.
»Und wenn es auch keine Heirat, keinen Sex gibt«, sagte er mit einem Achselzucken, »wird trotzdem getanzt.«
Eng umschlungen traten sie auf die Tanzfläche, lachten,

wirbelten herum, aus reiner Lebensfreude. Er war ein hervorragender Tänzer. Sie tanzten Walzer, Cha-Cha-Cha, Rock 'n' Roll. Sie tanzten allen Kummer, allen Schmerz, alle Verwirrung der letzten vier Tage fort.
Und als am nächsten Morgen die Sonne aufging, flogen George und Julianne zusammen nach New York zurück.
Und ein paar Monate später fand auch Julianne in Gestalt eines jungen Journalisten vom *Newsday* ihre große Liebe.
Aber das ist eine andere Geschichte.